审判王尔德

孙宜学 编译

山东画报出版社

济南

图书在版编目（CIP）数据

审判王尔德 / 孙宜学编译. —济南：山东画报出版社，
2023.8
ISBN 978-7-5474-4515-0

Ⅰ. ①审… Ⅱ. ①孙… Ⅲ. ①王尔德(Wilde, Oscar
1856-1900)—文学研究 Ⅳ. ①I561.064

中国版本图书馆CIP数据核字（2023）第124677号

SHENPAN WANGERDE
审判王尔德
孙宜学　编译

责任编辑 陈先云
装帧设计 王　芳　公冶繁省　张智颖

主管单位 山东出版传媒股份有限公司
出版发行 山东画报出版社
　　　　社　　址　济南市市中区舜耕路517号 邮编 250003
　　　　电　　话　总编室（0531）82098472
　　　　　　　　　市场部（0531）82098479
　　　　网　　址　http://www.hbcbs.com.cn
　　　　电子信箱　hbcb@sdpress.com.cn
印　　刷 济南龙玺印刷有限公司
规　　格 130毫米×184毫米　32开
　　　　　　15.25印张　68幅图　280千字
版　　次 2023年9月第1版
印　　次 2023年9月第1次印刷
书　　号 ISBN 978-7-5474-4515-0
定　　价 58.00元

如有印装质量问题，请与出版社总编室联系更换。

目　录

1

序

　　生活非艺术，而王尔德却把生活当成了艺术，过成了艺术。生活忍耐了他一段时间后，露出了自己的真面目，一击就将他送进了监狱，犹如兜头给他浇了一盆冷水，让他清醒：生活就是生活，艺术就是艺术。只不过，他清醒的时间，仍只是一瞬。

　　1891年，王尔德与道格拉斯相识，悲剧从此埋下伏笔，时隐时现，只是王尔德自认为挥挥手就能左右时代，自己口吐妙语，就能左右大众的思想，或者说提升他们的艺术欣赏水平。

　　道格拉斯的父亲昆斯伯里侯爵傲慢、脾气暴躁，他认为王尔德在带道格拉斯走入歧途，严词要求儿子终止与王尔德的关系，但被道格拉斯断然拒绝。王尔德也针锋相对，甚至表示："一见就开枪！"昆斯伯里侯爵威胁道格拉斯断绝他的经济来源，王尔德则慷慨相助。

昆斯伯里侯爵暴跳如雷，疯了一样到处窥探、尾随王尔德。1895年2月18日下午，昆斯伯里侯爵来到王尔德为会员的俱乐部，让看门人转交给王尔德一张卡片，上写侮辱性的文字。2月28日，王尔德旅行归来，看到了卡片。第二天，在道格拉斯陪同下，王尔德去见律师查尔斯·汉弗莱斯，后者听到最近发生的事也大吃一惊，他让王尔德发誓自己所说的一切属实，王尔德发誓。这位律师说："如果真是这样，你赢定了。"他答应申请逮捕昆斯伯里侯爵。

后来王尔德称这是一个"毁灭性的时刻"，他的命运，从此逆转。

3月2日，昆斯伯里侯爵被捕，并以诽谤罪被起诉。

3月9日上午，法院开庭。最后昆斯伯里侯爵取保候审。三周后再次开庭。

在这段时间内，昆斯伯里侯爵和自己的辩护律师们在积极准备反控王尔德，并雇用了私人侦探到处搜集王尔德的材料。而王尔德则陪着道格拉斯去了法国南部的赌场，在开庭前一周左右才回到伦敦。很多朋友恳请他带着妻子尽快离开英国，并告诉王尔德：昆斯伯里侯爵已经搜集了大量与文学和艺术无关的证据。但道格拉斯则对王尔德说："你如果听他们的话就是懦夫。"王尔德也随声附和。

王尔德的辩护律师克拉克紧急约见王尔德。事情很清楚，昆斯伯里侯爵搜集到的证据已经远远超出文学的范围，若只局限在文学领域，对王尔德还是有利的，但一旦脱离这个领域，落实到具体的事实上，王尔德的实际行为与维多利亚时代的道德就构成了激烈的冲突。若换成别人，面对这么多新的不利于自己的证据，肯定会心慌意乱，但王尔德仍然是那副事不关己的漠然态度。道格拉斯则使王尔德坚定了这种态度。

4月3日，王尔德控告昆斯伯里侯爵诽谤案在老贝利法院开庭。王尔德身穿一件时尚大衣，径直走到自己的律师面前，轻松地与他们交谈。而在另一间房里，昆斯伯里侯爵召集起来的一群年轻证人在抽烟，在笑。

在接受讯问的过程中，王尔德尽量用无礼的回答使整个程序显得可笑。他的回答与众不同，充满睿智，哪怕前后矛盾，他就是要让严肃的法律程序在自己风趣而轻率的回答中变得轻松一些。他在调侃，在打趣，在讽刺，似乎浑然忘了这是在法庭，不是在酒吧和咖啡馆。而昆斯伯里侯爵的辩护律师则一步步从王尔德的文学引到他的生活，并暗示要传唤一批与王尔德关系暧昧的年轻人出庭，王尔德的文学盛名则使其粗俗的生活更显不堪。当天审判结束之后，克拉克请求王尔德撤诉。王尔德同意了。第二天，昆斯伯里侯爵被无罪释放。

审判结束的当天，昆斯伯里侯爵的律师就向检察官提交了一份他们本来要传唤到庭的年轻人的证词副本。法律机构立刻以前所未有的速度快速运作起来。当天下午3点半，苏格兰检察院的检察官出现在法官面前，要求法院签发逮捕王尔德的逮捕证。5点，逮捕证签发，一位报社记者跑来告诉王尔德："逮捕证已经签发。"王尔德一下子"脸色灰白"。他一动也不动地坐着，一杯接一杯地喝着酒。6:20，王尔德在卡多根酒店被捕。

4月26日，王尔德被控有伤风化案在老贝利法院开庭审理。审判进行到第四天，王尔德站在了被告席上。克拉克最后要求陪审团"还我们如今这个时代一位最著名、最有成就的文学家以清白。还给他清白，也就是清除了社会的一个污点"。陪审团最后得出结论：许多指控无法成立。5月7日，王尔德交了保证金后获释。

5月20日至5月25日，王尔德被控有伤风化案第二次审判。陪审团最后作出判决：王尔德罪名成立。法官宣布王尔德被判入狱服苦役两年。被告席上的王尔德轻微摇晃了一下，脸色变得灰白。

对王尔德来说，两年牢狱生活无异于一场漫长的噩梦，犹如"在地狱中过的一夜"。以唯美派的使者自居，以富于教养而自傲的王尔德，曾像一只沉溺于各种享乐之中的极乐鸟的王尔德，这次却要在监狱里每天把粗麻分细，成了再也张不开翅膀、连最低贱的果子都吃不到的悲哀的化身了。他说自己从监狱中领悟到了很多有价值的东西，并为自己曾过着那种"与艺术家的身份不相称的生活"而感到羞愧。"我成了我自己天才的浪费者，并且浪费一种永存的青春使我得到一种奇怪的快乐。"监狱中的王尔德痛心疾首。

审判王尔德的过程，实际上只不过是王尔德人生戏剧中的一场演出，类似于他的剧本《温德米尔夫人的扇子》《诚实的重要性》的演出。在这次演出过程中，演员们形态各异，修养各异，谈吐各异，但都知道自己在扮演什么角色，都要竭力展示出自认为最出彩、最容易赢得观众掌声的那一面，其中最佳演员，非王尔德莫属。他在这样的戏剧性时刻，把自己人性的复杂性，把自己才华的灿烂性，把自我意识的虚妄性，表现得淋漓尽致。虽然审判以他的失败告终，但他给人的感觉，就像一个希腊悲剧中的英雄，是在以自我牺牲的精神悲壮前行，迎接那必然不幸的命运，接受那身败名裂的下场。

一百多年过去了，这场审判仍在吸引着人们的关注，虽然案件的主角王尔德已经随着历史的脚步归于永恒。

1895年春天的这场审判，实际上也是文学天才与世俗世界的一次较量，是娇弱的百合花与暴风雨的搏斗，是向日葵与仙人掌的搏斗，虽然最后只落得"憔悴花瓣满地"，但那份凄美，却不能不让人回味。

本书根据我在英国爱丁堡大学图书馆和爱丁堡古城的旧书店找到的相关资料编译而成，希望通过这本书，使读者能更全面、更辩证地观照王尔德，也观照他所属的那个维多利亚时代。

　　历史上的很多事情，实际上都不完全是人们已知的那样。

孙宜学

2022 年 7 月

第一章
奥斯卡·王尔德控告昆斯伯里侯爵诽谤案（一）①

时间：1895年3月2日

地点：大马尔波罗街治安法院

法官：罗伯特·米尔恩斯·牛顿

原告：奥斯卡·王尔德

原告辩护律师：查尔斯·汉弗莱斯

被告：昆斯伯里侯爵

被告辩护律师：乔治·刘易斯

汉弗莱斯开庭陈述

奥斯卡·王尔德先生已婚，与妻子、两个儿子无比亲密地

---

① 1895年3月2日早晨9点，应王尔德及其律师汉弗莱斯的请求，昆斯伯里侯爵被捕，他先被带到滕街警察局，然后从那儿被带到大马尔波罗街治安法院并被指控。

生活在一起。他受到昆斯伯里侯爵最野蛮的指控。10个月前，他的委托人曾就此事咨询过他，但因为事涉昆斯伯里家族内部事务，王尔德先生不愿采取任何犯罪性质的指控，但那位绅士却对他进行了如此可怕的伤害，迫使他不得不采取目前这种步骤，以获得安静和保护。2月18日，这出最可怕、最悲哀的戏剧的最后一幕上演，虽然王尔德先生前天才注意到这一幕。王尔德先生是阿尔伯马尔俱乐部①的会员，这家俱乐部男女会员都接受，王尔德夫人也是会员。上周四晚，即2月28日，5—6点，王尔德先生到了这家俱乐部，看门人交给他一个没封着的信封，上写"奥斯卡·王尔德先生收"，里面是一张明信片。

读大学时的王尔德。
出自 *Oscar Wilde* by
H. Montgomery Hyde

---

① 阿尔伯马尔俱乐部是男女混合会员制，位于皮卡迪利大街邻近的阿尔伯马尔街13号，紧邻卡特酒店。昆斯伯里侯爵在俱乐部留下那张明信片前，就一直待在这家酒店。

看门人解释说，有位绅士之前造访，要他亲手将明信片交给奥斯卡·王尔德先生。明信片上的文字让看门人大吃一惊，认为绝对有必要补添上接到明信片的时间，于是就在上面写上"1895年2月18日，4：30"。汉弗莱斯先生说，他想不出还有谁会对另一个人进行这样可怕、严重或可恶的诽谤。他提议先审理2月18日之前的案子，调查过这些案子之后，他会请法官将被告交付审判。

乔治·刘易斯爵士要求，在提呈任何证据前先休庭，以便他与自己的当事人协商，多些时间考虑一下此事。

汉弗莱斯先生说，他现在只传唤两位证人，他们的证词会

昆斯伯里侯爵，出自《自行车世界》，1896年5月13日

3

很短，全部案子待下周再审理。

悉尼·赖特，阿尔伯马尔俱乐部看门人；托马斯·格里特，逮捕昆斯伯里侯爵的侦缉督察，随后被验身，陈述证词。

赖特：我是皮卡迪利广场阿尔伯马尔街13号阿尔伯马尔俱乐部的看门人。2月18日，被告来到俱乐部，并与我说了话。他递给我一张明信片，就是出示时标识为A的那张，他当着我的面在上面写道："给奥斯卡·王尔德，男同性恋者和同性恋者。"（昆斯伯里侯爵插话，说写的是"看着像同性恋者"。）卡片上印写着"昆斯伯里侯爵"。他说："把这张明信

昆斯伯里侯爵侮辱王尔德的卡片（出示时标为A和B）。
出自 *Irish Peacock & Scarlet Marquess*
by Merlin Holland

片给奥斯卡·王尔德。"我在明信片背面写上了收到的具体日期和时间。我将明信片装到了信封里,就是出示时标识为 B 的那个,并且写上了"奥斯卡·王尔德先生收"。我没封信封,放到了我桌子上。2 月 28 日,奥斯卡·王尔德先生到访俱乐部。我知道他和王尔德夫人都是俱乐部会员。他一到俱乐部,我就把装着明信片的信封递给他,说:"这是昆斯伯里侯爵留给你的。"

格里特:我是"C"警察分局的侦缉督察。昨天,我收到本法院的授权令。大约今天早晨 9 点,我在阿尔伯马尔街的卡特酒店看见了被告。我说:"你是昆斯伯里侯爵吗?"他说"是的"。我说:"我是警察,持有大马尔波罗街治安法院 R. M. 牛顿先生签发的授权令,逮捕你。"我随后读了逮捕他的授权令①。他说:"我始终认为,这些案子进入诉讼程序需要传票,但没关系。"我说:"好。"他说:"何日?"我说:"18 日。"②他说:"好——这八天或十天里我一直在找奥斯卡·王尔德先生。这件事已经发生两年多了。"我把他带到藤街警察局,他在那儿受到指控,他没说话。

---

① 授权令的内容是:"鉴于他于 1895 年 2 月 18 日在圣乔治教区阿尔伯马尔街非法、恶意发表了针对奥斯卡·王尔德的诽谤、诋毁性言论。"
② 这里是指昆斯伯里侯爵在俱乐部门口写下明信片的时间。

刘易斯①：让我说句话，先生。我斗胆直言，当这件案子的案情充分调查清楚时，你就会发现，昆斯伯里侯爵的所作所为皆出于极度愤慨之情，而且——

法官（打断他）：我现在无法深究此事。

刘易斯：若可知本案中无有损昆斯伯里侯爵荣誉之事，我希望本案不要休庭。

法官：你的意思是说，你对指控有了完美的答案。

刘易斯：先生，我请求你允许被告自我担保，交1000镑保释。

汉弗莱斯：我想应有个保人。

刘易斯：昆斯伯里侯爵不会逃之夭夭。

法官：本案休庭一周，被告若找保人，500镑保释，若自做保人，1000镑保释。

W区格洛斯特广场的商人威廉·泰泽先生交了足额的保释金，昆斯伯里侯爵与朋友们一起离开了法院。

---

①刘易斯是伦敦非常成功的名律师，自1882年美国之行起，王尔德与刘易斯及其妻子一直关系很好，通信频繁。1894年7月，王尔德就昆斯伯里侯爵的侮辱性行为咨询刘易斯时才发现，刘易斯已答应做昆斯伯里侯爵的辩护律师。他给王尔德写信说："虽然我不能做不利于他的事，我也不应做不利于你的事。"这次出庭后，他就把案子移交给了查尔斯·罗素。后来，王尔德在《自深深处》中对艾尔弗雷德·道格拉斯说："我帮助了你，最终还是因为你把我当作你和乔治·刘易斯先生的共同朋友而使我已开始失去他的尊敬和友谊——保持了15年的友谊！当我不再能从他那儿获得建议和帮助时，我感到自己被剥夺了生命中一个伟大的保护者。"

第二章
奥斯卡·王尔德控告昆斯伯里侯爵诽谤案（二）

时间：1895年3月9日

地点：大马尔波罗街治安法院

法官：罗伯特·米尔恩斯·牛顿

原告：奥斯卡·王尔德

原告辩护律师：查尔斯·汉弗莱斯

被告：昆斯伯里侯爵

被告辩护律师：爱德华·卡森和查尔斯·吉尔

查尔斯·汉弗莱斯讯问奥斯卡·王尔德

汉弗莱斯让奥斯卡·王尔德宣誓并验身。

汉弗莱斯：奥斯卡·王尔德·芬戈尔·奥弗莱厄蒂·威尔

斯——这是你的全名吗?

王尔德:是的。

汉弗莱斯:你是剧作家和作家?

王尔德:(傲然地)我相信我是著名的剧作家和作家。

法官:(严厉地)请只回答问题。

王尔德:好。

汉弗莱斯:我相信你对艺术很有兴趣?

王尔德:是的。

汉弗莱斯:你住在伦敦西南区泰特街16号[①]?

王尔德:是的。

王尔德在泰特街的住所。
出自 *Oscar Wilde* by H. Montgomery Hyde

[①] 王尔德自1885年1月一直住在这里,地址是伦敦西南区的切尔西。

汉弗莱斯：你大约什么时候开始认识被告的？

王尔德：我想大约在1893年。

汉弗莱斯：在那之前你不认识他吗？——就是你离开牛津的时候。你什么时候离开牛津的？

王尔德：我1879年离开的牛津。

汉弗莱斯：离开牛津后多久你认识了昆斯伯里侯爵先生？

王尔德：1893年之前我们见过一次，但没给我留下什么印象。1893年，有人将我介绍给昆斯伯里侯爵先生，他才给我留下印象。

书记员：你是在1893年第一次认识被告的？

王尔德：据我所知是这样。但你们让我想起了另一次。

牛津大学一角。出自孙宜学编译《奥斯卡·王尔德自传》

汉弗莱斯：你还记得你和艾尔弗雷德·道格拉斯[1]，他的儿子，一起在皇家酒店吃饭的那次会面吗？

王尔德：记得。

汉弗莱斯：你在那里看到了被告，大约何时？

王尔德：我的印象是：1893年10月。

汉弗莱斯：1893年还是1892年？

书记员：他说是1893年。

王尔德：1892年。

书记员：你记得和他一起吃午饭了？

汉弗莱斯：他记得有一次和艾尔弗雷德·道格拉斯在皇家酒店一起吃午饭，（对王尔德）被告是不是进了你们吃饭的房间？

王尔德：是的。

汉弗莱斯：被告是不是走到了你们吃饭的桌子旁？

王尔德：是的。

汉弗莱斯：你们邀请他了吗？

王尔德：他儿子邀请了他。

汉弗莱斯：他与你们都握手了，还是只与其中一人握手了？

---

[1] 昆斯伯里侯爵的第三个儿子，1870年出生，认识王尔德的时候是牛津大学马格达伦学院二年级学生，他与王尔德保持了一生的友谊。王尔德1900年去世后，他结了婚，成为小有名气的诗人。但一生为王尔德案所困，不断受到各种攻击和指责。

王尔德：与我们都握手了。

汉弗莱斯：他是不是坐下了，与你们同桌吃午饭了？

王尔德：是的。

汉弗莱斯：在那之后你何时又看到过被告？

王尔德：1894年3月上旬，我想是这个时间。

汉弗莱斯：是不是你和艾尔弗雷德·道格拉斯勋爵在皇家酒店一起吃午饭的那次？

王尔德：是的。

汉弗莱斯：我相信侯爵先生是在你们吃午饭时走进你们房间的。

王尔德：是的。

汉弗莱斯：你们是不是邀请他来与你们同桌吃饭？

王尔德：不是的。是他先来到我们桌旁，与他儿子握手，然后与我握手，然后我们才邀请他。

汉弗莱斯：你是不是以个人名义邀请的？你说了"我邀请你"？

王尔德：不是，是我和道格拉斯共同邀请的。

书记员："我们邀请他"？

王尔德：是的。

汉弗莱斯：此时艾尔弗雷德·道格拉斯勋爵刚从埃及回来不久？

王尔德：对。

汉弗莱斯：你们三人的谈话没什么特别之处？

王尔德：是的。主要谈的是有关埃及的事情。

汉弗莱斯：就在这次会面后不久，艾尔弗雷德·道格拉斯勋爵给了你一封信？信的日期为4月1日。（把信交给王尔德）[1]

王尔德：是的，是他递给我的。

法官：等一等，我绝不想阻止你出示任何证据。但还是先请你告诉我，你为什么出示这封信？

汉弗莱斯：我想问证人的是：艾尔弗雷德·道格拉斯是交给他了这封信，还是给他看了这封信。

昆斯伯里侯爵的辩护律师爱德华·卡森。
1893年11月9日《名利场》上的漫画像

---

① 昆斯伯里侯爵写给艾尔弗雷德·道格拉斯的信，要求儿子与王尔德断绝关系。这封信后来被爱德华·克拉克作为证据在法庭上宣读了。

法官：假定他都做了，那又怎么样？

卡森：那我就要代表昆斯伯里侯爵请求就这封信进行调查。我很奇怪为什么要出示这封信。

法官：我反对的理由是：这封信与本案无关。我现在调查的是：这张明信片是否构成诽谤罪。

汉弗莱斯：赞成。除了这张明信片外，我还想提供其他一些文字诽谤的证据，这只是证据之一。

法官：这我不能阻止你。

汉弗莱斯：此事我已充分考虑。

法官：我应该建议过你，最好别这样做。

汉弗莱斯：好吧，先生，你的建议总是极有价值的。

法官：着眼未来，我建议你最好结束这个话题。

卡森：我真希望能看看这封信。你懂的，先生——

法官：我知道你的意思。但这是我的问题。

卡森：我的意思是：昆斯伯里侯爵的一切行动都是为了保护他的儿子，我很想看看这封信，因为这封信是此案之源。

法官：很可能是这样，但请原谅，你在这儿不能深究这一点。

卡森：我非常清楚这一点。我认为这会影响案情的真实性。我另择时日再谈此事吧。

法官：我要指出，汉弗莱斯先生正在开启一扇门，引入了一件不会在本庭发生的事，其他地方可以。即使与本案无关，但牵涉其他诽谤案。我准备就这些证据对被告的其他诽谤案提起控诉。

卡森：无论如何我都得说，我并不反对。

汉弗莱斯：我认为你不应反对，如果我坚持的话。

卡森：我认为我能。

汉弗莱斯：我认为你不能。我脑子里一直萦绕不去的想法是——除非在这里出示这些文件并可作为本案的附加证据，除此之外，你已经掌握了证据的其他诽谤案都不能在本庭讨论，不能像其他诽谤案那样对这些证据提出起诉。

法官：你当然可以告知被告，你准备在审判过程中提起其他诽谤罪。

汉弗莱斯：我可接受这一程序。

法官：你确实乐意这样做吗？

汉弗莱斯：但除非对其他诽谤案做出承诺，否则我认为不应提起那些诽谤案。

法官：是的，你不能提起，这是很明确的，但你可以告知他们，你将提起其他诽谤案。

汉弗莱斯：很好，先生，我会接受你的建议。

法官：卡森先生，你对此不反对吧？

卡森：好吧，我想——

法官：在本法庭上你不能讯问那些信的内容，因此让汉弗莱斯先生继续他所提议的话题无益于事。

卡森：我理解汉弗莱斯先生的意思——他想就那张明信片

之外的其他诽谤案进行控诉。

法官：是的。

卡森：如果他想那样做，基于《滥诉法》，就一定得出具一份委托书，当然，如果他所控诉的案件不适合在这里审判，我会表示反对。我丝毫无意违犯规则，我非常明白，我不会在这里追究诽谤案的真相，因为你们与此无关，但与此同时，先生，我有权利做这件事：谈一谈昆斯伯里侯爵的权利问题，即他能给自己的儿子提出建议，如果最终的指控源于此，那纯粹是权利问题了，当然也是我当庭提出的问题。

汉弗莱斯：你不知道那封信里包含着给儿子的什么忠告。

卡森：我不知道吗？我正好有份复制件。

法官：你正在打开一扇门，引入了一个以后会非常棘手的问题。

汉弗莱斯：那么好吧，非常好，我服从你的权威判断，接受你的建议，我已一再表明，你的建议极其有价值。

法官：你要做的事是：你最好说明，你已经收到了昆斯伯里侯爵的诽谤材料，并且提及日期。

卡森：好吧，先生。我非常尊重你的建议，我应该反对进入那一个诉讼程序，除非出示那些材料。因为笼统地说昆斯伯里侯爵有诽谤罪，实际上是用未经证明的假定进行辩论的。

法官：你可以安排日期。

卡森：即使安排好日期，我也应请求出示这些材料，这样才对昆斯伯里侯爵公平。当然，我的朋友可以只局限于明信片，这也是昆斯伯里侯爵被逮捕的原因，但如果进行明信片之外的事情，我就要求出示这些材料，并对它们进行充分调查。

汉弗莱斯：我从来没准备先读这些信，即使要读，我也请你读，另一方面我的朋友也可读，但都不应该公开读，因为其中一封特殊的信提到了一些上流社会人士的名字，我认为不应该将这些人的名字与当前这件事扯在一起，这样做才合适，当然，如果要公开这封信，这些名字①也必须公开。

法官：这不更有理由接受我的建议吗？

汉弗莱斯：或许如此，先生，非常好，那我就接受你的建议。

书记员：我记下的最后一句是："我们三人进行了一般性的谈话，主要谈的是埃及的事。"

汉弗莱斯：我提议讯问这个问题，我的态度取决于你对此事的决定，先生。（对王尔德）艾尔弗雷德·道格拉斯是否给过你一封提到或暗示了你名字的信？昆斯伯里侯爵写给他的信？

卡森：反对，要提这个问题，就必须出示这封信。这在某种程度上证明了信件的内容。

法官：反对合理。

汉弗莱斯：以哪种程序进行我都深表满意；或者完全不提

---

① 指罗斯伯里勋爵。后来这封信在法庭上读了，但信里并未直接提到他。

信件，或者完全出示信件，我所求只是如此。

　　法官：好。

　　汉弗莱斯：很好。（对王尔德）现在回答，在上月28日，星期四，大约下午5点，你是不是坐车到阿尔伯马尔俱乐部了？

　　王尔德：是的。

　　汉弗莱斯：在此之前我只想问一件事。

　　书记员：好，现在问完了。

　　汉弗莱斯：那很好。我稍后问另一个问题。（对王尔德）我想是在阿尔伯马尔街13号？

1877年，王尔德身穿希腊服装在雅典的留影。
出自 *Oscar Wilde* by Richard Ellmann

王尔德：是的。

汉弗莱斯：你是不是最近刚从阿尔及尔回来？

王尔德：是的。

汉弗莱斯：这是你从阿尔及尔回来后第一次到俱乐部？

王尔德：是的。

汉弗莱斯：一到俱乐部，是你先看到看门人并和他交谈，还是看门人先与你交谈——他名叫悉尼·赖特，对吗？

王尔德：是我先和他说话的。我问看门人要一张空白支票。

汉弗莱斯：我不明白。

法官：行行好吧，回答问题。

王尔德：请原谅，我不太明白。

法官：这个问题不难回答。我们就等你先回答。你再重复一下问题。

汉弗莱斯：我的问题就是这个。是你先和看门人交谈，还是看门人先与你交谈？

王尔德：我先和他说的话。

汉弗莱斯：看门人是不是给了你这个信封，展示的信封——那个信封？（递过一张标记为B的信封）

王尔德：是的。

汉弗莱斯：不言自明。你的名字就写在信封背面？

王尔德：是的。

汉弗莱斯：在交给你信封时看门人说了什么没有？

王尔德：他说——

汉弗莱斯：稍等，他对你说了什么，对吗？

王尔德：说了。

汉弗莱斯：是不是一个口信，他说别人让他转告你的口信？

王尔德：是的。

汉弗莱斯：鉴于这个口信直接来自昆斯伯里侯爵，我现在想问问这个口信是什么。这是被告让转告的。

卡森：口信得到证实了吗？

书记员：他说被告让他转告一个口信了。

卡森：看门人证实了吗？

汉弗莱斯：是的。

卡森：他有个口信要转告？

汉弗莱斯：是的。

卡森：那我不反对。

汉弗莱斯（对王尔德）：看门人给你讲了什么？——只有昆斯伯里侯爵的口信。

王尔德："先生，昆斯伯里侯爵希望我在你来俱乐部时将这个交给你。"

汉弗莱斯：他交给了你什么？

王尔德：那个信封。

汉弗莱斯：还有别的吗？

王尔德：是的，信封里还有一张明信片。

汉弗莱斯：明信片是在信封里吗？

王尔德：在信封里。

汉弗莱斯：他把明信片从信封里拿出来交给你的吗？

王尔德：不是，他把信封交给了我。他说："昆斯伯里侯爵希望我在你来俱乐部时将这张明信片交给你。"他说的"这张"还是"这些张"，我不知道。信封是打开的。

汉弗莱斯：你随后就打开了信封？

王尔德：是的。

汉弗莱斯：于是你发现了信封里的明信片？

王尔德：是的。

汉弗莱斯：就是出示的那张标有A的明信片？

王尔德：是的。

汉弗莱斯：我想信封的背面标有时间，劳你费心看一眼——是四点半？

王尔德：是的。

汉弗莱斯：你能读读吗？

王尔德：1895年2月18日，4：30。

汉弗莱斯：就此你对看门人讲了什么吗？或他对你讲了什么？

王尔德：是的。

汉弗莱斯：他说了什么？

卡森：我认为这不能作为证据。

汉弗莱斯：他已经说过了。这是他们对话的一部分。

法官：这对案子有什么影响吗？原告说："我从看门人手里得到一封信"，就是出示在这里的这封信，看门人说："昆斯伯里侯爵给了我一封信。"

汉弗莱斯："交给你。"

法官：这能证明什么？他已经说过了。

汉弗莱斯：是的，看门人已经证实了这一点。（对王尔德）你是不是尽你所能读了明信片上的文字？

王尔德：是的。

汉弗莱斯：你是不是立刻与你的律师联系，并在第二天，即3月1日与他商量此事。

王尔德：是的。

汉弗莱斯：在同一天，3月1日，你是不是请求你的律师得到这个法院的逮捕证？

王尔德：是的。

汉弗莱斯：为逮捕昆斯伯里侯爵？

王尔德：是的。

汉弗莱斯：我的问题问完了。

法官：（与书记员商谈后）汉弗莱斯先生，我建议你和我及卡森先生一起到另一间房里，一起谈谈。

汉弗莱斯：当然可以，先生。

汉弗莱斯和卡森随后与法官一起退庭，6分钟后又回到法庭，与此同时，王尔德落了座。

汉弗莱斯：我想问王尔德的就这些。

爱德华·卡森讯问奥斯卡·王尔德

卡森：你认识艾尔弗雷德·道格拉斯勋爵多长时间了？

法官：你有权利在法庭上讯问这个问题吗？

卡森：当然有权问，但我不是为了取证而问。

法官：那么你的讯问要到什么程度为止？

卡森：我的讯问只是要表明，昆斯伯里侯爵所采取的行动只是希望结束王尔德先生与他儿子之间的关系。

法官：那是取证了。

卡森：我现在只想问王尔德先生的是，是否因为关系亲密，昆斯伯里侯爵才没禁止他与自己的儿子相识。

法官：那相当于取证了。

卡森：我想不是，尊敬的阁下。我认为这事关一个父亲保护自己儿子的特权问题。我要问的问题，都有助于表明昆斯伯里侯爵怎么想到写这张明信片，他写这张明信片的目的与他以前写的信密切相关，和他以前对王尔德的拜访也有关。昆斯伯里侯爵曾声明，如果事关他儿子的道德，他有权竭尽全力终止自己的儿子与奥斯卡·王尔德先生的交往。我只是从这个角度提出我的问题。

法官：我反对的就是这一点，你提出的问题也是这个。昆斯伯里侯爵写这封信，告诉自己的儿子不要与王尔德先生交往，这难道不对吗？"如果你与王尔德先生交往，你必须承担相关后果。"我因此反对你的问题。

卡森：我任凭你裁决。这件案子有些棘手。

汉弗莱斯：还有一个案子。

法官：我已经表态了。卡森先生会遵从。

卡森：我当然会遵从。我只是说，我有点奇怪汉弗莱斯在这一点上固执己见。

汉弗莱斯：我一切全凭证据断案，并非我固执己见。这是断案，先生。

书记员宣读王尔德的证言。

汉弗莱斯（打断他）：那可能会误导——信封没封，这是事实；信封从未封过。

法官：是未封。

书记员（对王尔德）：我会记下："看门人递给你时信封未封。"

王尔德：是的。

卡森：看门人也证实了这一点。

书记员（继续读证言）：对吗？

王尔德：我认为有一处要改动一下。看门人对我说的话是："先生，昆斯伯里侯爵希望我在你来俱乐部时将这张明信片交给你。"然后他递给了我这张明信片。

书记员："先生，昆斯伯里侯爵希望我在你来俱乐部时将这个交给你。"

王尔德："这张明信片。"

书记员："将这张明信片交给你。"

王尔德：是的。

卡森：先生，根据王尔德先生的证词，我是否可以提一个会被否决的问题？因为我想让人知道，我准备讯问王尔德先生了。

法官：你要旧话重提。

卡森：是的，我想问的问题是：他认识艾尔弗雷德·道格拉斯多长时间了。

法官（对书记员）：讯问问题否决。

书记员："问题'你认识艾尔弗雷德·道格拉斯多长时间了？'讯问时被提及，被法官否决。"

法官：对。

书记员将证词交给王尔德签字。

王尔德：请允许我看看日期。我第一次遇到昆斯伯里侯爵的年份不能弄错了，我想确认一下日期是否正确。我想看看自己到底弄错了没有。

法官：（严厉地）你只要稍微留意一下，就不会发生这种事。

书记员：你说，王尔德先生，"我认识被告和他家庭中的许多成员。我第一次认识被告是在1893年。"

王尔德：我相信是1892年。

汉弗莱斯：他后来纠正了，是1892年。

王尔德：是的，我想我纠正过了。

汉弗莱斯：你会发现改过了。

书记员："我记得有一次与艾尔弗雷德·道格拉斯勋爵在皇家酒店一起吃午饭，时间是1893年。"时间应该是1892年，我要把这记下来吗？

王尔德：是的，1892年。

书记员：这句话就成了这样："据我所知，我第一次认识被告是在1892年。"

王尔德随后在自己的证词上签字。[1]

----

[1] 王尔德实际上只签了姓名的首字母。

法官：这是你的案子吗？

汉弗莱斯：我想警察督察的证言还没宣读。

书记员：看门人的证言已经宣读并签了字。

托马斯·格里特宣誓

汉弗莱斯：那么，我们开始这个案子吧，法官大人，我请

1878年5月，王尔德身穿鲁伯特王子的服装参加化装舞会，他曾宣传服装改革比宗教改革还重要。
出自 *Oscar Wilde* by Richard Ellmann

求您将被告交由审批。

法官：让被告站起来。（对被告说）约翰·道格拉斯·昆斯伯里侯爵，法庭已经听过相关证词，现在回答对你的指控，但请记住：你所说的一切都会被记录在案，并可能在对你的审判中成为对你不利的证据。你有话要说吗？

昆斯伯里：尊敬的法官大人，我想说的就是：我写那张明信片的目的只是将事情做一了断，因为我在别的地方遇不到王尔德先生，无法拯救我的儿子，我相信我所写皆实。

书记员：昆斯伯里先生，我记下的是："我想说的只是：我写那张明信片的目的只是将事情做一了断，因为我在别的地方遇不到王尔德先生，无法拯救我的儿子，我坚信我所写皆实。"

昆斯伯里：是的。

昆斯伯里在证词上签字。

法官：你还要传唤什么证人吗，卡森先生？

卡森：不在这里传唤了。

法官：被告将在老贝利中央刑事法院下次开庭期间接受判决。原告须支付40镑出庭并起诉。

卡森：我想保释金还和上次一样？

法官：上次替被告支付保释金的那位绅士在这儿吗？

卡森：在。

法官：保释金同额。

卡森：我想为了避免对证人产生误解，证人在讯问中都应遵守同样的规定。

法官：是的。

卡森：所以我不传唤他们了。

第三章
奥斯卡·王尔德控告昆斯伯里侯爵诽谤案（三）

时间：1895年4月3日—4月5日

地点：老贝利中央刑事法院

法官：亨·科林斯

陪审团

原告：奥斯卡·王尔德

原告辩护律师：爱德华·克拉克，查尔斯·威利·马修斯，查尔斯·汉弗莱斯

被告：昆斯伯里侯爵

被告辩护律师：爱德华·卡森，查尔斯·吉尔和A.E.吉尔

第一天上午

爱德华·克拉克的开庭陈述

爱德华·克拉克[1]——法官大人，陪审团的先生们。你们已经听闻了对被告的指控，即他对奥斯卡·王尔德先生进行了错误而充满恶意的诽谤。他将诽谤文字写在一张明信片上，并且留在了奥斯卡·王尔德先生为会员的俱乐部里。在这张明信片上，尊敬的昆斯伯里侯爵写道："给看着像同性恋者的奥斯卡·王尔德。"原告根据明信片上的这些诽谤性文字，才对被告提起控诉。

王尔德的辩护律师爱德华·克拉克。
1903年6月11日《名利场》上的漫画像

---

[1] 英国著名律师，具有坚定的宗教信仰，他为王尔德免费辩护。

现在，先生们，这件事当然很严重，因为明信片上的诽谤文字无论如何不应该与一位在这个国家声誉卓著的绅士的名字联系在一起。你们将会意识到，将这样一张明信片公开留给俱乐部的看门人严重至极，这件事可能严重到足以影响受害人的地位。这样的行为肯定是错误的，这样的行为不可能是正确的，除非明信片上的文字说的是实情。但是，无论如何，被告的社会地位，以及他作为父亲的身份可能会在某种程度上减轻其罪行的严重程度。但我们不应借口被告那样写是出于强烈的感情——滥用但强烈的感情——而停止对被告的指控。今天被告在法庭上说他的陈述是真实的，他是为了公众利益才写那些话。但我要向你们谈这样一点：他在陈述中丝毫没谈及奥斯卡·王尔德先生有任何我说到的那种罪行，而只是一系列的指控，提到了某些人的名字——许多人——据说这些人都是受了王尔德的诱使而与他一起犯下那些严重的罪行，而王尔德与他们中的每一个人都做了那种龌龊之事。我想这会使你们觉得有点奇怪，因为被告的这份申诉状中提到了一个非常特殊的时间段，但从申诉状中可以看出，在这段时间内，王尔德先生一直没能成功地诱使那些人与他做这种坏事。我本人可以理解被告为什么这样说，因为他提到的这些人有可能会被传唤出庭作证，而一旦出庭，他们就得承认更多，但我以为，他们并没准备承认他们自己曾犯下那种严重至极的罪行。但值得指出的是，这些指控说王尔德先生诱引了那种犯罪行为，并且，虽然无法证明这种罪行已经发生，但他有过不道德行为。我不得不特别提请你们注意被告申诉中的这一点，这一点已经记录在案。

王尔德的母亲。
出自 *Oscar Wilde* by H. Montgomery Hyde

王尔德的父亲。
出自 *Oscar Wilde* by H. Montgomery Hyde

王尔德先生是位38岁的绅士，他的父亲威廉·王尔德先生是一位著名的爱尔兰人，一位外科医生和眼科医生，曾做过爱尔兰人口调查委员会的主席，做过很多公共服务工作。这位父亲几年前去世了。王尔德先生的母亲王尔德夫人现在还在世。王尔德先生以优秀的成绩进入都柏林的三一学院，在那里他以自己的古典文学知识而名声大震，获得了一些著名的奖学金，他取得如此优秀的成绩，他父亲希望他进牛津大学，于是

1882年1月，王尔德在纽约的留影。
出自 *Oscar Wilde* by Richard Ellmann

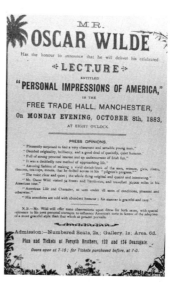

1883年，王尔德到美国演讲的广告。
出自 *Oscar Wilde* by Richard Ellmann

他转进了牛津大学的马格达伦学院，在这里他又成为名人，在文学士第一次学位考试中获第一名，在古典人文学科大考中也获第一名；他在这里获得了预示了他将来的人生道路和名声的东西：他的英文诗获得了纽迪盖特奖学金。离开荣誉满身的大学生活之后，他投身于文学和艺术。早在1882年[①]，他就已出版了一卷诗集，他写了一些以艺术和美为主题的随笔，你们可能知道，许多年前，奥斯卡·王尔德先生实际上已经成为一位非常著名的人物，一些人嘲笑他，但更多的人欣赏他。无论如

① 实际上是1881年。

牛津大学马格达伦学院的合影，王尔德站在最右边。
出自 *Oscar Wilde* by Richard Ellmann

何，他代表了艺术和文学的一个特殊方面，主要是最前卫的人和最有教养的人能接受的一个方面。1884年，他有幸娶了后来的女王顾问霍勒斯·劳埃德的女儿，之后就一直和妻子生活在一起，还生了两个孩子。从结婚之日起直到现在，他都和妻子一起在位于切尔西泰特街的住所里接待到访的朋友。他是阿尔伯马尔俱乐部的会员，他的妻子也是，这张侮辱性的明信片就是交给了这家俱乐部的看门人。

他在泰特街接待的朋友中有一个人——他的名字我要提起——我必须提起——他就是艾尔弗雷德·道格拉斯勋爵，昆斯伯里侯爵的儿子。1891年某天下午，艾尔弗雷德·道格拉斯

1875年，王尔德在牛津大学一年级时的留影，后排最高者。

出自 *Oscar Wilde* by Richard Ellmann

走进了泰特街，他是王尔德的一位朋友介绍过来的，这位朋友也是道格拉斯的朋友[1]，从那时起一直到现在，奥斯卡·王尔德先生不仅是艾尔弗雷德·道格拉斯的朋友，也是艾尔弗雷德·道格拉斯的哥哥们和他的母亲昆斯伯里夫人的朋友，昆斯伯里夫人曾是被告的妻子，但几年后因为侯爵的所作所为[2]，她提请离婚，最终法律判决他们离婚。在我所说的这段时间内，王尔

①指莱昂纳尔·约翰逊。王尔德与约翰逊相识于1890年2月15日，当时约翰逊是牛津大学的在读学生，与道格拉斯是朋友。1891年1月，约翰逊将道格拉斯引见给了王尔德。

②两人1866年结婚，1877年离婚，共生了5个孩子。昆斯伯里侯爵脾气暴躁，风流无度，甚至试图将情妇带回家。

德先生一直是昆斯伯里侯爵的儿子们的朋友，也是昆斯伯里夫人的朋友，他一次又一次地到位于沃金厄姆和索尔兹伯里的昆斯伯里夫人家里做客，还经常受邀参加在那里举行的家庭聚会。另外，艾尔弗雷德·道格拉斯在奥斯卡·王尔德先生自己的家里也是被接受和欢迎的。当然，他们也在伦敦等地经常见面，但更多的时候艾尔弗雷德·道格拉斯勋爵和奥斯卡·王尔德先生及其妻子、儿子在一起，有时在克罗默，有时我想是在戈林——王尔德先生、其夫人及两个儿子住在那里——无论在哪里，艾尔弗雷德·道格拉斯勋爵都是他们全家的客人，也是全家都欢迎的客人[①]。直到1892年年底，在这之前两人或在哪里遇到过，王尔德先生都根本不认识被告。1892年11月，王尔德先生和艾尔弗雷德·道格拉斯勋爵正在摄政街的皇家酒店一起吃午饭，昆斯伯里侯爵走进来。王尔德先生认为这是一个改变艾尔弗雷德·道格拉斯和他父亲之间关系的好机会，因为他们父子之间因为家庭问题一直关系紧张，于是就暗示艾尔弗雷德勋爵上前与父亲说话并表示友好。艾尔弗雷德勋爵按王尔德先生说的做了，他走到昆斯伯里侯爵身边，与他握手，友好地谈了几句，然后将侯爵带到道格拉斯与王尔德一起吃午饭的桌子旁，将他介绍给了王尔德先生，双方握了手。昆斯伯里侯爵坐下来与他们一起吃了午饭。两点半左右，

---

① 王尔德带家人住过很多地方，无论在哪里，道格拉斯都是常客。

王尔德的妻子康斯
坦丝·劳埃德。
出自 *Oscar Wilde* by
H. Montgomery Hyde

王尔德长子西瑞尔。
出自 *Oscar Wilde* by
H. Montgomery Hyde

王尔德次子薇玮安。
出自 *Oscar Wilde* by
H. Montgomery Hyde

艾尔弗雷德·道格拉斯勋爵有事先走了，昆斯伯里侯爵留下来继续与王尔德先生闲谈。王尔德先生说他和家人将要到托基居住，后来也去了。昆斯伯里侯爵当时说他也要到托基去演讲，请王尔德先生去听。昆斯伯里侯爵后来没去托基，还写了一张便条给王尔德，告诉王尔德他不去托基了。从那时起一直到1894年初，王尔德先生本人再也没见过昆斯伯里侯爵。就在这次会面至1894年期间，王尔德先生开始意识到发生了一些不利于自己的事——我不是说这些事与昆斯伯里侯爵有关，但他就是产生了这种感觉。此事与一个名叫伍德的人有关，王尔德先生曾见过他一两次，但实际上他对这个人了解很少。艾尔弗雷德·道格拉斯勋爵曾送给伍德一些衣服，伍德在其中一件外套的口袋里发现了王尔德先生写给艾尔弗雷德·道格拉斯勋爵的4封信。但伍德究竟是在外套的口袋里发现了这些信，还是他偷了这些信，现在我们都只能推测了。事实上，王尔德先生写给艾尔弗雷德·道格拉斯勋爵的这些信正在一些人之间传来传去。1893年初，伍德找到了王尔德先生，随身带着王尔德先生写给艾尔弗雷德勋爵的那些信，想让王尔德先生拿钱换回去。他说自己陷入困境，想到美国去，王尔德先生给了他15或20镑，作为他赴美的旅费，而伍德则交还了王尔德先生写给艾尔弗雷德·道格拉斯勋爵的3封普通的信。我不认为这些信有什么价值，你们也会明白这一点。一般来说，一旦人们认为自己得到了某些有价值的信，就会把这些信保留下来。这件事就属此例。在这件案子结束之前，我们就会发现这类人的某种特点——伍德和一个名叫艾伦的人、一个名叫克莱本①的人——他们也参与了这次交换。但是，1893年的这个时刻，王尔德先生写的一部剧本，一部后来证明在干草市场剧院取得了巨大成功的剧本——《一个无足轻重的女人》正在排演中，当然，王尔德先生非常频繁地见到比尔博姆·特里先生②，他是剧中演员，也是剧院的经理，他得到了一张纸片，这张纸片可能是、在某种程度上就是我提到的

---

①威廉·艾伦（1895年27岁）和罗伯特·亨利·克莱本（1895年22岁）都是声名狼藉的敲诈者。王尔德与昆斯伯里侯爵对簿公堂时，两人都藏在布罗德斯泰斯，并被昆斯伯里侯爵的律师查尔斯·罗素找到，但两人并未作证。艾伦1897年被判刑18个月，克莱本1898年被判刑7年，罪名都是偷盗并出卖赃物。后来王尔德在《自深深处》中曾这样写道："克利伯恩和阿特金斯在他们与生活的不名誉的战争中表现得是很出色的。取悦他们这种人是一种令人震惊的冒险。"

②赫伯特·比尔博姆·特里，干草市场剧院的经理，1893年4月初，王尔德的剧本《一个无足轻重的女人》在干草市场剧院开始排演，4月19日上演。

一封信的复制件，那个人将3封信交给王尔德先生之后剩下的那封。这张纸片奇奇怪怪，上写："给特里先生。请特里先生好心转交奥斯卡·王尔德先生，谢谢。"这就是王尔德先生提到过的有两处地址的那封信的复制件，一处地址是托基的巴巴科姆·克利夫，另一处地址是切尔西泰特街16号。特里先生自然把这封信的复制件交给了王尔德先生。这可能就是王尔德先生那封信的复制件。在这之后不久，一位名叫艾伦的人造访王尔德先生，说他有这封信的原件。他要求王尔德先生拿钱交换。王尔德先生毫不迟疑地断然拒绝了，并且说："我已经有了这封信的复制件，原件对我一无用处了。我将它看成一篇艺术作品。我渴望拥有它；但是，既然你已好心将复制件送给了我，我就不想要原件了。"（笑）他随后给了艾伦10先令打发他走了，既没要这封信的原件，也没从艾伦手里买下来，而是让他带着这封信走了。艾伦几乎前脚刚走，克莱本就带着这封信来找王尔德先生，说艾伦非常感激王尔德先生对他的善意，他决定把这封信送还给王尔德先生，分文不取。克莱本接着将信交给了王尔德先生，王尔德先生给了他半个金币以酬谢他的辛劳。好了，先生们，王尔德先生对与此信有关的两件事特别敏感，是因为这封信一直被认为是王尔德先生的罪证，有人曾认为有复制的价值，这不但不准确，而且是错误的，他们还将它送给诸如特里先生这样的人，以为他会为了败坏王尔德先生的名誉而将此信再传给别人。得到原件之后，王尔德先生就保存了起来。现在，这封信就在我手里。王尔德先生对这封信敏感还有另一个原因。他曾对艾伦说过，他说他将这封信看成一种散文体的十四行诗，当艾伦去找他时，他告诉艾伦这封信可能会在某个时候以十四行诗的形式发表。后来果然是这样。我手里拿着的这份杂志，名叫《酒精灯》，1893年5月4日发行，这是由艾尔弗雷德·道格拉斯勋爵编辑的美学、文学和批评杂志，第一页上是一首法国十四行诗，标题是这样写的："奥斯卡·王尔德先生以散文诗形式写给一个朋友的一封信，由一位名不见经传的诗人将之译成了韵律诗。"诗是用法文写的，署名为彼埃尔·路易斯，诗非复制原信，而是对王尔德先生写的那封信的改写，这封信就在这儿："我自己的男孩，你的十四行诗非常可爱。你那玫瑰叶似的红唇不仅生来是为了歌唱的，而且也是为了疯狂热吻的，这真是个奇迹。你那纤细的金色灵魂行走在诗歌和激情之间。我知道，为阿波罗所钟爱的雅辛托斯就是在希腊时的你呀。为什么你要一个人留在伦敦？你什么时候去索尔兹伯里？你一定要去那里，在各种哥特式建筑的灰色光线里冷静一下你的双手。你随时可以到我这儿。这是一处可爱的地方——只是缺少你，但先去索尔兹伯里吧。我对你的爱是永恒的。你的奥斯卡。"先生们，这封信的用词对那些习惯写商业信件或那些为生活压力所迫日日都得写普通信的人来说可能是荒唐的（笑，王尔德也笑了），但是，王尔德先生对艾伦说过——这是一种散文诗。王尔德是位诗人，这封信被他看作一首散文体十四行诗，是回应艾尔弗雷德·道格拉斯勋爵写的一首诗。这首诗发表在《酒精灯》时进行了改写和重释，我手里现在就拿着这份杂志。他把这封信保存到今天，直到今天在法庭上出示。现在我要对你们说，这是他写的一封信，他决不会为之感到羞愧，并准备在任何地方出示，这是一封他绝对不在乎别人怎样联想的信。关于这封信，他曾这样说过：作为一位艺术家和诗人，信是诗人感情的表达，与任何可恶的暗示都无关——对他和对你们所有人来说都同样是可恶的暗示。在这个案子里，这种暗示却与他有关。

陪审员：能不能麻烦你说出那封信的日期？

克拉克：没有日期。十四行诗的日期是1893年5月4日。

陪审员：好的，我不知道那封信的日期，我知道了十四行诗的日期。

克拉克：信上没有日期。我得知信写于1892年12月。1894年2月，王尔德先生在皇家酒店再遇昆斯伯里侯爵之后不久，王尔德先生意识到被告写了一些侮辱他的人品，并且包含着侮辱性暗示的信。王尔德先生本可以将此事公之于众，但他极不情愿——不是他自己的原因，因为他没有问题，或者说没有理由对此犹豫不决，而是为了别人——要将那种邪恶、可怕的暗示公之于众，他自然犹豫不决，而现在此事却被迫要当庭辩论，如果他独自一人。如果他自私自利，他将这些信公之于众可能合情合理，他放弃这样做的原因，我没权利在这里说，我也没说，但我确信，这个案件不需要进行多久，其中的原因就会很清楚了。1894年的下半年就这样过去了。我要告诉你们：大约在1894年中期，昆斯伯里侯爵与王尔德先生有次会面。那次会面的细节我不必告诉你们，我所说的就是奥斯卡·王尔德先生要求昆斯伯里侯爵离开自己的家，并当着昆斯伯里侯爵的面发布命令：再也不允许昆斯伯里侯爵踏进自己的家。1894年就这样过去了，我们随后迎来了1895年初。

你们知道，王尔德先生写了很多剧本——《温德米尔夫人的扇子》《一个无足轻重的女人》《诚实的重要性》和《理想丈夫》，这是已在这个国家上演过的四部剧本，他还写了一部萨拉·伯恩哈特夫人将出演的剧本——一部名为《莎乐美》的法文剧。1895年2月14日，《诚实的重要性》就要在圣詹姆斯剧院上演了。在那一天，剧院经理和其他一些人得到消息，说要注意昆斯伯里侯爵将要扮演的角色。众人皆知，有一次上演桂冠诗人的一出戏《五月的诺言》时，昆斯伯里侯爵就曾在剧院公开发表评论，并且干扰了演出的进行——

卡森：法官大人，我看不出这与被告有何关系，或者说这与前面所谈案子有何关联。这与本案毫无关系。

法官：这会有助于解释王尔德先生随后在这个特殊场合对昆斯伯里侯爵采取的行动。

克拉克：的确如此，法官大人。我正在讲，众所周知，在以前的某个场合，已故桂冠诗人的一出戏《五月的诺言》上演

《理想丈夫》演出海报。
出自孙宜学编译《奥斯卡·王尔德自传》

《诚实的重要性》演出海报。
出自 *Oscar Wilde* by Richard Ellmann

时，昆斯伯里侯爵曾出现在剧场，反对戏剧的演出。他是一个不可知论者，他也曾反对过赫尔曼·维津扮演的一出不可知论剧中的一个人物，当然，在新剧首演之夜在剧场出现那种干扰或麻烦对新剧和剧院管理来说无论如何都是一种伤害，但如果昆斯伯里侯爵可能出现在剧场，并在演出过程中打断演出，发表演讲，问题就更严重。如果在《诚实的重要性》上演中间昆斯伯里侯爵如法炮制，发表演讲来打断演出，那就会严重影响王尔德的人格，一定会严重影响剧院和这出戏的前途。事情会变得非常严重。王尔德先生和剧院采取了预防措施。昆斯伯里侯爵本来在圣詹姆斯剧院预定了一个座位，但他的钱被退回去了，警察包围了剧院。那天晚上，昆斯伯里侯爵来到剧院，手里还拿着一大把蔬菜做成的花（笑）。昆斯伯里侯爵若获准进入剧院，手里还带着这把花，他会做出什么事来，我不知道。但他被禁止进入剧院，他来到走廊的楼梯，也被守在这里的警察拒绝入内，昆斯伯里侯爵只得离开了，他就将花留在了票房，并给王尔德留了一张便条。此时此刻，想到在那种情况下发生这种事的严重性，我就难以抱怨你们发笑了，但先生们，当你们不得不考虑在这种情况下——因为你们不得不考虑——昆斯伯里侯爵所采取的攻击王尔德人格的方式——无论他出于何种理由——是多么不符合绅士之道时，你们就会认识到此事绝不是微不足道的，我刚才已经提到，他甚至还屈尊采取了这样一种滑稽的送花之计。昆斯伯里侯爵是否时时刻刻都应对自己的行为负责，在这个案子结束之前，可能取决于你们自己的判断，并且会让你们心存疑虑，更进一步说，他并没有像一个真正的绅士那样行之有道，让人尊敬。相反，他给王尔德是会员的一个俱乐部的委员会写信，说他不得不反对俱乐部某一会员的人格，并以一个渴望维持俱乐部的荣誉和纯洁的绅士身份，要求他们调查此事——而现在他却拿着一大把蔬菜花，在王尔德剧本的首演之夜来到剧场。好吧，他被拒之门外；他的钱被退回了；他蓄意采取的侮辱行为没有得逞，也没人注意到他拟采取的侮辱行为。他爬上剧院走廊的楼梯，想进到走廊里，但警察已经得到消息，把住了走廊的门，他无法混进剧院，只能悻悻而去。这事过去一段时间后，王尔德先生才有机会去阿尔伯马尔俱乐部。我想，直到2月25日或28日，王尔德先生才来到阿尔伯马尔俱乐部，他一走进去，看门人就递给他一个信封，信封里装着昆斯伯里侯爵2月18日留下的明信片，是那位聪明的看门人装进去的。看完明信片，王尔德立刻感到自己必须就此事提起控诉，因为在这里第一次出现了昆斯伯里侯爵指控王尔德先生的书面文字——堪称昆斯伯里侯爵公开攻击王尔德先生的文字。我已经告诉过你们，这种指控以前就出现过，即使没直接用指控性的词，但也都暗含在他之前的信中了——昆斯伯里侯爵之前写的信中，但那些信不是写给王尔德先生的，而是写给昆斯伯里侯爵的家庭成员的——虽然王尔德已经意识到了这一点，并且可以采取行动，如果他愿意的话。但如果采取行动，就必然要将昆斯伯里侯爵与其家人的关系公之于众。因此，王尔德先生没有那样做，迄今为止都尽可能避免那样做。2月14日昆斯伯里侯爵在王尔德先生新剧首演之夜蓄意采取的侮辱行为可能会成为不利于昆斯伯里侯爵的事件，我认为的确如此，但很显然，这件事还不足以成为如今这种严重指控的理由。这事微不足道，但当他把这张明信片交到俱乐部看门人手里时，其中的暗示首次以一种能使王尔德先生注意到，且并不直接将昆斯伯里侯爵家里不同成员之间的关系公开的方式表露无遗，于是王尔德先生立刻采取了行动。2月28日，王尔德先生收到了明信片。3月1日，他申请了一张逮捕昆斯伯里侯爵的授权令。3月2日早晨，昆斯伯里侯爵被捕，当天就对他进行了调查取证，并实施了拘押。先生们，我的故事讲完了，我觉得有必要将这个故事告诉你们，这是我的责任，也事关王尔德先生这段时间内的经历。关于正在审理的这个案子，我还有一两句话要说。我告诉过你们，这个案子中提到了一些人的名字。我不应提及指控的细节，实际上也不应提及这个案子中所提及的人的名字。我不得不相信，在审理过程中提及那些人的名字是带有敌意的，无论如何其中一些名字会产生这种效果。我不相信提及所有名字会对王尔德先生有什么不利，我在这个案子审理过程中所做的一切，也都仅限于本案讯问所需的范围，不涉其他。但被告的申诉状中有两点——我应称之为两项指控——极其奇怪，我希望引起你们的注意，"在1890年7月，王尔德先生撰写并出版了一部不道德的、有伤风化的小说，名为《道林·格雷的画像》①，他的名字就印在封面上，这部作品是由王尔德设计和构思的，有些读者认为书中描写了某些具有同性恋倾向和不道德的习惯、品味和行为的人们之间的亲密关系和感情"。

"1894年12月，他在一份杂志《变色龙》上发表了其他一些不道德的作品，而这份杂志被称为同性恋的指导手册，包含了各种各样的淫秽之事，以及各种有关具有同性恋倾向和不道德的习惯、品味的人的行为和感情，王尔德先生参加了这份杂

---

① 《道林·格雷的画像》首次发表在《利平科特杂志》1890年7月号，这是一份美国月刊，在大西洋两岸同时出版，只是版本稍有不同。1891年，王尔德扩充了内容，由杂志的英国经销商出版了图书版本。王尔德诉讼案发前不久出版了第二版，但在1895年10月只作为第一版的余量发行。

志的出版工作，并且将他的名字印在了杂志上，作为该杂志的第一位和主要的撰稿人，并在上面发表了一些格言，名为《供年轻人使用的至理名言》。"申诉状以对文学作品的指控结束。先生们，我不明白被告为什么要在申诉状里提到这些，除非是因为我博学多识的朋友非常清楚，他必须依赖人的品格来支持自己的其他诉求，他们必须找到某些可以依赖的东西，以证明自己的诉求可信，并且能够表明：即使他们找到的其他所有证据都无效，单凭这一点也能证明王尔德先生有同性恋倾向，因为他确实出版了一部名为《道林·格雷的画像》的书。这些书现在都摆在我面前。这个是《变色龙》，据说是王尔德先生牵头出版的。这是第一卷第一期，一年三期，只印了100册。我相信本案会促使该杂志订阅量大增，使其成为珍稀本。王尔德

法官科林斯，1893年1月14日
《名利场》上的漫画像

先生的名字出现在上面，是主要撰稿人，他的投稿是《供年轻人使用的至理名言》。这些格言，就是我们中的很多人在观看《一个无足轻重的女人》这样的剧本时所欣赏的那种格言。它们使对话精彩绝伦，常常以睿智的形式表达王尔德先生的智慧——如果你把"常常"换成"总是"，奥斯卡·王尔德先生最高兴。我并不是说这些格言在剧本中或杂志中总是如此，但如果我博学多识的朋友能从这些"至理名言"中找出一星点儿有违王尔德先生的道德品格的东西，就是我们在此谈论的这种事，我会大吃一惊。对这份杂志的其他内容，王尔德先生丝毫不负责任，就像在座的任何一位绅士一样不负责任。一位年轻的牛津大学的学生是杂志的编辑[①]，他邀请已是名人的王尔德先生给杂志投稿，当然，王尔德先生的名字出现在杂志上一定会吸引读者订阅。王尔德先生就好意从自己已写的格言中选了一部分给了这位编辑，但他对杂志的内容一无所知。等他直接看到了这份杂志，他才看到杂志中有一篇名叫《牧师与侍僧》的文章或故事，他认为这是文学的羞耻，奇怪竟有人写这样的作品，而更让他吃惊的是，竟有正规的出版人允许以自己的名义出版这种杂志。当直接看到这份杂志时，他去见了杂志编辑或是给编辑写了信。在王尔德先生的坚持下，编辑尽其所能停止了杂志的流通。王尔德先生不知道有人写了这篇文章或

[①] 指约翰·弗朗西斯·布洛沙姆，他也是《牧师与侍僧》的作者，后来做了英格兰教会牧师。

者说将要发表，他直到看到了出版后的杂志才知道，随后就表达了自己对这篇文章的看法。我想，他表达的看法是：这篇文章写得很差，不值得发表，也不适合发表，并坚持要将这篇文章撤下来。这就是王尔德先生在整个过程中与《变色龙》出版的唯一一次联系。实际上，这件事对他而言是咄咄怪事，而对那些代表他在这份杂志中发现了对其可怕的指控确有实证的人而言，这也是咄咄怪事。好吧，先生们，另一件事是以他名字出版的小说《道林·格雷的画像》，他们说是他出版的一本书。我感到奇怪的是，当他们在申诉状中说"他的名字就印在封面上"时，他们不明白，他们在攻击他犯有描写和鼓励同性恋行为的罪时，自己所依据的理由竟是他写了一本书，而这本"他的名字就印在封面上"的书在书架上、书店里和图书馆里已摆放了5年，这种攻击方法真是异乎寻常。好了，先生们，根据这份申诉状谈论一本特殊的书总是有困难的，因为这会让人难以弄明白这是一本什么样的书。关于这一点，我所需要说的就这些。《道林·格雷的画像》写的就是一张真画，这就是故事的主题。故事写了一位年轻人：一个出身高贵，非常富有，且很漂亮的年轻人。他的朋友是一位著名画家，给他画了一幅肖像画，这幅肖像画从各个方面表现了他青春之美的光彩与神采。道林·格雷渴望拥有这幅画，画家就给了他。道林·格雷表达了一种奇怪的愿望：任凭岁月流逝，他都永葆自己的青春之美，而他在生活中所经历的痛苦，或所遭遇的麻烦，或所做的错事，都在画像上留下痕迹，画像变老，而他本人却永葆青春。这一奇怪的愿望得以实现。他不久就知道了，他在生活中的所作所为会在画像上留下痕迹和记录，而他本人的相貌不会发生变化，因为在小说开始时，他冷酷、残忍地抛弃了一位生活卑微的姑娘，而他曾答应娶她，结果导致姑娘自杀。随后，当他看画像时，他注意到画像的嘴唇发生了一点儿变化，他的嘴角周围出现了一条冷酷残忍的线条，故事就这样展开了。他把画像锁在一间废弃的房间里，除了他没人能看到。他挥霍无度，还杀了人。随着岁月流逝，这幅画像逐渐发生了变化，他在生活中犯下的所有罪恶都只在画像上留下痕迹，而他本人的

《道林·格雷的画像》首次出版时的书名页。
出自孙宜学编译的《奥斯卡·王尔德自传》

俊美却没受任何影响。最后他再也无法忍受了：他拿起一把匕首，刺向画像。当他刺中画像时，他本人却倒地而死，人们跑进去发现，画像重焕青春之美，而躺在地上的人面孔狰狞，几乎认不出是谁了。这就是本书所描写的故事——我不应说描写——是暗示和影射的故事，因为确实没有描写。道林·格雷所犯下的罪恶和所表现出的人性弱点，却被用来攻击奥斯卡·王尔德先生就是同样的人，表明他本人就犯了这一类的罪恶，理由是：他在书中说，书中的人物无恶不作，这肯定是一种最奇怪的推论。为了这个案子，我读了此书，特别留意我博学多识的朋友凭何立论。奥斯卡·王尔德先生的名字出现在本书封面上①，如果我博学多识的朋友能指出封面上有哪一段话超出了一位小说家或戏剧家应该——不，是必须——描述的范围，我都会感到惊奇，一个作家如果渴望创作出艺术作品，他必须描写生活的激情和罪恶，这样的作品在描写现实的同时，也可以表现出和谐、美和艺术的真实。先生们，就此事我只想说这些。我和我博学多识的朋友将依次在你们面前传唤与文字诽谤有关的证人到庭，他们将会证实本案诽谤事件的来龙去脉。我博学多识的朋友的任务，如果他确要对此发表高见的话，那就是通过证据向你们证明对昆斯伯里侯爵的指控是完全真实的。

---

① 克拉克提到的是1891年的图书版本，而非发表在《利平科特杂志》上的版本。

查尔斯·威利·马修斯讯问悉尼·赖特

悉尼·赖特宣誓并接受查尔斯·威利·马修斯讯问

马修斯：你是阿尔伯马尔俱乐部的看门人？

赖特：是的。

马修斯：王尔德先生和夫人都是该俱乐部会员？

赖特：是的。

马修斯：在去年2月18日，被告昆斯伯里侯爵造访俱乐部并和你谈话了吗？

赖特：是的，

马修斯：他当时是不是交给你了一张明信片，就是我现在给你的这一张？（递给了证人）

赖特：是的。

马修斯：在将明信片交给你之前，昆斯伯里侯爵当着你的面在明信片上写字了吗？

赖特：是的。

马修斯：这些字是"给看着像同性恋者的奥斯卡·王尔德"，而在明信片的另一面则印着昆斯伯里侯爵的名字和头衔，是这样吗？

赖特：是的。

马修斯：昆斯伯里侯爵将明信片交给你时说了什么？

赖特：他希望我将明信片交给奥斯卡·王尔德。

马修斯：你看了明信片，并且看清上面写了什么了吗？

赖特：我看了明信片，但不明白上面写了什么。

马修斯：当时你是否记下了日期、具体时间？

赖特：是的。

马修斯：是在明信片的背面吗？

赖特：是的。

马修斯：你记下的时间是：1895年2月18日，下午四点半？

赖特：是的。

马修斯：我想，昆斯伯里侯爵把明信片交给你后就离开了，对吗？

赖特：是的，他立刻离开了俱乐部。

马修斯：你将明信片放进了信封？

赖特：是的。

马修斯：明信片现在还在信封里，或刚才还在信封里？

赖特：是的。

马修斯：你在信封后写下了奥斯卡·王尔德先生的名字？

赖特：是的。

马修斯：你一直保管着这张明信片，直到2月28日，即王尔德先生自18日之后第一次来到俱乐部？

赖特：是的。

马修斯：28日，你一看到王尔德先生就把装有明信片的信封交给了王尔德先生？

赖特：是的。

马修斯：还原样转达了昆斯伯里侯爵让你转述的口信？

赖特：是的。

卡森：法官大人，我不问这个证人任何问题。

爱德华·克拉克讯问奥斯卡·王尔德

奥斯卡·王尔德·芬戈尔·奥弗莱厄蒂·威尔斯宣誓并接受爱德华·克拉克讯问。

克拉克：你是这个案子的原告？

王尔德：是的。

克拉克：我想你38岁了吧？

王尔德：我39岁了。[①]

克拉克：你父亲就是后来都柏林的外科医生威廉·王尔德爵士？

王尔德：是的。

克拉克：他几年前已经去世？

---

① 不知何故，王尔德说错了自己的年龄，这看似一个很普通的小问题，但却一下子给人这样的印象：王尔德说谎成性，这在重事实的法庭上，就不是小问题了。

王尔德1892年的照片，与法庭上的王尔德非常相像，唯一的区别是法庭上的王尔德衣服上没有纽扣孔。
出自 *Irish Peacock & Scarlet Marquess* by Merlin Holland

王尔德：是的，我在牛津时去世的。

克拉克：你曾是都柏林圣三一学院的学生？

王尔德：是的。

克拉克：在那所大学，你是否得过古典文学奖学金和希腊文金奖？

王尔德：是的。

克拉克：然后，我相信你进了牛津的马格达伦学院？

王尔德：是的。

克拉克：你在那儿也得了古典文学奖？

王尔德：是的。

克拉克：你在文学士第一次学位考试和古典人文学科考试

中得过第一名？

王尔德：是的。

克拉克：你得过纽迪盖特英语散文奖？

王尔德：是的。

克拉克：你是哪一年离开牛津的？

王尔德：我1878年获得了学位。

克拉克：你是不是一拿到学位就立刻离开了牛津大学？

王尔德：是的。

克拉克：从那时起你就专注于文学和艺术了？

王尔德：是的。

克拉克：我相信早在1882年你就出版了一本诗集？

王尔德：是的。

克拉克：随后你在美国进行了巡回演讲？

王尔德：是的。

克拉克：也在英国进行了演讲？

王尔德：是的。

克拉克：从那时起你写了很多涉及各种主题的随笔？

王尔德：是的。

克拉克：在过去的几年内，你将主要精力用于剧本创作了？

王尔德：是的。

克拉克：其中包括《温德米尔夫人的扇子》《一个无足轻重的女人》《诚实的重要性》和《理想丈夫》这四部已在我国

舞台上上演过的剧本，对吗？

王尔德：是的。

克拉克：它们都取得了成功？

王尔德：是的，都成功了，我很乐于告诉你们这一点。

克拉克：这四部剧本都是在1892年2月和1895年2月之间上演的，事实如此吗？

王尔德：是的。

克拉克：在这期间你写了法文剧本《莎乐美》？

王尔德：是的。

克拉克：现在在排演吗？

王尔德：我不知道是否真在排演，萨拉·伯恩哈特夫人答应在5月中旬前上演此剧。

克拉克：但你为了该剧的上演曾不止一次到巴黎？

王尔德：为了出版该剧，我去了两次，为了上演，去了一次。

克拉克：在这期间，你除了处理与这部剧本相关的事务，你还写了一些不同主题的文章？

王尔德：是的，我想是的。

克拉克：你还写了其他至今未上演的剧本？

王尔德：是的，有两部。

克拉克：你在1884年娶了劳埃德小姐？

王尔德：是的。

克拉克：从结婚到现在你一直和她住在切尔西的泰特街？

王尔德：是的。

克拉克：你有两个儿子？

王尔德：是的。

克拉克：他们多大了？

王尔德：大儿子到6月10岁，小儿子到11月9岁。

克拉克：从结婚到现在，除了住在切尔西的泰特街，你还和她一起在沃辛、克罗默和戈林等地方住过？

王尔德：是的。

克拉克：在托基呢？

王尔德：是的。有一段时间。

克拉克：1891年你认识了艾尔弗雷德·道格拉斯勋爵？

王尔德：是的。

克拉克：是你们一个共同的朋友将他带到你泰特街的家中？

王尔德：是的，一个我和昆斯伯里夫人共同的朋友，也是艾尔弗雷德勋爵的朋友。

克拉克：1891年之前你是否已认识了昆斯伯里夫人？

王尔德：不，没有。

克拉克：但自1891年起，你就认识昆斯伯里夫人了？

王尔德：是的。

克拉克：你是她家的常客？

王尔德：是的，去过很多次。

克拉克：在她沃金厄姆的小屋里？

王尔德：是的。

克拉克：我想还有她在索尔兹伯里的房子？

王尔德：是的。

克拉克：有一次，这所房子里举行家庭聚会，你参加了吧？

王尔德：是的。

克拉克：你与昆斯伯里夫人的友谊保持至今？

王尔德：是的。

克拉克：除艾尔弗雷德·道格拉斯之外，你还认识他的哥哥霍维克·道格拉斯勋爵？

王尔德：是的。

克拉克：迄今都如此吗？

王尔德：是的。

克拉克：你也认识已故的拉姆兰里格勋爵，昆斯伯里侯爵的长子？

王尔德：是的。

克拉克：自1891年经人介绍认识了艾尔弗雷德·道格拉斯以来，你们是不是常在泰特街一起吃饭？

王尔德：噢，是的，一直如此。

克拉克：和你妻子一起？

王尔德十二岁时画的信封，里面装着妹妹的头发，他到死都珍藏着。
出自孙宜学编译的《奥斯卡·王尔德自传》

王尔德：是的，当然。

克拉克：还在阿尔伯马尔俱乐部一起吃饭？

王尔德：是的。

克拉克：我想王尔德夫人是这家俱乐部的会员？

王尔德：是的。

克拉克：曾和你及你的家人一起在克罗默住过？

王尔德：是的。

克拉克：在戈林呢？

王尔德：是的。

克拉克：在托基呢？

王尔德：是的。

克拉克：现在我不想详细讯问此事了，但我还要问问1892年底的事。你仔细回想一下，1892年11月之前，你已认识了昆斯伯里侯爵？

王尔德：我想不起来了。

克拉克：1892年11月，你是不是和艾尔弗雷德·道格拉斯勋爵在摄政街的皇家酒店一起吃午饭？

王尔德：是的。

克拉克：昆斯伯里侯爵走进来了？

王尔德：是的。

克拉克：你是否意识到了昆斯伯里侯爵和艾尔弗雷德·道格拉斯勋爵之间有点疏远？

王尔德：是的。

克拉克：所以你建议艾尔弗雷德·道格拉斯勋爵去和他父亲打招呼，与他握手，交谈？

王尔德：是的。

克拉克：昆斯伯里侯爵过来和你们一起同桌吃饭了？

王尔德：是的。

克拉克：你是否记得艾尔弗雷德·道格拉斯提前走了？

王尔德：是的。

克拉克：他走后昆斯伯里侯爵继续留下来与你聊天？

王尔德：是的。

克拉克：你们谈到了去托基的事，以及昆斯伯里侯爵可能去到那里拜访你的事？

王尔德：是的。

克拉克：你真去托基了？

王尔德：是的。

克拉克：昆斯伯里侯爵没去？

王尔德：是的。

克拉克：但你收到了他的一张便条，告诉你他不能去了？

王尔德：是的。

克拉克：那次昆斯伯里侯爵是不是提醒你，你们以前在某个朋友家里见过面？

王尔德：是的。

克拉克：我想距当时已经11年了？

王尔德：是的，10或11年。

克拉克：从1892年11月到1894年3月，你再没见过昆斯伯里侯爵？

王尔德：是的。

克拉克：但在1893年，你听说你写给艾尔弗雷德·道格拉斯的一些信落到了某个人手里？

王尔德：是的。

克拉克：一个名叫伍德的人最后来见你了吗？

王尔德：不，他没来见我。我们是约好见面的。

克拉克：在哪儿？

王尔德：在泰勒①先生的房间里。

克拉克：他是不是有你写的一些信？

王尔德：是的。

卡森：法官大人，我反对我博学多识的朋友问这些问题。

克拉克：当然可以问。他是不是给你讲了他是怎样得到这些信的？

王尔德：是。他说他在艾尔弗雷德·道格拉斯勋爵好意送给他的一套衣服的口袋里发现了这些信。

克拉克：他是不是要什么东西了——发生了什么事——他说了什么话？

王尔德：你能再说一遍吗？

克拉克：他是不是问你要什么东西了——比如钱？

王尔德：我认为他并没直接提这个要求，但要回答你这个问题我觉得有点困难。

克拉克：告诉我他说了什么，发生了什么。

王尔德：他一走进房间就说："我认为你认为我是个坏人。"

克拉克：你说了什么？

---

①艾尔弗雷德·泰勒出生于富有的中产阶级家庭，靠种植可可赚钱。他曾在马尔伯勒学院读过两年书，因成绩差而退学。1883年，他继承了45000镑遗产，10年间挥霍殆尽，1894年宣布破产。他在王尔德被捕的第二天被捕，罪名相同，监狱相同，刑期相同。

王尔德：我说："我听说你手里有我写给道格拉斯勋爵的一些信，你当然应该将它们还给我。"

克拉克：好。接着讲发生了什么。

王尔德：我说过这些话后，他从口袋里拿出三四封信交给我说："信在这里。"我读过这些信后说："我并不认为这些信有什么价值。"他说："前天，一个叫艾伦的人从我这里偷走了这些信，我不得不雇了一个侦探弄回这些信，因为他们想从你这里敲诈一些钱。"我说："我并不认为这些信有什么价值。"他说："我很怕继续留在伦敦，因为这个人和其他人在威胁着我。我想去美国。""如果在美国也做个小职员，那哪有在伦敦好啊？"我说。他说他非常急于离开伦敦，他害怕这个从他手里拿走那些信的人。他非常坚决地请求我帮助他去美国，因为他在伦敦也没事做。我给了他15镑。信一直在我手里。

克拉克：你们的会面就这样结束了吗？

王尔德：是的。

克拉克：你是在这之前或之后从特里手里得到了这封信①的复制件？

王尔德：哦，很久以后。

克拉克：很久以后？

---

① "这封信"指伍德将3封信交给王尔德之后剩下的那封信。

王尔德：是的，是在4月23日早晨，特里先生交给我了这份复制件。

克拉克：1893年？

王尔德：1893年。

克拉克：是特里先生把我提到的那封信给了你？

王尔德：是的，是在我的剧本上演之后——所以我知道日期。

克拉克：我不能问你和其他人之间发生了什么事，但是不是最后有人带着这封信，就是那份复制件的原件来找你了？

王尔德：是。

克拉克：是谁？

王尔德：你是说谁送回了信？

克拉克：谁先来给你这封信的。

王尔德：艾伦。

克拉克：他来告诉你说信不在他手里？

王尔德：是的。

克拉克：他说了什么？请你告诉我们那次会面发生了什么事。

王尔德：我的仆人告诉我，有位艾伦先生想见我，或有个人有特殊的事要见我，我到了大厅，见到了这个人，他正站在大厅里。根据我以前得到的信息，我立即感觉到，他就是那个想用那封信敲诈我的人。

克拉克：你以前见过他吗？

王尔德：我以前从来没见过他。我对他说："我想你是来还我写给艾尔弗雷德·道格拉斯的那封美丽的信的。"（笑）

克拉克：你接着给我们讲讲发生了什么事。

王尔德：我说："如果你没蠢到将这封信的复制件交给特里先生，我会花一大笔钱换回那封信，因为我认为那是一件艺术作品。"他说："那封信可以有特殊的解释。"我说："犯罪阶级无法理解艺术。"他说："有人愿意出60镑买这封信。"我对他说："如果你听从我的建议，你就去找那个人，把我的信卖60镑。"（笑）我接着说："我自己从来没有用那么短的散文作品换来这样一大笔钱，但我很乐于发现在英国有人竟认为我的一封信值60镑。"（笑）我的行为或许让他感到有点意外。他说："这个人不在城里。"我说："但他肯定还会回来。为什么不等等？"

克拉克：你是说这个出价60镑的人吗？

王尔德：是的。愿意花60镑买我的一封信的人。我对他说："他一定会回来。"我说："就我来说，我只能以自己的荣誉保证：我不会给这个愿意出60镑的人1便士来要回我那封信，因此，如果你非常讨厌这个愿意出60镑的人，你可以将信卖给他得到60镑。"我接着又说："我不想继续谈这件事了，很抱歉，我得去吃晚饭了。"——我正在家吃晚饭——我说：

"接受我的建议，去找这个愿意出60镑的人。不要再拿这事烦我了。"他改变了态度，接着对我说，他1个便士也没有，是个穷人，他很多次都想找我谈谈这件事。我说我无法保证他的车费，但我很乐于给他半个金币。他接过半个金币走了。

克拉克：我只问你一个问题：在那次会面的过程中，你还记得说过什么有关那首十四行诗的事吗？

王尔德：是的。我告诉他了——我说："这首散文诗式的信很快将在一份杂志上以十四行诗的形式发表，到时我送你一本。"（笑）

克拉克：在我问下一个问题前，请告诉我，实事求是地说，这封信是不是《酒精灯》上发表的那首法文诗的底本？

王尔德：是的。在1893年。

克拉克：署名为"彼埃尔·路易斯"。

王尔德：是的。

克拉克：那是你朋友的名字，还是笔名？

王尔德：噢，不是笔名，是我一位年轻朋友的名字，一位正在英国旅居的年轻法国诗人，他很有名。①

克拉克：这个人走了，对吗？

王尔德：是的。

---

① 彼埃尔·路易斯，王尔德1891年去法国时认识的法国诗人，曾帮王尔德润色《莎乐美》中的法文，他不赞成王尔德与年轻男子交往，并为此争吵过。他出席了《一个无足轻重的女人》的首演；1892年7月《温德米尔夫人的扇子》首演时，他和爱德华·雪莱邻座。

克拉克：艾伦走后多久又有人进来了？

王尔德：我想大约6分钟——5或6分钟吧。

克拉克：随后进来的是谁？

王尔德：克莱本。

法官：你说距上个人走后多长时间？

王尔德：5或6分钟，法官大人。

克拉克：你和他之间发生了什么事？

王尔德：我当时正在一楼的图书室，我的仆人来告诉我："有人想见您。"

克拉克：然后你就看到了他？

王尔德：我本能地觉得——

克拉克：不必介意。

王尔德：我走出去，看到了克莱本，我对他说："我真不想再为那封信烦恼了。我不介意为那封信花2便士。"他从口袋里拿出那封信说："艾伦请我把它还给你。"我没有马上接过来。

克拉克：好吧，你们说了什么？做了什么？

王尔德：你能告诉我，我刚才说到哪儿了吗？

法官：你说："'艾伦请我把它还给你。'"

克拉克：他说艾伦送回了那封信。

王尔德：我对他说："为什么他要还给我这封信？"他说："是这样，他说你对他很好，向你借钱是没有用的。"

法官：借钱？

王尔德：R-e-n-t，这是行话。"向你借钱是没有用的，因为你只会嘲笑我们。"我看了看信，发现很脏，我就对他说："我认为没有照看好我的原稿手迹是不可原谅的。"（笑）他表示非常抱歉，但他也没办法，因为信在很多人之间传来传去。我拿过信说："好吧，我收回这封信。"我给了他半个金币，感谢他费心将信带回，然后对他说："恐怕你在过着一种奇妙的邪恶生活。"（笑）他说："我们每个人身上都善恶并存，王尔德先生。"我告诉他："你是个天生的哲学家。"（笑）他随后就离开了。

克拉克：信以后就在你手里了，从那以后一直在你手里吗？

王尔德：是的。

克拉克：今天你在法庭上出示了吗？

王尔德：是的。

克拉克：现在谈1893年底的事。我想这一年年底艾尔弗雷德·道格拉斯勋爵去了开罗。

王尔德：是在1893年底，是12月。

克拉克：他从开罗回来以后，有一天你们在皇家酒店吃午饭时，昆斯伯里侯爵进来了？

王尔德：是的。

克拉克：他和你们一起吃午饭了？

王尔德：是的。

克拉克：和你们两人都握手了？

王尔德：是的。

克拉克：大家都非常友好？

王尔德：是的。

克拉克：我想你们谈到了埃及以及各种各样的话题？

王尔德：是的。

克拉克：皇家酒店的这次聚会不久——你是否能发发善心，尽可能只回答"是"或"否"——你是不是意识到昆斯伯里侯爵在含沙射影地提到你的性格和行为？

1894年2月的道格拉斯。
出自 *Oscar Wilde* by Richard Ellmann

70

1894年2月的王尔德。
出自 *Oscar Wilde* by Richard Ellmann

王尔德：(停了一会儿)是。

克拉克：你意识到这些含沙射影与他自己的家庭有关？

卡森：那没法证实；但能传递一些信息。

法官：我想没法证实。

克拉克：很好，我对此事绝对公平。(对王尔德)你，能否告诉我这个：这些含沙射影，我想没包含在给你的这些信里吧？

王尔德：噢，没有，当然没有。

克拉克：好吧，在同一年的晚些时候，我想是在6月底，你和昆斯伯里侯爵见过一面。

王尔德：是的。

克拉克：在哪儿？

王尔德：泰特街16号。

克拉克：在那一天的什么时间？

王尔德：大约下午4点。

克拉克：在下午？

王尔德：是的。

克拉克：昆斯伯里侯爵事先预约了没有？

王尔德：没有，当然没有。

克拉克：你听人说昆斯伯里侯爵和一位绅士来了？

王尔德：是的。

克拉克：那位绅士是谁，你认识他吗？

王尔德：昆斯伯里侯爵将他介绍给我了，是佩普先生，我记得是叫这个名字。

克拉克：他和昆斯伯里侯爵一起来的？

王尔德：是的。

克拉克：有人对我说过，名字不重要，法官大人——我想这是一个误会，但名字不重要。

卡森：若提到名字真有什么价值，我当然不反对，但若方便还请尽可能略去名字。

法官：很对。

克拉克：我很乐意。（对王尔德）有一位绅士和昆斯伯里侯爵在一起，你不认识的绅士？

王尔德：不认识，当然不认识。

克拉克：你们是在什么地方会面的？

王尔德：我一楼的图书室。

克拉克：发生了什么事？

王尔德：我去乡下了，刚回到家，仆人就对我说——

克拉克：请不要介意，你不必从那么早开始谈起，请直奔主题。

王尔德：我的仆人对我说："昆斯伯里侯爵和另一位绅士在图书室等您。"我立刻走进图书室。

克拉克：然后发生了什么？

王尔德：昆斯伯里侯爵正站在窗旁；我走到壁炉前。昆斯伯里侯爵对我说："坐下。"我说："我不允许你在我家里或任何地方对我或任何人这样说话。我认为你是来道歉的，你在给你儿子的信中对我及我妻子出言不逊。我随时可以就你所写的那种信控告你诽谤。"他说："信是写给我儿子的，那是我的权利。"我对他说："你怎么敢对我和你的儿子如此说三道四？"

法官："你怎么敢对——如此说三道四？"

王尔德："我和你的儿子"，法官大人。他说："因为你们可恶的行为，下次我一见到你们就将你们从泰特街踢出去。"我说："这是说谎。"他说："你在皮卡迪利给他提供豪华房间。"我说："有人一直在给你讲关于你儿子和我的一整套荒谬的谎言。我从没做过任何那样的事。"他说："我听说去年因为你写给我儿子的一封同性恋信而被彻底地敲诈了一笔。"我对他说:"信是一封美丽的信。"——我刚才说什么来着?

克拉克:"我说:'信是一封美丽的信。'"

王尔德:我说:"信是一封美丽的信,我只为发表而写。"

克拉克:"我只为什么而写?"

王尔德:是的,"我只为发表而写"。我接着对他说:"昆斯伯里侯爵,你是否严肃地指责我和你的儿子有同性恋关系?"他说:"我没有说你是同性恋,我是说你看着像。"(笑)

法官:如果我再听到任何骚扰,我就宣布清场。

王尔德:"但你看着像和表现得就像,这同样坏,"他说,"下次,如果我在任何公共饭店看到你和我儿子在一起,我就打扁你。"我对他说:"我不知道昆斯伯里规则是什么,但奥斯卡·王尔德的规则是:一见就开枪。"(笑)我接着说:"昆斯伯里侯爵,从我房子里出去。"他说他会这样做。我告诉他我会让警察赶他出去。他说:"你和我的儿子……"他重复了一遍关于我和他儿子的话,并且补充说:"伦敦到处流传着这个让人厌恶的传言。"我说:"如果有这样的传言,如果真是这样的话,那这传言的作者就是你,没有别人。你所写的关于我的信是邪恶的,我知道你只是想通过我毁掉你儿子。"我随后对他说:"现在你必须走。我不会让你这样的野人待在我房子里。"我走到大厅,昆斯伯里侯爵和那位绅士也跟着出来了。我指着昆斯伯里侯爵对我的仆人说:"这就是昆斯伯里侯爵,伦敦臭名昭著的恶棍。你以后再也不许他进我的家。如果他想硬闯进来，你就必须将他送到警察局。"

克拉克：然后昆斯伯里侯爵和他的朋友就走了？

王尔德：是的。两人都口出狂言。

克拉克：事实上你真在皮卡迪利给他的儿子提供房间了？

王尔德：没有。

克拉克：或其中一个儿子？

王尔德：没有，这大错特错。

克拉克：不管你和他的儿子在不在一起，他任何时候都可以将你赶出去或要求你离开萨沃伊酒店，这话有没有什么根据？

王尔德：绝对子虚乌有。

克拉克：现在谈这一年初发生的事。这一年2月14日，你的剧本《诚实的重要性》已经安排在圣詹姆斯剧院上演了？

王尔德：是的。

克拉克：那天你是不是从剧院和其他人口中听说了某些消息？

王尔德：是的。

克拉克：是关于昆斯伯里侯爵的？

王尔德：是的。

克拉克：你是不是想到了几年前上演《五月的诺言》时发生的事？

王尔德：是的。

克拉克：我想你在演出当晚到了剧院。

王尔德：是的。

克拉克：演出成功吗？

王尔德：非常成功。

克拉克：演出后你出场向观众鞠躬致谢？

王尔德：是的。

克拉克：你是不是意识到警察当晚在剧院值勤？

王尔德：是的。

克拉克：昆斯伯里侯爵实际上被拒绝进剧场。

王尔德：是的。

克拉克：我想他试图通过走廊进去，但也被拒绝了。（对法官）法官大人，当然不必再传唤另一证人证明这一点了。（对王尔德）你是否承认这个事实：他送了一束蔬菜花？

王尔德：是的。

克拉克：我相信是在售票处。14日你就此事咨询了一位律师[1]，但并未对此事采取什么行动？

王尔德：是的。

克拉克：好吧，我想你这段时间离开英国了，直到演出前几天才回来。

---

[1] 指查尔斯·汉弗莱斯。

王尔德：是的。10天前或14天前才回来——是10天前，我想是的。

克拉克：2月28日是你回到英国后第一次到阿尔伯马尔俱乐部吗？

王尔德：是的。

克拉克：就是在那一天你从看门人手里得到留给你的那张明信片？

王尔德：是的。

克拉克：那是不是第一次——除已经提到的信之外，昆斯伯里侯爵说他有权利写的那些信之外——有人以书面文字的形式诋毁你的人格？

王尔德：（迟疑了一会儿）不是的。

克拉克：最早是什么时候？

王尔德：有人给我看过昆斯伯里侯爵与另一个人——不是他的儿子，而是第三个人——的几封信。

克拉克：是的，但请你听清我的问题，我说的是他的家庭成员——包括他妻子的家庭成员。

王尔德：是的，当然是的。

克拉克：很好，这正是我想问的。

王尔德：是的，那是第一次。

克拉克：2月28日，你一看到明信片就立刻咨询了自己的律师，对吗？

王尔德：是的。

克拉克：第二天就签发了逮捕证？

王尔德：是的。

克拉克：3月2日执行的？

王尔德：是的。

克拉克：然后你提供了证据？

王尔德：是的。

克拉克：现在我只有另外两个问题了。有人说你负责出版过一份杂志《变色龙》，在第一期的前3页是你的《供年轻人使用的至理名言》和其他一些格言警句？

王尔德：是的。

克拉克：除了给这份杂志投稿外，你与这份杂志的拥有者，以及其他工作还有什么关系？

王尔德：再无别的什么关系，我与之无关——毫无关系。

克拉克：你看到这期《变色龙》之前，是否看过或知道其中一篇小说《牧师与侍僧》？

王尔德：一点儿也不知道。

克拉克：你看到这个故事后是不是与编辑联系了？

王尔德：如果你所说的联系是指写信的话，我本人没与编辑联系，但他到皇家酒店来找我谈了这件事。

克拉克：我没问你们谈话的事，但你是否表示过赞成或不赞成这篇作品？

卡森：这实际上一样。

克拉克：如果我博学多识的朋友愿意，我就问问谈话的内容。

卡森：不必，我认为那是谈话的一部分，你一定知道那不是证据。

克拉克：如果我博学多识的朋友反对我问谈话的内容，我的确认为这没必要，我肯定就有权利讯问这位证人，他是赞成还是不赞成那篇作品。

法官：那是另一回事。

克拉克：你赞成还是不赞成《牧师与侍僧》?

王尔德：我认为它是一篇很糟糕而且不道德的文学作品，我强烈反对。

克拉克（对法官）：那么，我认为我有权利问他是否向编辑表达了那种不满——（对王尔德）不要回答这个问题——（对法官）我有权问他是否向编辑表达了那种不满。

法官：是的，我认为你有权问。

克拉克（对王尔德）：只需回答"是"或"否"：你向编辑表达你的不满了吗?

王尔德：是。

克拉克：另一个涉及的问题与你的作品《道林·格雷的画像》有关。

王尔德：是。

克拉克：《道林·格雷的画像》一开始是不是以连载的形式发表的？

王尔德：它去年发表在《利平科特杂志》上。

克拉克：在本国出版后，这部小说是否做过增补或改动或诸如此类的改写？

王尔德：成书时做了几处改动，新加了2章，实际上是加了3章。①

克拉克：新加了3章？

王尔德：是。

克拉克：这是已出版的唯一一部署有你名字的小说？

王尔德：是。

克拉克：《道林·格雷的画像》？

王尔德：是。

克拉克：是哪一年出版的？

王尔德：我想是1891年，我说的是这本书。连载是在1890年。

克拉克：请只回答我"是"或"否"：它是不是受到了广泛关注，出现了很多评论文章？

王尔德：是，非常非常受关注——真的很多。

克拉克：从那时至今一直流行和畅销？

---

① 王尔德实际上新增了6章，并将杂志版本的最后一章分成了2章，增加了序言，其中包括25条格言，并且修改了其中一些过于敏感的段落。

王尔德：从一出版到现在都是这样。

克拉克：好了，我不劳你再进一步回答问题了。我想还可以问你这个问题：我不指望你赞成我所用的任何措辞，但我刚才对《道林·格雷的画像》的大致描述是否基本上表达了这本书的倾向？

王尔德：还用"是"或"否"回答吗，爱德华先生？

克拉克：我希望你能说"是"。

王尔德：我说"是"，但有一点补充。我认为这本书完美表达了我想表达的东西。只遗漏了一点。

克拉克：那么，我必须要求你说出来，如果你认为这对本案很重要的话。

王尔德：就如书中最后一章所表达的，对他来说，画像已经变成——变化当然象征着他对自己灵魂造成的毁灭——良心。在最后一章，他这样表达他毁掉画像的原因："这幅画毁掉了我生活的快乐。它对我来说就是良心。我要杀了它；我要摆脱这个可见的良心的象征。"他想杀死自己的灵魂，结果直接导致了他自己的死亡。这就是我想做的小小的补充。

克拉克：如你所愿；我想你提到的是这一段："自己为何把它保留那么久呢？观察这幅画变化和变老，曾给他带来过愉悦。最近他已经感受不到这种愉悦了。画像让他夜夜无眠。他一离开家，就惊恐不安，总是害怕有人会看到这幅画。画像给他的激情蒙上了一层忧郁色彩。只要一想到它，许多快乐的时刻就立刻变得寡味平淡。画像就像是其良心。是的，它已经成为他的良心了。他要毁了它。"

王尔德：是的。

克拉克：我想你应该注意到了申诉状中提到的不同人的陈述，以及你和他们之间发生的事情。

王尔德：是的。

克拉克：提到了不同的人并且指控你对他们的行为。

王尔德：是的。

克拉克：这些指控有哪一条是真实的吗，无论哪一种？

王尔德：任何人的任何指控都不是真实的。

爱德华·卡森讯问奥斯卡·王尔德

卡森：在刚开始讯问你时，你说你39岁了。我认为你40多岁了。是不是这样？

王尔德：不。我认为我或者39岁或者40岁，我下个生日是40岁。

卡森：我想你生于1854年10月16日。

王尔德：是的，我根本不想装嫩。如果你有我的证明材料，这事不就结了？

卡森：但这样你就40多岁了。

王尔德：很对！

卡森：我冒昧地想问：你是否恰巧知道艾尔弗雷德·道格拉斯勋爵多大？

王尔德：艾尔弗雷德·道格拉斯勋爵上个生日是24岁，我第一次认识他时，他在20和21岁之间。

卡森：根据我对你证词的理解，你和昆斯伯里侯爵的任何会面都是友好的，包括在泰特街的会面。

王尔德：是的，当然是的。

卡森：按照我对你证词的理解，你和昆斯伯里侯爵的会面一直很友好，在泰特街会面之前的会面都是如此。

王尔德：是的，当然是的。

卡森：按我的理解，你们的会面没表现出任何不友好的倾向。

身穿唯美主义服装的王尔德，法兰绒紧身马甲，衣服一定要做成黑色，穿短裤而非长裤，要配上灰色丝袜，袖子上要缀花。
出自孙宜学编译《奥斯卡·王尔德自传》

王尔德：没有。

卡森：你们在泰特街会面之前，你收到了他于4月3日写的信，说他不希望你继续和他的儿子交往？

王尔德：没有，我没收到过这种信。

卡森：你确定？

王尔德：确定。

卡森：但在泰特街会面之后，你就没有产生任何疑惑，也就是他不希望你继续与他儿子交往了？

王尔德：没有。

卡森：就是因为侯爵所说的理由？

王尔德：是的。

卡森：我想我可以这样理解，王尔德先生，无论昆斯伯里侯爵如何抗议，你和艾尔弗雷德·道格拉斯勋爵的亲密关系一直延续到现在。

王尔德：当然，一直延续到现在。

卡森：你在很多地方与他一起待过？

王尔德：是的。

卡森：在牛津？

王尔德：牛津。

卡森：布赖顿？

王尔德：是的，好几次。

卡森：沃辛？

王尔德：是的。

卡森：你从未给他准备过房间吗？

王尔德：从来没有，从来没有。

卡森：你在其他地方和他一起待过吗？

王尔德：你是说在其他城市？

卡森：不，我是说在英国的其他地方。

王尔德：克罗默。

卡森：图贝克农庄？

王尔德：是的，在托基。

卡森：在伦敦的各种各样的酒店里？

王尔德：是的。

卡森：阿尔伯马尔街的那两家？

王尔德：阿尔伯马尔街一家，多佛街一家。

卡森：萨沃伊？

王尔德：是的。

卡森：除了你在泰特街的房子，你自己还单独住过什么地方吗？

王尔德：是的。

卡森：哪儿？

王尔德：圣詹姆斯广场的10号和11号。

卡森：你在这些房子里住了多长时间？

王尔德：从10月到4月初，我想是这样。

卡森：哪一年的10月？

王尔德：从1893年10月到1894年3月底。

卡森：艾尔弗雷德·道格拉斯勋爵在这些房子里待过吗？

王尔德：他在那里停留过。

卡森：那个地方离皮卡迪利大街不是很远？

王尔德：是的。

卡森：我相信你还和他一起去了国外。

王尔德：我们一起去过国外几次。

卡森：最近一次呢？

王尔德：最近一次去了蒙特卡洛。

卡森：你曾在布赖顿的国王路20号住过？

王尔德：是的。

卡森：你在这里为《变色龙》写了一篇文章？

王尔德：不是，噢，不是的。

卡森：什么？

王尔德：是我写的吗？

卡森：是的。

王尔德：不是，噢，不是的，肯定不是。

卡森：我的朋友反对我称之为"文章"。

王尔德：不，我是说我的投稿。

卡森：你的"至理名言"？

王尔德：不，不是在那里写的。

卡森：你知道我是什么意思。我想你也看到了《变色龙》上也有艾尔弗雷德·道格拉斯勋爵的稿子。

王尔德：对，看到了。

卡森：他是在布赖顿写的那些作品吗？

王尔德：不是。

卡森：什么？

王尔德：不是。

卡森：你能肯定吗？

王尔德：是的，非常肯定。

卡森：你知道他什么时候写的吗？

王尔德：是他在牛津时写的——他在牛津读大学的时候。

卡森：他在将这些作品送给《变色龙》之前让你看过吗？

王尔德：没有。

卡森：他没让你看过？

王尔德：是的。

卡森：你能肯定吗？

王尔德：非常肯定。

卡森：你从未看过这些作品？

王尔德：我看过。

卡森：你赞成它们吗？

王尔德：我认为它们都是非常美的诗，两首都是。

卡森：非常美的诗？

王尔德：是的。

卡森：一首是《赞美羞耻》？

王尔德：是的。

卡森：另一首是《两种爱》？

王尔德：是的。

卡森：这些爱是两个男人之间的吗？

王尔德：是的。

卡森：一个男人称呼他的爱为"真正的爱"？

王尔德：是的。

卡森：另一个男人称呼他的爱为"羞耻"？

王尔德：是的。

卡森：你是否认为这是——

王尔德：你可以读一下诗的片段吗？

卡森：当然，我手里有这首诗：

"我是真正的爱，我使男孩、女孩的心里充满互爱的火焰。"然后，一个叹息着对另一个说："你有你的意愿，而我，是不敢说出名字的爱。"

王尔德：是的，这是最后一节。

卡森：你不觉得其中有不适当的暗示？

王尔德：没有任何不适当的暗示。

卡森：什么暗示都没有？

王尔德：当然没有。

卡森：你读过《牧师与侍僧》吗？

王尔德：读过。

卡森：你丝毫也不怀疑这篇作品不适当吗？

王尔德：从文学的角度讲，它是极其不适当的。

卡森：你只是从文学的角度不赞成它？

王尔德：对一位文学家来说，他不可能用别的方式对此做出判断；文学，当然意味着对主题的选择和处理等，我认为它对主题的处理是蹩脚的，主题也是陈旧的。我的意思是说，我不能将一本书当成实际生活的片段进行批评。我认为它的选材是错误的，主题是错误的，写作方式也绝对是错误的，整个处理方式都是错误的。

卡森：整个处理方式都是错误的？

王尔德：主题是错误的。它本来可以写得很美。

卡森：我相信，你的观点是：没有什么不道德的书。

王尔德：是的。

卡森：你这样认为？

王尔德：是的。

卡森：我是否可以这样理解：你认为《牧师与侍僧》并非不道德？

王尔德：比这更糟，写得很糟糕。（笑）

卡森：这个故事是不是讲一位牧师在做弥撒时爱上了他的助手，一个男孩？

王尔德：是的。

卡森：充满了对他的激情？

王尔德：就我对作品的理解，这种激情不是肉体上的。但你说"充满了对他的激情"——纯粹细节上的——是的。

卡森：充满了对他的激情，教区长在牧师的房间里发现了他们？

王尔德：我对这种事不负责。

克拉克：法官大人，我本不想抗议，但显然，证人已经表明自己不赞成那部作品，在这种情况下继续讯问证人有关他并不赞成的那本书的内容，我觉得很奇怪。

法官：不是，不是讯问它的内容，而是他对作品内容的看法，以此来弄清楚他所说的不赞成是什么意思。

卡森：对。

法官：我认为这与案子大有干系。

克拉克：我们不是要在这里处理文学批评或文学趣味的问题。

卡森：对，我们不是。（对王尔德）教区长在牧师的房间里发现了他们之后，于是有了传言？

王尔德：我的印象是：教区长去对他们讲了传言。我愿意接受你的说法。

卡森：他是在发现那个男孩在牧师的卧室之后才得出那个结论的？

王尔德：我只读过一次，我再也不想读它了。你不必讯问我这个故事的细节。我对它不感兴趣。

卡森：你认为这个故事亵渎神灵吗？

王尔德：我认为它的结尾，它对死亡的描述，违背了所有的美的艺术标准。

卡森：这不是我问的问题。

王尔德：这是我能给你的唯一回答。

卡森：你认为这个故事亵渎神灵吗？

王尔德：你什么意思？我认为它是完全错误的。我就这样说。

卡森：你认为它亵渎神灵？

王尔德：是的。

卡森：我想知道你"假装"什么立场。

王尔德：你不应该以这种方式与我说话——"假装"？我从来不"假装"。

卡森：好吧，请原谅。我想知道你对这部作品到底是什么看法。先生，我想知道，你是否认为这个故事亵渎神灵。

王尔德：我读这篇故事时心里是怎么想的——

卡森：你能只回答"是"或"否"吗？

王尔德：我回答问题——我不喜欢，还厌恶。

卡森：我有很多问题要问你。你只需回答"是"或"否"。你是绅士，完全能理解我问的问题。你是否认为《牧师与侍僧》里的故事亵渎神灵？

王尔德：我不认为这篇故事亵渎神灵。

卡森：很好；我对你的回答感到满意。

王尔德：我认为它令人恶心。

卡森：当故事中的牧师向男孩灌输亵渎神灵的思想时，他用的就是英国教堂做圣礼时的语言？

王尔德：这我倒全忘了。你不能问我其中的细节。但我敢说他是这样做的。我认为这很可怕。"亵渎"这个词不是我的话。我认为它很可怕，而且令人厌恶。

卡森：难道这不是亵渎神灵？

王尔德：我不用这样的词，这是你所说的话。

卡森：让我给你读读其中一段话：

就在圣礼仪式开始之前，牧师从法衣口袋里掏出一只小瓶子。祈福圣化之后，他将瓶子里的东西倒入圣餐杯中。

他取来了圣餐杯，把它举到唇边，但并没有喝里面的东西。

他将圣饼递给孩子，然后拿来美丽的金圣餐杯；他转向孩子。但当他看见孩子那张容光焕发的俊美的脸庞时，他低声叹息着又将视线移到了十字架上。刹那间，他气馁了；接着他又转过头来看着那小家伙，他将圣餐杯举到唇边：

"主耶稣的鲜血为你而流，它将永远保佑你的肉体和灵魂，直到永生。"

这不是亵渎吗？

王尔德：我认为作者的本意并非如此。

卡森：我没问这个问题。

王尔德：我不明白你为什么一定要引诱我说那个词。我不用那样的词。

卡森：我们非常清楚，王尔德先生，我根本不想指责你发表了那部作品，我知道你并不赞成它，但我想知道的是你不赞成它什么。

王尔德：我对它的格调、主题，一切都不满意，从头到尾的一切。

卡森：听这句话："牧师从来没注意过现在从那双可爱的眼睛里闪射出的如此完美的爱，如此完美的信任；现在，当他抬起脸时——"

克拉克：我认为我必须得再次打断您了。王尔德先生已经说过这部作品是可怕的，令人厌恶的，在这种情况下，再向他读这些片段毫无意义，除非是你要想方设法将他与这部作品等同起来，影响对他这个案子的判决，读另外一个人的可怕且可恶的作品与本案并无任何关系。

法官：我认为卡森先生完全有权利弄清楚原告对这部作品的看法。我认为这与陪审团正在考虑的问题有关，因此我认为此时我无权干涉。

卡森：听听这句话，先生，你只是从文学的角度不赞成这句话吗？"他让罗纳德蹲在自己身边，喝完圣餐杯里的最后一滴圣水，就放下圣餐杯，抱住了他那极其可爱的侍僧的美丽胴体。他们的双唇紧紧贴在一起，一个长长的吻，一个完美爱的吻。一切都结束了。"

王尔德：我觉得这是让人厌恶的胡言乱语。

卡森：让人厌恶的什么？

王尔德：胡言乱语。

卡森：仅此而已？

王尔德：我认为这足够了。

卡森：王尔德先生，我想你会承认，任何与这种行为相关的人，或任何一个公开承认赞成这部作品的人，都会被当成同性恋者。

王尔德：不，你能重复一下你的问题吗？

卡森：我说的是：任何与这种行为相关的人，或任何一个公开承认赞成这部作品的人，都会被当成同性恋者。

王尔德：不会的。

卡森：你不这样想？

王尔德：不，如果你问我，这份杂志的另一位撰稿人，我认为它是错误的，应该从杂志上撤掉。

卡森：我问的是：假如有人与这部作品有关，或者说公开赞成它，你会不会说他可能是位同性恋者？

王尔德：我应该说：谁这样说就表明他自己的文学鉴赏能力极差。

卡森：你就只这样说——他的文学鉴赏能力极差？

王尔德：我认为这件事很可怕。我不明白为什么要就一个我不喜欢的东西讯问我。我抗议。

卡森：抗议无效。

王尔德：我说的是那部作品。我绝对反对它。

卡森：你只是从文学的角度不满这部作品？

王尔德：是的。

卡森：你有没有采取什么公开行为，让公众知晓你反对《变色龙》？

王尔德：没有，从来没有。

卡森：既然那部作品——我刚才读了其中一段——发表在你也是其中一个撰稿人的杂志上，你就没想过有必要与这份杂志断绝关系吗？

王尔德：你是说用公开信的方式？

卡森：任何公开的方式。

王尔德：作为一位文学中人，写信宣布与一位牛津大学生的作品脱离关系，这有损我的尊严。

卡森：与谁的作品？

王尔德：一位牛津大学生。

卡森：这份杂志是不是准备在牛津大学生中散发？

王尔德：我丝毫不知，我不知道。

卡森：什么？

王尔德：我毫不知情。

卡森：你知道这份杂志发行并流传了吗？

王尔德：肯定的。

卡森：在牛津大学生中间？

王尔德：对此我毫不怀疑。但我对此一无所知。

卡森：你是否认同你在《变色龙》上的第一篇文章，你的那些"至理名言"？

王尔德：当然。

卡森：你是否认为这些"至理名言"会对年轻人的道德产生影响？

王尔德：我的作品只注重文学影响。

卡森：文学？

王尔德：是的，文学。

卡森：我能否这样认为：你根本不考虑它会产生道德的或不道德的影响？

王尔德：我从来不相信艺术作品会对人的行为产生什么影响。

卡森：看来我说的是对的，你在写这些"至理名言"时，根本没考虑过它们会产生道德方面的影响。

王尔德：当然没考虑。

卡森：谈到你的作品，我想问一句，你是否"假装"不关心道德问题？

王尔德：我不明白你用的"假装"这个词是什么意思？

卡森：你不是最喜欢用这个词吗？

王尔德：是吗？这一点我毫不"假装"。不管是写剧本还是写书，或其他任何东西，我只做自己的事。我只关心文学，也就是说，我只关心艺术。我无意为善或作恶，我只想创作包含着美好事物的东西，而这只能通过美的形式、智慧的形式和感情的形式获得，也只能包含在这些形式里。

卡森：听着，先生，这是你写的《供年轻人使用的至理名言》中的一句："邪恶是善良的人们编造的谎言，用来说明别人的奇异魅力。"（笑）

王尔德：是的。

卡森：你认为这样说对吗？

王尔德：我很少认为自己写的任何东西都是对的。（笑）

卡森：你说"很少"？

王尔德：我是说"很少"；我应该说"从不"。

卡森：你写的东西没有对的？

王尔德：根据事实来说是不对的；它们只表达任意的矛盾

情绪，快乐的情绪，无意义——但就生活中的实际事实来说，它们是不对的；想到这一点我很遗憾。

卡森："宗教一旦被证明是正确时就消亡了"？

王尔德：是的，我坚信如此。

卡森：这对吗？

王尔德：对——这句话表明科学吞没了宗教的哲学观。但这问题太大，我现在不想深入探讨。

卡森：我只想问你对这句话的看法——你认为让青年人来遵循这样的格言是否有害？

王尔德：我觉得它最能激励人的思维。（笑）

卡森："说真话的人迟早要被揭穿"？

王尔德的莎乐美扮相。
出自 *Oscar Wilde* by Richard Ellmann

王尔德：这是一条可爱的悖论，但作为格言，我并不十分看重它。（笑）

卡森：你认为这对年轻人而言是一条有益的格言吗？

王尔德：任何东西，只要能激发任何年龄的人们的思想，就都是好的。

卡森：任何能激发思想的东西？

王尔德：对。

卡森：不问道德可否？

王尔德：思想中根本不存在道德不道德的问题。

卡森：不存在不道德的思想？

王尔德：不存在；只有不道德的感情，但思想需要才智，至少我是这样理解这个词的。

卡森：再听这句："享乐是人们活着的唯一目标，什么也没幸福短暂。"你认为快乐是人活着的唯一目的？

王尔德：我认为自我实现——人的自我的实现——是人生的首要目标。我认为，通过享乐来实现自我胜于通过忍辱负重来实现自我。人通过快乐实现自己的异教理想，而不是后者，也许人要实现自己更宏大的思想就得通过痛苦而不是快乐。关于享乐，我完全站在古人——希腊人的立场上。这是一种异教观点。（笑）

卡森："关心行为的正确与否表明理智的发展已停滞不前"？

王尔德：啊，你问我问题了吗？

卡森：我问这是不是你的观点？

王尔德：噢，不，当然不是。

卡森：那你为什么将它作为《供年轻人使用的至理名言》之一呢？

王尔德：如果你允许我回答，那是因为它包含了一种半真半假的真理——只是用一种非常随意的、矛盾的形式表达的半真半假的真理；它包含着一半的真理。

卡森："多于一人相信时，真理便不再是真理"？

王尔德：是的。

卡森：你认为正确吗？

王尔德：完全正确，我认为是的，这是我对真理下的抽象定义。真理完全属于个人，当另有人持有同一种真理时，真理就不是真理了——事实上同一真理绝不可能为两个人所理解，这个人认为是真理，另外一个人可能不认为是真理，这就是真理的本意；每个人都有自己心中的真理。这完全是一种重要的生理现象。

卡森："完美的境界是无为"？

王尔德：哦，是的，我认为是这样，至少部分是对的。

卡森：那是对的？

王尔德：半真半假。我认为沉思默想的生活是最崇高的生活，哲学家和圣人对此也表示认同——沉思的生活。

王尔德的画像，1888年史毕德的素描。
出自孙宜学编译《奥斯卡·王尔德自传》

卡森：再听这句："英国目前有千千万万的青年，他们最初都满怀信心寻求理想的职业，但结果从事的却都是一些实用的职业，这似乎有点悲剧色彩。"这是"至理名言"之一吗？

王尔德：我认为年轻人的幽默感足以使他们看懂美丽的胡言乱语。

卡森：你认为这是幽默？

王尔德：我认为这是有趣的矛盾论，一种耐人寻味的文字游戏。

卡森：当人有了完美的外表——我想，年轻人拥有美丽的面孔。

王尔德：他们必须拥有完美的面孔。

卡森：那么他们就能接受一个实用的职业了？

王尔德：你说什么？

卡森：先生，我问你的是：若把"至理名言"同《牧师与侍僧》相提并论，人们将作何感想？

王尔德：毋庸置疑，正是因为人们可能进行这种联系，才使我如此强烈地反对《牧师与侍僧》——我一想到我这些完全荒唐的、自相矛盾的或诸如此类的格言同那部小说相提并论，我就不安。我最怕人们将它们看作严肃的。我正是为此烦恼不堪。

卡森：至于《道林·格雷的画像》，我记得你说过它最初发表在《利平科特杂志》上。

王尔德：是的。

卡森：对其有很多批评？

王尔德：是的。

卡森：我想你注意到了其中一种批评？

王尔德：不是一种，是几种。

卡森：我只知道一种，是《苏格兰观察家》上的。

王尔德：我注意到了这一种。

卡森：你注意到了这一种？

王尔德：是的。批评家说："这个故事讲的事只适合刑事调查局或秘密听证会，对作者或读者来说，都是不可信的。"

王尔德在法庭上的速写，霍奇逊画。
出自 *Oscar Wilde* by Richard Ellmann

卡森："王尔德先生有头脑，有艺术，有风格；但他若只为犯罪的贵族和堕落的电报员写作，那他越早去做裁缝（或其他体面的职业），对他自己的名声和公众的道德来说就越好。"

王尔德：是的。

克拉克：这是谁的观点？

卡森：这篇文章发表在1890年7月5日的《苏格兰观察家》上。（对王尔德）你写信回应了这一批评，发表于1890年7月9日。你在信的结尾说："先生，这个故事必然会围绕着道林·格雷的道德堕落这个问题戏剧化地发展，否则这个故事就没有什么意义了，故事情节也就没什么主题了。保持这种暧昧不明而又奇妙无穷的气氛就是杜撰出这个故事的艺术家创作的目的。我敢说，先生，他已取得了成功。每个人都在道林·格雷身上发现了自己的罪恶。而道林·格雷有什么罪恶倒没人知道了，因为他的罪恶是发现了他身上的罪恶的人强加给他的。"

王尔德：是的。

卡森："否则这个故事就没有什么意义了，故事情节也就没什么主题了。保持这种暧昧不明而又奇妙无穷的气氛就是杜撰出这个故事的艺术家创作的目的。"

王尔德：是的。

卡森："我敢说，先生，他已取得了成功。每个人都在道林·格雷身上发现了自己的罪恶。而道林·格雷有什么罪恶倒没人知道了，因为他的罪恶是发现了他身上的罪恶的人强加给他的。"

王尔德：是的。

卡森：那么，就我所理解，你就等于公开让人们从中得出这样的结论：道林·格雷所犯的一些罪孽，很可能是同性恋。

王尔德：这要取决于每个读者的气质；正是从中发现了那种罪孽的人给他带来了那种罪孽。

卡森：那么，我可以这样理解：有些人一读这部小说就会合情合理地认为小说是同性恋主题？

王尔德：有些人可能会这样想，或者合理或者不合理——

卡森：我博学多识的朋友克拉克先生提到的版本是在这些批评之后出版的？

王尔德：是的。

卡森：你是否做了许多修改？

王尔德：没做任何修改。只做了一两处补充。其中一处也并非报纸批评这类玩意儿向我指出来的，而是我所推崇的19世纪唯一的评论家沃尔特·佩特先生指出的——他说某一段很容易引起误解，所以我进行了一些补充。

卡森：是哪一方面？

王尔德：各个方面。

卡森：哪个方面？

王尔德：会让人以为道林·格雷的罪孽是同性恋的那个方面。

卡森：你改动了它？

王尔德：我做了一个补充。

法庭休庭午餐。

第一天下午

爱德华·卡森继续讯问奥斯卡·王尔德

卡森：这是你给《道林·格雷的画像》写的自序？

王尔德：是的。

卡森："书无所谓道德的或不道德的"？

王尔德：是的，这是我的艺术观。

卡森："书都只有写得好的或写得糟的。"

王尔德：我想是"或者写得好的——"

卡森："书都只有写得好的。"

王尔德："或写得糟的。"

卡森："仅此而已。"

王尔德：是的。

卡森：这表达了你的观点？

王尔德：是的，我的艺术观。

卡森：是否可以这样理解：按照你的观点，无论一本书的内容多么不道德，只要写得好，那就是好书？

王尔德：是的，如果写得好，自会产生一种美感，美感是人类能够获得的最高感受。如果写得很糟，就只会产生一种厌恶感。我说的"如果写得好"，是说如果一件艺术作品是美的，它打动人的就是美感，这是人所能获得的最好感受；如果是不好的艺术作品，无论是雕塑还是书，都只会让人恶心；仅此而已。

卡森：那么，写得好，却提出同性恋观点的书也算是好书了？

王尔德：没有艺术作品会提出任何观点。

卡森：什么？

王尔德：艺术作品不会提出什么观点。观点不属于艺术家。艺术作品没有观点。

卡森：那么，按照你的说法，我们就可以说同性恋小说也可能是好小说了？

王尔德：我不知道你所说的同性恋小说是什么意思。

卡森：你不知道吗？

王尔德：是的。

卡森：我告诉你，《道林·格雷的画像》就属于这一类。它不是被公开解释为同性恋小说吗？

王尔德：只有牲畜和文盲才会这样想；或许更应该说畜生加流氓才会这样想。

卡森：一个读《道林·格雷的画像》的文盲会将它看成同性恋小说吗？

王尔德：门外汉的艺术观点可以忽略不计：他们绝对是愚蠢的；我不管那些无知者、文盲和傻瓜怎么曲解我的作品。我关心的只是我自己的艺术观、我的感觉以及我为什么要创造它；我根本不在乎别人怎么看。

卡森：按照你的定义，大多数人都会被归为门外汉和文盲了？

王尔德：我也发现了许多例外，而且都很优秀。

卡森：但你认为多数人会赞同你的观点吗？他们会按照你的观点，或通过教育可以按照你的观点生活吗？

王尔德：恐怕他们的修养水平不够。（笑）

卡森：修养还达不到区分好书与坏书的地步？

王尔德：噢，当然是这样。

卡森：你这本书中被描述为艺术家的道林·格雷的感情与爱可能会使一般人相信有同性恋倾向？

王尔德：我对一般人毫不了解。

卡森：噢，我明白了。但你不会阻止一般人买你的书。

王尔德：我从未打击过他们的热情。（笑）

卡森：现在听这一段，是亨利·沃顿勋爵和画家巴兹尔·霍华德之间的对话。

"我要你解释为何不展出道林·格雷的肖像。我想知道真正的原因。"

"我已经把真实的原因告诉你了。"

"不，你没有。你说是因为画里倾注了太多的自我。啊呀，这种解释太幼稚了。"

"哈里，"巴兹尔·霍华德直视着他说，"每一幅画家用感情所作的肖像都是艺术家本人，而不是坐在那里的模特。模特只是提供了一种偶然或者诱因。画家在彩色画布上所表现的是画家本人，而不是模特。我不想展出这幅画的原因在于：我怕在画中表露了自己内心深处的秘密。"

勋爵朗声大笑。"什么秘密？"他问。

"我会告诉你，"画家说，但他脸上流露出困惑不解的表情。

"巴兹尔，我可是满心期待啊。"他的朋友接过话，扫了他一眼。

"唉，实际上真没什么好说的，哈里，"画家说，"我恐怕你理解不了，也可能觉得难以置信。"

亨利微笑着俯身从草地上摘了一朵雏菊，他一边端详着粉色花瓣一边答道："我确信我会理解的。"他凝视着这个小小的、金色带白毛的花心儿，"至于信不信的问题，只要不可信的，我都相信。"

风吹落了树上的一些花朵，一簇一簇星状的沉甸甸的紫丁香，在令人懒洋洋的空气中来回摆动。一只蚱蜢在墙上聒噪，纤细的蜻蜓扇动着棕色的薄翼，如同一条蓝线飞过。亨利觉得似乎都能听到巴兹尔·霍华德的心跳，不知道下一刻将发生什么。

"事情就是这么简单，"画家过了一会儿说，"两个月前，我去布兰登太太家聚会。你是知道的，我们穷画家总要时不时地在社交界露下脸，无非提醒一下大家我们可不是什么野蛮人。正如你曾对我说过的那样，任何人，哪怕是股票经纪人，只要晚礼服配上白领结，都会博得彬彬有礼之名。好吧，我在房间里待了大约有10分钟，正敷衍那些体态臃肿、珠光宝气的贵妇人和乏味的学究之时，猛然发现有人正看着我。我侧过身，第一次看到了道林·格雷。当我们四目相对时，我感觉自己顿然苍白失色。一种难以理解的恐怖感攫住了我。我意识到自己面对着的是一个纯粹的人格如此令人迷醉的人，如果我纵容自己沉溺其中，那么我的全部天性、我的整个灵魂，甚至我的艺术，都会被它吞没。我可不想自己的生活受到任何外部影响。哈里，你是知道的，我天性独立，自己的生活自己做主，一向如此，直到我遇到了道林·格雷。随后——但我真不知道如何向你解释——有某种迹象似乎向我表明，我的生活已处在可怕的危机边缘。我产生了一种奇怪的感觉：命运为我储备了极度的欢愉和极度的悲伤。我越来越怕，转身离开了房间。我这样做与良知无关：这是因为我的怯懦。一心想着逃离不是什么光彩的事情。"

画家接着说道：

"当我们再次四目相对时，我竟不顾一切地请布兰登太太介绍我认识他。或许这称不上轻率，毕竟我们相识原本就不可避免。即便没有人介绍，我们也会彼此交谈，我对此确信不疑。*后来道林也这么说。他也觉得我们命中注定会相识。*"

卡森：现在我问你，王尔德先生，你认为这里所描写的一个男人对一个刚成年的年轻男子的感情是正当的还是不正当的？

王尔德：我认为这是最完美的描写，是一个艺术家遇到一个对他的生活和艺术至关重要的美丽人格时所能感受到的最美的感情。

卡森：美丽人格？

王尔德：是的，一个美丽的年轻人。

1882年1月，王尔德在纽约的留影。
出自 *Oscar Wilde* by Richard Ellmann

卡森：你是说一个美丽的人？

王尔德：是的，我更愿说是人格；他本能地觉得自己和道林可以做朋友。

卡森：做朋友？

王尔德：两人在生活中将相遇。但我可以用你喜欢的任何词。如果你愿意，我可以说是一个年轻人。我说的是：我认为这是一段完美的描写。

卡森：你认为这是一个年轻人对另一个比自己年轻得多的人应有的合乎道德的情感吗？

王尔德：我说的是：这是一位艺术家对一个美丽人格的感情。

卡森：美丽的人格？

王尔德：是的，人格。

卡森：可他还没和道林·格雷说过一句话。

王尔德：我用"人格"这个词，是要说明道林的灵魂、外表对这位艺术家产生的特殊影响。这是故事的一部分。

卡森：那我们现在就听一听这位艺术家的描述和他自己的坦白。

王尔德：能给我一份《利平科特杂志》复制本吗？我听读极其困难。我不喜欢听。

克拉克：我想我最好把我博学多识的朋友好心给的这份复制本给王尔德先生，这份有增删。我尽量跟上听读。

1883年，王尔德的尼禄式的卷发。
出自 *Oscar Wilde* by Richard Ellmann

王尔德：哪一章？

卡森：第七章。在《利平科特杂志》第56页。

王尔德：找到了。

卡森：这段是写艺术家倾诉自己对道林·格雷的爱的。我相信这一段在后来的净化版中删掉了。

王尔德：我拒绝你用"净化"这个词。

卡森：你不称之为"净化"，那我们走着瞧。

王尔德：我们走着瞧。

卡森：好，一言为定。等着，你听。这是一位艺术家对道林·格雷倾诉衷肠。白纸黑字。

王尔德：白纸黑字。

卡森：第二版把这段删掉了。现在请听，王尔德先生。"巴兹尔，"他说——这是道林·格雷说的——

他一边说，一边走到巴兹尔近旁，眼睛直直地盯着他的脸，"我们人人都有一个秘密。你说出你的秘密，我就告诉你我的秘密。你拒绝把我的画像送展的理由是什么？"

画家不由自主地打了个寒噤。"道林，如果我告诉你，你可能就会不这么喜欢我了，你一定会嘲笑我。不管这其中哪一种事，我都无法忍受。如果你希望我再也不看你的画像，我乐意。我永远可以看你。如果你希望我最好的作品秘不示人，我也满意。对我来说，你的友谊比名声或美誉更珍贵。"

"不，巴兹尔，你一定得告诉我。"道林·格雷坚持说。"我想我有权知道。"他的恐惧感已经消失，而代之以好奇。他决心要挖出巴兹尔·霍华德的秘密。

"我们坐下来吧，道林。"画家说，他看起来有些困惑。"来，我们坐下。只回答我一个问题。你注意到画像里有种奇怪的东西吗？——这种东西可能起初并不会引起你的注意，但突然间展示在你面前了。"

"巴兹尔！"小伙子喊起来。他双手颤抖，紧抓着椅子的扶手，双眼惊恐地大睁着，盯着他。

"我看你注意到了。别说话。等你听完我说的再说。的确，我对你的崇拜远超男人之间常有的那种浪漫感情。不知何故，我从来没爱过一个女人。我想是我从来没时间吧。或许正如哈里所说，真正伟大的激情仅那些无所事事者才有，这是无所作为者的特权。好吧，从我遇到你的那一刻起，你的人格就对我产生了异乎寻常的影响。我得承认，我疯狂崇拜你，极端崇拜你，出奇地崇拜你。你与谁说话，我就嫉妒谁。我想独自占有你。只有与你在一起，我才感到愉快。你离开我时，你依然出现在我的艺术里。这一切都错上加错，蠢上加蠢。现在仍是错上加错，蠢上加蠢。当然，此事我从未对你说过只言片语。这是不可能的事。你不会理解此事，我本人也难以理解。有一天，我决定给你画一幅奇妙的肖像。这将成为我的杰作。这是我的杰作。但当我作画时，每一根线条，每一抹色彩，在我看来似乎都在揭示我的秘密。我担心世界会知道我崇拜偶像。道林，我觉得我说得太多了，我在画像里注入了太多自己的东西。于是，我下定决心，绝不允许将画拿去展出。"

你能说这段话描写了一个男人对另一个男人的自然感情？

王尔德：这是一个美丽的人格在艺术家身上产生的效果。

卡森：你说是人格？

王尔德：我说的是道林·格雷的人格。你可以随心所欲地称呼他。

卡森：我想知道你是什么看法。我的看法微不足道。

王尔德：我说道林·格雷有最特异的人格。

《王尔德和孩子》，铜版画，孩子可能是画家的儿子。
1882年，詹姆斯·爱德华·凯勒画。
出自 *Oscar Wilde* by Richard Ellmann

　　卡森：你是否认为这一段话很容易让人理解为：这两个男人之间的感情是不自然的，或不道德的？

　　王尔德：不，我不这样认为。

　　卡森：你自己曾对一个年轻人产生过这种感情吗？

　　王尔德：极度崇拜？

　　卡森：不是，就是你在这儿用那些词准确描述的那种感情。

　　王尔德：哪些词？

　　卡森：我刚才读的那些词。"我得承认，我疯狂崇拜你，极端崇拜你，出奇地崇拜你。你与谁说话，我就嫉妒谁。"

王尔德：没有。我一生从未嫉妒过谁。没有，当然没有。

卡森：我是否可以这样理解：你作为艺术家也从不知道这里描写的这种一个男人对另一个更年轻男人的感情？

王尔德：我不知道你是否希望我只能咬文嚼字。

卡森：我不希望对你有任何限制，我只是想弄清楚。

王尔德：好吧，我又得读读这段了。不，我从不允许任何人格支配我的艺术，这是你读出来的这段的一部分。我说没有，当然没有。

卡森：那么你就从不知道你所描写的这种感情了？

王尔德：是的。

卡森：什么？

王尔德：是的，我所描述的是一部虚构作品。

卡森：就你本人来说，你从未体验过这种一个男人对另一个更年轻男人的自然感情？

王尔德：我认为，热烈地崇拜和爱一个年轻人对任何艺术家来说，都绝对是自然的。几乎每一位艺术家的生活中都有这样的插曲。但我们还是逐句逐句地看吧。

卡森：你生活中有这样的插曲吗？

王尔德：我们逐句看看吧。

卡森：你生活中有这样的插曲吗？

王尔德：我不会回答整段话的问题。你还是逐句问我什么意思吧。

卡森：我会的。"我得承认，我疯狂崇拜你。"你自己曾疯狂崇拜过一个比你年轻好几岁的男子吗？

王尔德：我已经回答过你了。我只崇拜我自己。

卡森：我要你回答"是"或"否"，先生。

王尔德：我已经回答你了。我从未崇拜过任何比我年轻或比我年长的男人。我不崇拜他们。我要么爱一个人，要么不爱。

卡森：那么说，你从未有过你描写的那种感情了？

王尔德：没有，我是借鉴了莎士比亚，这样说我很遗憾。（笑）

卡森：借鉴了莎士比亚？

王尔德：是的，借鉴了莎士比亚的十四行诗。

卡森："极端崇拜你，出奇地崇拜你。"

王尔德：是的。

卡森：你极端崇拜过吗？

王尔德：你说的是钱方面的，还是感情方面的崇拜？

卡森：钱方面的？——你以为我们是在这儿谈钱吗？

王尔德：我不知道你在说什么。

卡森：你不知道？

王尔德：你务必问我简单明了的问题。

卡森：我希望结束之前能将问题说得简单一点儿。"你与谁说话，我就嫉妒谁。"你嫉妒过吗？

王尔德：我一生从未嫉妒过。

卡森：从未？

王尔德：从未。我有什么可嫉妒的？

卡森："我想独自占有你。"你曾对谁有过这种感情吗？

王尔德：我认为这极其无聊。我认为这极其可恶。

卡森：极其可恶？

王尔德：当然，极其无聊。

卡森：我是否可以这样认为，王尔德先生，因为这是我问你的一个普通问题，我可以接受你用自己的方式回答——我是否可以认为，你在书里描写的这位艺术家对道林·格雷的那种激情，你自己从未体验过？

王尔德：没有。我改编自莎士比亚的十四行诗。我用来——

卡森：我相信你写过一篇文章，指出莎士比亚的十四行诗实际上写的是同性恋。①

王尔德：恰恰相反，卡森先生，我写了一篇文章证明不是这样的。

卡森：你写了一篇文章证明莎士比亚的十四行诗不是写同性恋的？

王尔德：是的，炮制这种说法反对莎士比亚的是哈勒姆②，他是历史学家，还有其他一些人也是这样。我写了一篇文章证

---

① 指王尔德的散文《W. H. 先生的肖像》，1889 年 7 月发表于《布莱克伍德杂志》。
② 指亨利·哈勒姆 的《15、16、17 世纪欧洲文学简论》第三卷第五章。

明并非如此，我认为已经证明了这一点。

卡森：在你看来，莎士比亚的十四行诗不是写同性恋的？

王尔德：当然不是。

卡森：我认为你的文章充分讨论了这一主题。

王尔德：关于莎士比亚的十四行诗？

卡森：关于同性恋问题。

王尔德：不是的，相反，我说过，我反对哈勒姆和一大批法国批评家将这种可耻的变态行为强加于莎士比亚的十四行诗。我的解释是：莎士比亚对年轻人的爱，他的十四行诗就是

1897 年，王尔德和道格拉斯在那不勒斯。
出自 *Oscar Wilde* by Richard Ellmann

题献给这些年轻人的，是一个艺术家对一个人格的爱，我认为这是他艺术的一部分。

卡森："我担心世界会知道我崇拜偶像。"为什么他越来越担心世界知道那一点？这是什么不可告人之事吗？

王尔德：是的，因为世界上有那么一些人不能理解一个艺术家对一个奇妙、美丽的人，或一个奇妙、美丽的心灵所感到的那种热烈的忠诚、爱和崇拜。我们就生活于这样的环境。我深以他们为憾。

卡森：这些不幸的人，这些达不到你那么高的理解力的人，可能会将之归因于某种错误的东西吗？

王尔德：毫无疑问。

卡森：归因于同性恋？

王尔德：哈勒姆对莎士比亚就是这么干的。

卡森：说莎士比亚同性恋吗？

王尔德：他们想怎么说就怎么说。我不在乎别人的无知。不要讯问我别人的无知。这和我没有任何关系。（笑）

卡森：你以前对我说过，你并不限制自己的书在那些不能从你书中，或者如我所说，不能从字里行间得出自然结论的人中间流通。

王尔德：我对教化民众热情高涨。

卡森：我想你的这些作品都是为了教化民众。

王尔德：任何艺术作品，无论伟大还是微不足道，对民众都有好处。我想是这样。

卡森：你进一步描写了亨利·沃顿勋爵的天才。

王尔德：哪一章？

卡森：如果你看看《利平科特杂志》第63页就能找到，你描写了一部天才之作。

王尔德：是的。

卡森：我猜想，你当时脑子里有一本特殊的小说。

王尔德：没有，只是一个暗示。

卡森：你说你没有？

王尔德：好吧。如果你允许我说的话，是有一本我本人并不十分欣赏的法国小说。

卡森：如果你能告诉我它叫什么名字，我们可以看看它是一部什么样的小说。

王尔德：我认为你最好别管它。我不介意告诉你它的名字。这本小说叫《逆流》，作者是于斯曼。我认为这本书写得很不好，但它给了我一个暗示。

卡森：小说名叫《逆流》？

王尔德：是的。

卡森：现在我们看看一段描写，写的是它对道林·格雷产生的影响：

他的视线落在亨利勋爵送给他的那本黄封面的书上。他不知道这是一本什么样的书。他走到珍珠色的小八角形茶几前，他一直觉得这张茶几是一种神秘的埃及蜜蜂用银子酿成的。他拿起书，在一张圈手椅里坐下来，开始翻阅。几分钟后，他被吸引住了。他从来没读过这样一本奇书。他似乎觉得全世界的罪恶都穿上了精美的衣服，在柔和的笛声伴奏下默默地从他面前一一走过。凡是一切他曾迷离恍惚梦见的事物，一下子都变得十分真实。而他连做梦也没想到的事物，也逐渐显露出形象。

这本没有故事的小说，实在是一部心理学研究。其中仅有的人物——巴黎一青年——以毕生的精力试图在19世纪再现过去各个时代的一切欲念和思潮，从而集世界精神所经历的种种情绪于一身。他既能玩味被人们荒唐地称作德行、实为矫情的自我克制，同样也能欣赏被贤哲们称作罪恶的天性反抗。这本书的文笔属于奇特的精雕细琢的一路，既生动又晦涩，有许多隐语、术语和别出心裁的异说。一些最纤巧的法国象征派画家的作品就是这种风格。其中有些比喻离奇而又细腻。感官生活是用神秘哲学的术语加以描写的。读者有时摸不透。他看到的是一位中世纪圣者精神上的极乐境界的叙述呢，还是一个当代罪人病态的自供状。这是一本有毒的书。似乎书页上附着浓郁的薰香，搅得人心神不安。道林一章又一章地读着，词句的抑扬顿挫、音韵的微妙变化，好像充满了复杂的叠句和乐章，巧妙地一再出现，在他的头脑里形成了一种幻想曲，一种梦幻病，使他昏昏然竟不知夜之将临。

窗外铜绿色的苍穹万里无云，刺破天幕的唯见孤星一颗。道林在暮色苍茫中读着，读着，直到再也无法辨认书上的字迹。侍者数次提醒他时间已经不早，道林这才起身走到隔壁房间里去，把书放在床边佛罗伦萨式的小几上，开始换晚装。

他到俱乐部时快九点了，发现亨利勋爵独坐在休息室里，神态很不耐烦。

"对不起，哈里，"道林说，"不过都要怪你。你捎来的那本书把我迷住了，使我忘记了时间。"

"我知道你会喜欢它的。"亨利勋爵从椅子上站起来。

"我没说我喜欢它，哈里。我是说它把我迷住了。这两者大有区别。"

"如果你已经发现了这种区别，你还会发现更多。"亨利勋爵脸上露出奇怪的微笑，"我们去吃晚饭吧。太晚了，我怕香槟会冰得太凉。"

道林·格雷很多年都无法忘记这本书。或者更精确地说他从未想过要忘记这本书。他从巴黎弄来不少于五册大开本的该书的初版本，用不同颜色装订起来，以便适应他不同的情绪和变化多端的奇思怪想。有时他对自己的这种本性好像完全失去了控制。那个身上奇怪地糅合着幻想家和学者气质的主人公，那个独特的巴黎青年，在道林心目中成了他自己的原型，而整本书所讲的好像是他自己一生的故事，只不过他还没有经历过便已经被写下来了。

现在回答我：你在这里提到的那本书《逆流》，你说是一本不道德的书吗？

王尔德：写得不是很好，但我不会称之为不道德的书。只是写得不好。

卡森：先生，这本书不是毫不掩饰地写同性恋吗？

王尔德：你说《逆流》？

卡森：是的。

王尔德：当然不是。

卡森：我给你读一读。

王尔德：卡森先生，请你一定记住——我希望明确说明，这本书的含义——虚构作品都这样——一个年轻人拿着一本黄封面的书，一本影响了他生活的书——这句话只是在某种程度上表明我可能会写一本像《逆流》一样的书。另外，当我引用其中的一些段落，提到其中一些段落时，这些段落并没出现在我书中。这只是我想象的。我读过《逆流》这本书，我想象中的它要比实际上更伟大。

卡森：《逆流》是写同性恋的书吗？

王尔德：《逆流》吗？

卡森：是的。

王尔德：不是。

卡森：现在把书拿在手里。

王尔德：你必须给我讲清楚，你所说的同性恋书是什么意思？

卡森：你不知道？

王尔德：我不知道。

克拉克：我真想知道这样还要进行多久。卡森先生讯问这本书当然最合适不过，因为这是本案审理的内容，本案涉及某部假定的法国小说，没提到名字的小说——而且，正如王尔德先生所说，并不能代表或指向某一部特定的小说。他被问及这本书对他具有那种暗示意义，然而又被问及那本书的内容。我不知道法官大人是否认为我们在走一条漫漫长路。

卡森：法官大人，我问王尔德先生的问题是：《逆流》这本书是不是一本描写同性恋的书。法官大人，他承认他参照了这本书。

王尔德：没有，我没承认。

卡森：什么？

王尔德：我没承认。我只是说《逆流》给了我暗示，但当我在《道林·格雷的画像》从这本假定的、想象出的书中引用一段文字时，我所引用的部分在《逆流》中并不存在。它只给了我一个动机，如此而已，这是有区别的。当我引用时——如果你读了下一章就会明白——我是说"在本书第七章"。没哪一章涉及我所说的人物。

卡森：但你脑子里想到的书不是《逆流》吗？

王尔德：不是。我脑子里想到的书是我自己想写的书。

卡森：我现在问你：你脑子里想到的书，就是亨利·沃顿勋爵送给道林·格雷的那本书，是不是《逆流》？

王尔德：不是。

卡森：但就在刚才你还告诉我"是"。

王尔德：不是。

法官：我肯定要记下这一点。

王尔德：我的意思是——如果你允许我这样说的话——在此事上我不是在狡辩——亨利·沃顿勋爵送给道林·格雷的那本书里，在下一章有一处暗示。

卡森：对此我不想知道。

王尔德：对一个在《逆流》中并未出现的一个特殊章节，我特别想知道的是——

卡森：我会接受你的回答，哪种方式回答都可。

王尔德：你好意允许我回答的话——我并未特意参照一位法国作家的作品，"那是一本毒害年轻人生命的书"。我不会这样做。我认为那本书不光彩、不真实、非正义。我不会这样做。

卡森：如果你说没参照《逆流》，我是不会相信的，但提到《逆流》的不是我，而是你自己。

王尔德：但是你问我，是什么让我想到了亨利·沃顿勋爵送给道林·格雷书这个情节的，但我不会再说我是指于斯曼先生——在巴黎非常出名——任何诱使都不会让我再说他的书会毒害道林·格雷的生活——从来没有一位艺术家会这样说另一位艺术家，这是极其粗俗无礼的做法。

卡森：如果你说不是《逆流》，我就不再进一步追问此事了。

王尔德：我说的是：亨利·沃顿勋爵送给道林·格雷的书不是《逆流》。我只是说我书中提到的这本可能会写出来的书受到了《逆流》的启发，但这本书不是《逆流》。

卡森：那么，我问你，你在写这段话时是不是想到了《逆流》？我再问你，《逆流》是不是描写同性恋的书？你可以看看——你手里有《逆流》——如果你愿意，我可以读读我已标识出的这段。①

王尔德：可能是这一段，也可能不是。

卡森：这是一个译本。

王尔德：毫无必要。噢，我想是于斯曼先生？我不对另一位艺术家的作品发表意见，但于斯曼先生会怎么说，我一无所知。

卡森：你怎么想？

王尔德：我认为你没权利讯问我对另一位艺术家作品的看

---

① 指《逆流》的第九章。

法。我完全拒绝——我不会发表看法。你可按你所愿读出来。我认为问我这个不公平，因为首先——当你已用了那种说法时——我不会表达我的观点。

卡森：那就请让我给你读一段。

王尔德：请不要读。我自己很快会读的。

克拉克：我要插话并抗议。事情已经很明了。王尔德先生已经说过，他在写可能会腐化道林·格雷的一本书时，脑子里想到了某种类似于《逆流》的书。因此卡森先生就建议向他读《逆流》中的一段，完全就像一两小时前向他读《牧师与侍僧》那样，而后者王尔德先生已经斥之为可怕且可恶。现在，我提议，虽然我博学多识的朋友完全可以用自己的语言问任何问题——也完全公平，也可以用任何严厉的方式以另一个人的语言讯问王尔德先生——而王尔德先生从来不以任何方式采用或重复那个人的语言。我提议，我博学多识的朋友没有权利当庭读出来，不管这样做是出于什么目的，因为这与本案无关，也不可能与本案涉及的任何问题有关。

卡森：法官大人，我提请您同意，我的问题是绝对合法的，我曾问过这位先生，他在写《道林·格雷的画像》中这特殊的一段话时脑子中出现的是哪部作品，他说是《逆流》。法官大人，可以肯定，问题是王尔德先生是否看着像个同性恋者，这是本案的关键。我有权利表明，当他写《道林·格雷的画像》时，脑子里有一本小说，而按照我举出的一些片段，可以清楚地看出，这是一本会导致并且教唆同性恋行为的小说。因此，法官大人，我当然应该获准讯问证人并得到证实：这本书是否有那种描写。

克拉克：法官大人，我认为，如果我博学多识的朋友在王尔德先生的书中发现参照了《逆流》，并因此而诱引他的读者细读《逆流》，那么就可以说《逆流》可能与本案相关，但仅此而已。

法官：我认为这是不允许的。王尔德先生已经否认自己想到了这一段。他说《逆流》只是启发了他小说中的一个情节。因此，我认为《逆流》与讯问王尔德先生无关。

卡森：很好，法官大人。我还想再引述一段《道林·格雷的画像》中的对话，以引起您的注意。在《利平科特杂志》第79页——这是霍华德向道林·格雷倾诉心曲的那段：

"好了，亲爱的老兄，我要跟你谈点严肃的事了。别那样皱眉头。你让我难以开口了。"

"谈什么呀？"道林任性地喊起来，一下子坐在了沙发上。"希望不是谈我。今晚我烦透自己了，真想变成另外一个人。"

"就是谈你！"霍华德语气深沉、严肃，"我必须对你说出来。我只占用你半小时。"

道林叹了口气，点了一支烟。"半小时！"他咕哝到。

"我不是求你与我谈，道林，我所说的都完全是为了你好。

我想你应该知道，伦敦正流传着不利于你的最可怕的谣言，所以我认为该与你谈谈。"

"对此我什么都不想知道。我喜欢别人的丑闻，但我对自己的丑闻不感兴趣。这些丑闻了无新意，没有美感。"

"这些丑闻你一定会感兴趣，道林。每一位绅士都对自己的清白声誉感兴趣。你不想让别人把你说成堕落、邪恶的坏人吧。当然，你有地位、财富和诸如此类的东西，但地位和财富并非一切。你注意啊，我根本不信这些谣传。至少我见到你时不相信。罪恶这种东西是写在脸上的，是掩盖不住的。人们有时会谈起隐秘的罪恶。根本没这种东西。如果一个卑鄙小人犯了罪，罪行本身就会显现在其嘴唇的线条上，眼睑的下垂上，甚至手的形状上。有人——我不提他的名字，但你认识他——去年来找我给他画过像。以前我从未见过他，当时也没听人说起过他的事，虽然自那以后听说了很多很多。他愿出个大价钱，我拒绝了。他手指的形状有点让我讨厌。我现在才知道，当时我对他的猜想都是对的。他的生活很可怕。但是，你，道林，你纯洁、明朗、天真的面容，你无忧无虑、奇妙无比的青春——凭这些，我就不相信关于你的谣言。然而，我很少见到你，你现在也再不到我的画室来了，而我一离开你的时候，就听到了人们在风传关于你的那些可怕的事，我不知道该说什么好。道林，为什么像伯威克公爵这样的人你一进门他就要离开俱乐部？为什么伦敦那么多绅士从来不上你家，也不邀请你去他们的家？斯特夫利爵士过去曾是你的朋友，上周我吃晚饭时碰到了他。谈话间偶尔说起你，谈到了你曾把袖珍画像借到达德利去展出。斯特夫利撇着嘴说，也许你最有艺术品位，但你这样的人，内心纯洁的姑娘都不应当允许与你交往，贞洁的女人不该与你同处一室。我提醒他说，我是你的朋友，并问他所言何意。他告诉我了。他就当着每个人的面说了。这真可怕！为什么你与年轻人的友谊对他们都那么致命呢？其中一个在皇家禁卫军服役的可怜男孩子自杀了，而你是他的'大'朋友。还有亨利·阿什顿爵士，他不得不声名狼藉地离开了英国，而你与他形影不离。阿德里安·辛格尔顿和他可怕的结局又是怎么回事？肯特勋爵的独生子和他的职业生涯又是怎么回事？昨天我在圣詹姆斯大街遇到了他父亲，他似乎被耻辱和悲伤击倒了。年轻的珀斯公爵又是怎么回事？他现在过着什么样的生活？还有哪一个上等人愿同他来往？"

从这段话表达的自然感情看，你是否认为，他们在谈的就是同性恋罪？

王尔德：你刚才读的这段描写了道林·格雷是一个很具有腐化影响的人，虽然文中没有说明这种影响的本质。但事实上，我并不认为一个人会影响另一个人，我也不认为世界上有什么坏影响。

卡森：你不认为什么？

王尔德：我不认为一个人会影响另一个人，除了在小说中；我认为，坏影响这种想法应出现在小说中而不是现实生活中。

卡森：你是说你认为一个男人永远不会腐化一个年轻人？

王尔德：我认为不存在一个人对另一个人产生好或坏影响的事。我不认为会。

卡森：一个男人永远不会腐化一个年轻人？

王尔德：我认为不会。

卡森：他不会做出腐化他人的事？

王尔德：如果你谈的是年龄有差距的人之间的话。

卡森：不，先生，我在谈常识。

王尔德：不要那样说话。我说这是一个好影响坏影响的问题；但从纯粹哲学的角度看，我自己并不认为——我说的是成人——一个人会影响另一个人。我不认为会这样。我不相信这一点。

卡森：你不认为一个人可能会对另一个人施加任何影响？

王尔德：一般而言是这样。我认为影响不是一个人可以随意施加给另一个人的一种力量；从心理学的角度讲，我认为这是极其不可能的。

卡森：难道你不认为恭维一个年轻人，告诉他很美，实际上也爱他，很可能会腐化他吗？

王尔德：不会。

卡森：难道在你自己的小说中不是沃顿勋爵首先使道林·格雷堕落了吗？

王尔德：没有，在小说中，沃顿勋爵并没使道林·格雷堕落；你必须记住，生活与小说是两回事。

卡森：这要取决于你怎样定义堕落。

王尔德：当然，还取决于你怎样定义生活。我在小说中写到了画像的变化。你不会问我是否相信这真会发生；它们就是虚构的动机。

卡森：我想就送给你的这封信问你几个问题。

王尔德：可以。

卡森：据我所知，这封信是写给艾尔弗雷德·道格拉斯勋爵的，是吗？

王尔德：是的。

卡森：你给艾尔弗雷德·道格拉斯勋爵写这封信时，他在哪儿？

王尔德：在萨沃伊酒店。

卡森：你在哪里？

王尔德：我在托基的巴巴科姆。

卡森：你给他写这封回信，是因为他送了你某件东西？

王尔德：是的，是为了回应他送给我的一首诗。

卡森：是装在一个信封里送给你的吗？

王尔德：是在，在一个信封里——当然没拆开。

卡森：没拆封，或许也没弄那么脏吧？

王尔德：没那么脏。

卡森：这是一封普通的信吗？

王尔德：普通？我想不是。（笑）

卡森：什么？

王尔德：当然不是一封普通的信。不普通。

卡森：什么？

王尔德：不普通，当然不是一封普通的信。

卡森："我自己的男孩"，这普通吗？

王尔德：不，我说这不普通。

卡森：等一下。你说这不普通？

王尔德：是的，我应该认为它不普通。

卡森：你认为，王尔德先生，一个你这样年龄的男人称呼一个比你小近20岁的年轻人"我自己的男孩"合适吗？

王尔德：不普通。如果我喜欢他。我就不这样想。

卡森：一点儿也不这样想？

王尔德：如果我称谁是我的男孩——我是说"我自己的男孩"。我喜欢艾尔弗雷德·道格拉斯勋爵。我一直喜欢他。

卡森：你崇拜他？

王尔德：不，我爱他。

卡森："你的十四行诗非常可爱。你那玫瑰叶似的红唇不仅生来是为了歌唱的，而且也是为了疯狂热吻的，这真是个奇迹。"

王尔德：是的。

卡森：你是想告诉我，先生，以这种方式对一个年轻男子说话是自然的、合适的吗？

王尔德：恐怕你在批评一首诗，根据是——

卡森：我想看看你说什么。

王尔德：是的，我认为这封信很美。这是一首诗。如果你问我它是否适当，你最好还是问我《李尔王》是否适当，或莎士比亚的一首十四行诗是否适当。这是一封美丽的信。它并不关心——我写这封信不是为了适当，只是为了做一件美好的事。

卡森：但除了艺术？

王尔德：啊哈！我做不了那个。

卡森：但除了艺术？

王尔德：除了艺术，其他任何问题我都无法回答。

卡森：现在，假设有这样一个人，一位非艺术家给一位漂亮的年轻人写了这封信，我相信艾尔弗雷德·道格拉斯就是这样的年轻人，对吗？

王尔德：是的。

卡森：比自己年轻近20岁的男孩子——你会说给他写这种信自然、合适吗？

王尔德：一个不是艺术家的人写不出那样的信。（笑）

卡森：为什么？

王尔德：因为只有艺术家才能写出那样的信。

卡森：假定有个人对一个男孩或一个年轻人怀有一种不纯洁的、不道德的爱。我相信有这种事发生，对吗？

王尔德：是的。

卡森：他可能会用一种很可能情书中才用的语句对他说话——他可能用那种语言吗？

王尔德：除非他是位作家或艺术家，否则他肯定不会用我所用的那种语句。肯定不会。

卡森：没有什么东西很——

王尔德：我不同意你的看法，那就是一切——

卡森：我只是想说，"你那玫瑰叶似的红唇不仅生来是为了歌唱的，而且也是为了疯狂热吻的"，这句话没有什么奇妙之处。

王尔德：文学取决于你怎样读它，卡森先生，你必须换一种方式读。

卡森：这有什么奇妙之处吗？

王尔德：是的，我认为这句话很美。

卡森：美吗？

王尔德：是的，很美。

卡森："你那纤细的安静的灵魂——"

王尔德：不是的，是"金色"的。

卡森："你那纤细的金色灵魂行走在诗歌和激情之间。"

王尔德：是的。

卡森：这句话也美吗？

王尔德：你读的时候就不美了，卡森先生。我写时，它是美的。你读时，就太糟糕了。

卡森：我不自称艺术家，王尔德先生。

王尔德：那就别给我读了。

卡森：若你能提供证据证明我读得不好，有时我很乐于这样做。（笑）

王尔德：好。

克拉克：我认为我博学多识的朋友没权利那样讲。

卡森：当他攻击我读信的方式时，我只能这样讲。我读信的方式非常恰当。

王尔德：任何信都可以听起来粗俗或卑鄙——

克拉克：请仁慈一点儿，不要再挑剔我博学朋友的阅读方式了。这已干扰了案件审理的进行。

卡森："我知道，为阿波罗所钟爱的雅辛托斯就是在希腊时的你呀。为什么你要一个人留在伦敦？"这句话也美吗？

王尔德：好吧，这是信中的事实方面。

卡森："你什么时候去索尔兹伯里？"

王尔德：这是问句，没什么特殊的。

卡森：没什么特殊？

王尔德：是的，我对这句话的要求不多。

卡森：这不是信的美妙之处吗？

王尔德：不，我不会将它列为我最好的作品。

卡森："你一定要去那里，在各种哥特式建筑的灰色光线里冷静一下你的双手。你随时可以到我这儿。这是一处可爱的地方——只是缺少你，但先去索尔兹伯里吧。我对你的爱是永恒的。"这句话也美吗？

王尔德：当它表达了它真正想表达的意思时，这句话就是美的。

卡森："我对你的爱是永恒的。你的奥斯卡"？

王尔德：是的。

卡森：现在，你觉得这是一封与众不同的信吗？

王尔德：我认为是独一无二的。（笑）

卡森：独一无二？

王尔德：美得独一无二。

卡森：这是你和艾尔弗雷德·道格拉斯勋爵通常的通信方式吗？

王尔德：不是；一个人不可能每天都那样写信。那像每天写一首诗。没人做得到。

卡森：你没再写过其他类似的信吗？

王尔德：我给他写过很多美丽的信。

卡森：你没再用同样的风格或方式给他写信表示他是你

"自己的男孩"或你爱他？

王尔德：我常常给"我自己的男孩"艾尔弗雷德·道格拉斯勋爵写信，他比我年轻许多，我将他当成"我自己的男孩"给他写信，我已经表达了，并且感觉到了我对他永恒的爱，他是我最伟大的朋友。

卡森：你认为这样写信合适吗？

王尔德：我认为这是一封美丽的信。

卡森：你用这种方式给别人写过信吗？

王尔德：从来没有。

卡森：给年轻的男孩子呢？

王尔德：没有！

卡森：任何年轻人？

王尔德：没有！

卡森：但据我所知，你给艾尔弗雷德·道格拉斯勋爵写过很多这类信？

王尔德：我不理解你为什么说"这类信"。

卡森：这一类特殊的信。

王尔德：那封信不属于任何一类，信无类之分。那是一封美丽的信，是一首诗，我也给艾尔弗雷德·道格拉斯勋爵写过其他美丽的信。

卡森：其他美丽的信？你曾用这同一种风格写过信吗？

王尔德：我不重复自己的风格。（笑）

卡森：这儿还有一封信，我相信也是你写给艾尔弗雷德·道格拉斯勋爵的，你能读一读吗？

王尔德：不，我不读。

卡森：因为我读上一首诗时读得不好，你能好心读一下吗？

王尔德：不，卡森先生，该你读。

卡森：我必须要求你读。

王尔德：我拒绝。

克拉克：让法庭上的警官读。

卡森：如果他反对读——

王尔德：我不反对，但我不明白为什么要求我读。

卡森："伦敦WC，维多利亚河堤，萨沃伊酒店，我最亲爱的男孩，你的信就是一杯让我沉醉的红黄色的佳酿"。你有这封信吗？

王尔德：没有，我没看这封信的日期。

卡森：这是你在萨沃伊酒店写的信。

克拉克：读完这封信吧。或许能透露出些什么。

卡森："我最亲爱的男孩，你的信就是一杯让我沉醉的红黄色的佳酿，但却让我悲哀不能自抑。波茜，你不要再与我吵闹了，这要杀了我的，它只会毁灭生活中可爱的东西，我不能看着那么优雅和希腊式的你被激情扭曲。我不能听到你那线条优美的双唇对我说出恶毒的话。我宁愿被人敲诈，也不愿接受你激烈的不公正的恼恨。我必须尽快见到你。你是我想要的圣物，是优雅和美的化身；但我不知道怎样才能见到你。去索尔兹伯里吗？我在这里的账单是每周49镑。"（笑）"我在泰晤士河畔弄了一套新房子。为什么你不在这儿，我亲爱的，我奇妙的男孩？我怕自己必须离开了；没有钱，没有信用，只有一颗铅一般沉重的心。只属于你的奥斯卡。"这是一封不同寻常的信吗？

王尔德：所有我写的东西都不同寻常。我不想表现得与众相同。天啊！只要你乐意，你可以问任何有关它的问题。

卡森：我恐怕有很多问题问。这是一封情书吗？

王尔德：这是一封表达爱的信。

卡森：这是一个男人写给另一个男人的那种信吗？

王尔德：这是我写给艾尔弗雷德·道格拉斯勋爵的那种信。我不知道别的男人写给男人的信是怎么样的，我也不关心。

卡森：你收到艾尔弗雷德·道格拉斯勋爵的回信了吗？

王尔德：我想没有。我根本就不知道这是哪封信。

卡森："你的信就是一杯让我沉醉的红黄色的佳酿"。想起是哪封信了吗？

王尔德：我根本想不起这是哪封信了。

卡森：你想不起这是哪封信了？

王尔德：对，想不起来了。

卡森：这不是一封美丽的信吗？

王尔德：一封美丽的信？让我想想——让我读读这封

信——让我看看这封信。

卡森：是艾尔弗雷德·道格拉斯勋爵写给你的信吗？

王尔德：很可能是。我不知道你什么意思。我想不起来这封信了。

卡森：你想不起来这封信了，但你将它描述为让你沉醉的"红黄色的佳酿"？

王尔德：噢，是的，它当然是一封美丽的信。

卡森：你得到这封信了吗？

王尔德：没有，我想没有。

卡森：你愿意出多少钱买这封信？

王尔德：给艾尔弗雷德·道格拉斯勋爵的那封信？

卡森：是的。

王尔德：我想我可以得到一份复制件——

卡森：如果你能得到一份复制件，你愿意出多少钱？

王尔德：我不知道。你为什么问我这个问题？

卡森：你真不知道吗？这封信美吗，你这封？

王尔德：是的。我认为其中包含着指责。它与其他信不同——它是一首散文诗。它表达了我对艾尔弗雷德·道格拉斯勋爵的伟大的爱。我只能这样说了。

卡森：那时你住在萨沃伊吗？

王尔德：是的。

卡森：住了多长时间？

王尔德：我想大约一个月吧。

卡森：与此同时你在泰特街还有一套房子？

王尔德：是的。

卡森：与此同时你在圣詹姆斯广场也有房间？

王尔德：不，哦，不。

卡森：在你写那封信之前，艾尔弗雷德·道格拉斯勋爵一直和你一起住在萨沃伊？

王尔德：是的。

卡森：现在，我们看看你描述为十四行诗的这封信。你曾告诉我博学多识的朋友，一个名叫伍德的人首先就他从艾尔弗雷德·道格拉斯勋爵的衣服里得到的一些信来找你。

王尔德：他没到萨沃伊来找我；他告诉我的。

法官：他是事先约好，在泰勒的房间里见王尔德先生的。

卡森（对法官）：是的，他是约见的。（对王尔德）谁约的？

王尔德：是通过伍德先生认识的艾尔弗雷德·泰勒约的。

卡森：那么，我可以这样认为：艾尔弗雷德·泰勒是你的一位亲密朋友？

王尔德："亲密"一词恐不合适。我认识艾尔弗雷德·泰勒先生3年了。在他见我之前，我已很久不在小城住了。我第一次见到他是在10月，我想我是11月离开小城的。

卡森：他是你的亲密朋友吗？

王尔德：我不能称之为亲密朋友。他只是我的一个朋友而已。

卡森：是你雇他促成你和艾尔弗雷德·伍德之间的这次会面的？

王尔德：是的。他拜访我，说听说了这回事，我就说我想见见伍德先生。

卡森：你上一次见到泰勒是什么时候？

王尔德：我最近一次见到泰勒是什么时候？

卡森：是的。

王尔德：昨天。

卡森：昨天夜里？

王尔德：不是昨夜——是昨天早晨。

卡森：昨天早晨？

王尔德：是的。

卡森：昨天晚上他在泰特街吗？

王尔德：没有。

卡森：你肯定？

王尔德：就我所知没有。我自己出去吃晚饭了，直到十点半才回来。那里一个人也没有。

卡森：你与泰勒仍有联系吗？

王尔德：是的，昨天早晨我还看见了他。

卡森：在你通过泰勒约定那次约会之前，你到过乔治·刘易斯家吗？

王尔德：是的。

卡森：你让刘易斯给伍德写了一封信？

王尔德：是的。

卡森：伍德曾拒绝接近乔治·刘易斯？

王尔德：这我不知道。

卡森：但他没有去？

王尔德：是的。

卡森：然后你才通过泰勒安排了这次约会？

王尔德：是的。

卡森：你急于得到那些信？

王尔德：急于得到我的私信，我想这样说才对。

卡森：你急于得到那些信——

王尔德：我想是这样。没有哪位绅士愿意公开自己的私信。"急于"，是的——可能有上千件事。

卡森：你以前认识伍德吗？

王尔德：认识。

卡森：你认识伍德多长时间了？

王尔德：我想第一次见到他是在1893年1月底。

卡森：在哪儿？

王尔德：在皇家酒店。

卡森：和谁一起？

王尔德：没别人在场。

卡森：没别人？

王尔德：没其他人。

卡森：谁介绍你认识他的？

王尔德：艾尔弗雷德·道格拉斯勋爵发电报约的伍德。先是伍德给艾尔弗雷德·道格拉斯勋爵写信，请他提前帮忙找份工作。他想做职员。当时艾尔弗雷德·道格拉斯勋爵正和昆斯伯里夫人一起住在索尔兹伯里，我也在那儿。他对我说："你能见见伍德，尽可能帮帮他吗？"我说："当然可以。"随后他就给艾尔弗雷德·伍德发电报，说我那天晚上可能在皇家酒店。伍德于是去了饭店，认出了我，他走到我桌边，拿出电报说："你是奥斯卡·王尔德先生吗？我收到了艾尔弗雷德勋爵的这封电报。"

卡森：他那时住在哪里？

王尔德：我不知道。

卡森：他和泰勒同住吗？

王尔德：我想没有吧。

卡森：好了，说吧。

王尔德：我问他住在哪里。从他的谈话中，我印象中是住在波特兰街附近。

卡森：那时泰勒住在哪里？

王尔德：我想是住在威斯敏斯特的查普尔街。

卡森：我猜是小学院街13号。

王尔德：小学院街13号，对；不是查普尔街。

卡森：你过去常去小学院街13号？

王尔德：对的，我去过很多次。

卡森：你在那儿的时候伍德有时也住在那里吗？

王尔德：没有。

卡森：什么？

王尔德：没有。

卡森：你说什么？

王尔德：有过。

卡森：你常去那里聚会？

王尔德：是的，我去那里聚会。

卡森：我想参加聚会的都是年轻人吧？

王尔德：不，不全是。

卡森：都是男人？

王尔德：都是男人，没错。

卡森：都是男人？

王尔德：是的，都是男人。

卡森：你和伍德在鲁普尔街的佛罗伦萨酒店一起吃过晚饭吗？

王尔德：没有。我从未和他在那里一起吃过晚饭。我见到他的第一天晚上——大约是9点——我问他是否吃过晚饭，他说没有；我问他是否想去吃点晚饭，他答应了，我们就一起到了佛罗伦萨酒店，我给他点了一些晚饭。

卡森：伍德是什么人？

王尔德：我的一个朋友——一个年轻朋友，艾尔弗雷德·道格拉斯勋爵请我——

卡森：他是什么人——我是说他从事什么职业？

王尔德：就我所知，他没有工作，正在找工作。他失业了，正在寻找新职位。

卡森：他做过什么工作——职员？

王尔德：对了，他告诉我他曾做过职员。

卡森：当时他多大？

王尔德：我想大约二十三四岁吧——我不知道。

卡森：那么，我可不可以这样理解：你第一次见到伍德就带他去鲁普尔街的佛罗伦萨酒店吃晚饭了？

王尔德：是的，艾尔弗雷德·道格拉斯勋爵让我好好待他。

卡森：泰勒也在场吗？

王尔德：没有。

卡森：其他什么人呢？

王尔德：没有。

卡森：后来你是不是又和他一起到那儿吃晚饭了？

王尔德：没有。

卡森：泰勒也在场的时候？

王尔德：没有。

卡森：另一位绅士也在场的时候？

王尔德：没有。

卡森：你和他一起吃晚饭的时候，那位绅士在场过吗？
（递给王尔德一份报纸。）

王尔德：从来没有。

卡森：你认识那位绅士吗？

王尔德：当然认识。

卡森：我想提醒你，这个人就是介绍你和伍德认识的泰勒。

王尔德：不是那么回事。

卡森：不是那么回事？

王尔德：伍德是通过这封电报被介绍给我的。

卡森：伍德不属于你生活的那个圈子吧？

王尔德：不，哦，不。

卡森：什么？

王尔德：哦，不，当然不。

卡森：你和伍德关系亲密起来了吗？

王尔德：哦，不。我只见过他4次——3次。

卡森：这是你说的？

王尔德：当然。

卡森：你肯定吗？

王尔德：肯定。

卡森：你请他到你泰特街的房子里去了吗？

王尔德：哦，从未。我能请，但我从未请过。

卡森：你能肯定？

王尔德：非常肯定。

卡森：你在泰特街的拐角见过他吗？

王尔德：从来没有。

卡森：那你想认识伍德到底是为了什么？

王尔德：我根本就没想认识他。

卡森：那在你见到他的第一个晚上，你为什么就邀请他一起到鲁普尔街的佛罗伦萨酒店吃晚饭？

王尔德：是有人请我善待他，帮助他。我不知道能否出示那封电报，但那是艾尔弗雷德·道格拉斯勋爵从索尔兹伯里发的电报。他告诉我他认识这个年轻人。他给我看了一封信。

卡森：你给我们讲过吗？

王尔德：是的。我根本就不想认识他。他非常烦人。

卡森：你曾邀请他去泰特街了？

王尔德：从来没有。

卡森：他曾到过那儿吗？

王尔德：从来没有。

卡森：你能对此发誓吗？

王尔德：可以。

卡森：你妻子当时不在泰特街，去托基了，对吗？

王尔德：我妻子——对的，我妻子不在，我孩子和女家庭教师也不在，除了看家人，泰特街一个人也没有。

卡森：你妻子不在？

王尔德：是的。

卡森：你有个助手在那里，一个男管家，你叫他金杰？

王尔德：不，我当时根本没有男仆。

卡森：是这样吗？

王尔德：是的。

卡森：有个男孩在那里吗？

王尔德：没有。

卡森：你那里有什么仆人？

王尔德：只有一个看家人，女看家人。

卡森：你是否有过一个叫金杰的仆人？

王尔德：没有，从来没有。

卡森：从来没叫哪个男孩这个名字？

王尔德：没有。

卡森：你能肯定吗？

王尔德：是的，非常肯定。

卡森：你没雇用过什么男孩吗？

王尔德：那时没有，没有。

卡森：当时除了看家人没人在泰特街？

王尔德：对，只有看家人在。

卡森：现在我必须问你这个问题：当你的房子就这样空无一人的时候，你是不是在泰特街角安排过几个晚上与伍德会面？

王尔德：没有，肯定没有。

卡森：他和你一起到泰特街了？

王尔德：没有。

卡森：你和伍德有过什么不道德的行为吗？

王尔德：从来没有。

卡森：你曾打开过他的裤子吗？

王尔德：从未。

卡森：在泰特街你好几个晚上都这样做了。

王尔德：绝对瞎说。

卡森：你去佛罗伦萨酒店吃饭时，是不是在包房？

王尔德：是的。

卡森：在那里你和伍德之间做过什么苟且之事吗？

王尔德：没有，什么也没做。

卡森：为什么你要从皇家酒店到鲁普尔街的佛罗伦萨酒店？

王尔德：因为很长时间以来我已习惯到佛罗伦萨酒店吃晚饭——我认为在那儿吃晚饭环境舒适，也因为我已习惯在那里用支票兑换现金，而在皇家酒店从来做不到，因此，我用支票兑换了现金，并代表艾尔弗雷德·道格拉斯给了伍德一些钱。

卡森：那次你给了伍德多少钱？

王尔德：大约2镑。

卡森：你为什么要这样做？

王尔德：因为艾尔弗雷德·道格拉斯勋爵要求我善待他认识的这个人，他处境窘迫，需要帮助。我给他钱就是因为这个。

卡森：我的意思是：你先和他发生不道德关系，然后付他钱。

王尔德：这绝对不真实。事实是：我给了他钱，我在皇家酒店也给了他钱，我到那里顺便用支票兑换了现金——第二天是周日。

卡森：带着一个他那种地位的人去吃晚饭，然后又给他钱，难道你不觉得这有点奇怪吗？

克拉克：他说先给了他钱。

卡森：你绝对错了。事情是另外一种样子。他说他到佛罗伦萨酒店兑换现金。

克拉克：实事求是地讲，我是对的。他在皇家酒店给了他钱，然后带他到佛罗伦萨酒店，顺便兑换了现金。

卡森：为什么你不在给他钱后说"你可以走了，自己去吃晚饭"？

王尔德：我为什么要这样说？他说自己没吃晚饭。我为什么不能对他好一点儿？

卡森：你认为他想让你对他好一点儿？

王尔德：这我倒不知道。他给艾尔弗雷德·道格拉斯勋爵写信说他需要钱。

卡森：一个社会地位不同的人？

王尔德：我不在乎社会地位的差别。

卡森：你不在乎？

王尔德：我不关心社会地位的差别。如果有人让我感兴趣或有了麻烦，或请求我以任何方式帮助他，那么拿一个人的社会地位说事有什么用？幼稚。

卡森：他是艺术家吗？

王尔德：不是，当然不是。

卡森：一位作家？

王尔德：不是。

卡森：你是否还记得伍德在兰厄姆街36号住过——我想是在波特兰广场附近的某个地方？

王尔德：我记得他搬过家，因为我在巴黎的时候他写信告诉我了。

卡森：他从哪儿搬的家？

王尔德：从他的第一个住所搬到了其他的什么地方。

卡森：你不知道他搬到哪儿了？

王尔德：我不知道。我也不知道他第一个住所在哪里，我也从未去过他的任何住所。我只记得我在巴黎收到过他一封信，说他的地址变了。

卡森：你保留着那封信吗？

王尔德：我想没有，没有。没有，我没保留那封信，我为什么要保留？

卡森：你没保留那封信？

王尔德：没有。

卡森：你确定？

王尔德：十分确定。

卡森：你在兰厄姆街36号住过吗？

王尔德：此生从未住过。我住在巴黎和托基。

卡森：你记得他那时搬到了罗素街吗？

王尔德：不记得。我想不起来他搬到过这里。

卡森：当他因为这些信找到你时，你是否认为他要敲诈勒索你？

王尔德：有人告诉我他有这个目的。

卡森：你认为呢？回答我的问题。

王尔德：他把信给了我，我解除了戒心。

卡森：你认为——

王尔德：我认为此事哪个环节出了问题。

卡森：你是否认为他要敲诈勒索你？

王尔德：是的，我决定与他直截了当谈这个问题。

卡森：你认为他要敲诈勒索你，而你决定直面问题？

王尔德：是的。

卡森：而你面对这个问题的方式就是给他16镑，让他到美国去？

王尔德：不对。你对那件事的描述不准确。

卡森：你就是那样做的。

王尔德：我看到了那些信，我认为他会拿出我写给道格拉斯的那些可能包含隐私内容等的信——他希望敲诈我一笔。这种生意在伦敦很普遍，堪称猖獗。我写那些信时，它们并没有什么价值——也引不起我的兴趣，我并不想要回。他随后给我讲了一个长长的故事，说有人想从他这里得到这些信。我对他那样做确实愚蠢，但只是出于纯粹的同情与仁慈。

卡森：请允许我再问你几个问题，我想你可以简短回答：你认为这些信没有价值？

王尔德：是的。

卡森：你不害怕信里的某些内容？

王尔德：噢！是有一些东西——家务事——我当然不愿意公开这些信。实际上没人愿意公开自己的私信——一些人会对此想入非非。

卡森：你认为给他16镑值得吗？

王尔德：我给他16镑不是为了换回那些信。

卡森：我提醒你，你给了他30镑。

王尔德：没有。

卡森：什么？

王尔德：没有。

卡森：你第二天不是又给了他5镑？

王尔德：是的。

卡森：16镑之外？

王尔德：是的。

卡森：你为什么给他？

王尔德：他写信给我，或者说是请求我在他去美国之前见他。我说："我根本不反对。"他告诉我，他去美国的旅费超出了他的预料，于是我又给了他5镑。我这样做是出于仁慈。

卡森：你想告诉陪审团，你给他这21镑纯粹是出于仁慈？

王尔德：不是我让陪审团这样想的，卡森先生。

卡森：你不是那样说的吗？

王尔德：我说的是：我毫不怀疑他手里有这些信——他给我讲了个故事，说艾伦从他手里抢走了这些信，所有的——我可坦白相告，我真的认为他给我讲的故事相当糟糕。

卡森：因此你又给了他5镑？

王尔德：是的。

卡森：在他去美国之前你还在中午给他饯行了？还喝了香槟？

王尔德：没有，我想没什么香槟。我从不在中午喝香槟。

卡森：在佛罗伦萨酒店吃的午饭？

王尔德：是的，在佛罗伦萨酒店。

卡森：给一个你认为试图敲诈你的人饯行？

王尔德：是的。他使我相信他从来没想敲诈我——信是别人从他那里偷走的。

卡森：你们什么时候举行饯行午宴的？

王尔德：第二天。

卡森：还有别人在场吗？

王尔德：没有。

卡森：你订了包房吗？

王尔德：那我倒忘了——我想起来了，是的。我在佛罗伦萨吃饭都是在包房。

卡森：那天没什么熟人在场？

王尔德：噢，没有！根本没别人！

卡森：就是在那儿，在你们的香槟饯行午餐上，或午饭后，你又给了他5镑？

王尔德：是的。

卡森：为什么又给他5镑？

王尔德：因为他说我给他那15镑只够他的旅费，到纽约他会身无分文，所以他请求我再给他5镑，我就给了他。

卡森：伍德拿了钱就去了美国？

王尔德：我相信是这样。

卡森：我想，你没有阻碍他去美国吧？

王尔德：我告诉他，如果他在伦敦都找不到工作，那他在纽约也极不可能找到工作。

卡森：但是你给了他钱，让他能去美国。

王尔德：如果他想去，我何必要拦他？至于他是否留在伦敦，我毫不在意。

卡森：他在美国的时候，给你写信要钱了吗？

王尔德：没有。

卡森：泰勒是否告诉你，伍德给他写信了，让他问你要钱？

王尔德：没有。

卡森：你能肯定？

王尔德：是的，非常肯定。

卡森：你是否知道，伍德在美国的时候与泰勒保持着联系？

1882年王尔德在纽约拍的照片。
出自 *Oscar Wilde* by H. Montgomery Hyde

王尔德：不知道。

卡森：来辨认一下。请你告诉我这是不是伍德的手迹。

（递给王尔德一张纸。）

王尔德：是的，我想是的，但我从未见过他的信。

卡森：伍德称泰勒"艾尔弗雷德"？

王尔德：是的。

卡森：他们保持着明显的亲密关系？

王尔德：是的。他们是好朋友。

卡森：伍德叫你"奥斯卡"？

王尔德：是的。

卡森：你怎么称呼伍德？

王尔德：他名叫艾尔弗雷德。

卡森：难道你没称他"阿弗"？

王尔德：没有。我从来不用简称——我想没有。

卡森：那么你称他"艾尔弗雷德"了？

王尔德：是的，艾尔弗雷德。

卡森：你怎么称呼泰勒？

王尔德：泰勒先生的教名是"艾尔弗雷德"。

卡森：你称他的教名？

王尔德：是的，一直都是。

卡森：那么，我可以这样理解：你、伍德和泰勒彼此都称
教名。

王尔德：是的。

卡森：那么，你们关系很密切了？

王尔德：恐怕人人都称我的教名，只有个别例外。

卡森：你也称其他人的教名？

王尔德：是的，任何我喜欢的人。

卡森：你喜欢这样？

王尔德：是的。我喜欢叫人的教名——是的，我喜欢。

卡森：一个与你关系密切，你称呼其教名的人，竟来敲诈你，你不觉得这有点奇怪吗？

王尔德：哦，你懂的，你是从自己的角度看，不是从我的角度。我被告知，他要利用那些信来敲诈我，我坦言相告，任何绅士都不会兜售自己的私人信件——任何绅士都会买回来。有人就是这样给我讲的。随后，当我见到他时，我发现他并没有这个目的，而且把信给了我。

卡森：我所问你的就是这个：一个与你关系如此亲密，你都直呼其教名的人，竟然试图敲诈你，你不觉得奇怪吗？

王尔德：我不认为他想敲诈我。

卡森：你刚才告诉我的可不是这样。

王尔德：不，我真不认为他会那样。

卡森：你刚才不是告诉我了，你和他第一次约会时，你认为他要来敲诈你？

王尔德：的确如此。

卡森：你就是这个时候去见了乔治·刘易斯先生？

王尔德：是的。

卡森：你就是这个时候为了这个名叫伍德的人去见了乔治·刘易斯先生？

王尔德：是的。

卡森：难道你不认为，从你朋友的角度看，这件事很奇怪？

王尔德：我认为这极其可怕。我不知道是否应该相信。实际上，我不相信这回事。我之所以约见他，是因为我说过，我不相信他会做那种事。

卡森：你第一次见他就给了他钱？

王尔德：是的，是为了满足我一个朋友的期望。

卡森：你带他去吃晚饭了？

王尔德：是的。

卡森：到了一个包房？

王尔德：我在佛罗伦萨酒店吃饭都是在包房。

卡森：一个要来敲诈你的人，你竟对他这样好，你不认为这很离谱吗？

王尔德：我认为这绝对会声名狼藉。

卡森：你认为这绝对会声名狼藉？

王尔德：是的，当然是的，当我被告知此事时。

卡森：这绝对会声名狼藉，却随后又给他20镑？

王尔德：20镑。

卡森：在他去美国之前还请他晚餐或午餐给他饯行？

王尔德：是的，因为他告诉我了，他丝毫没想要敲诈我；想这样做的是另有他人。他说事实上是艾伦得到了这些信，而他又将这些信弄了回来。

卡森：伍德去萨沃伊见你了吗？

王尔德：我想没有——没有。

卡森：伍德来后不久，艾伦又因为那些信来找你了。

王尔德：在哪儿？

卡森：难道艾伦没来找你？

王尔德：哦，是的。但过了很久以后。

卡森：一段时间后？

王尔德：当然——6周——我想是6周或两个月——我真不知道。

卡森：6周或两个月？

王尔德：我想是6周。

卡森：在这之前你认识艾伦吗？

王尔德：只见过面。我久仰他大名。

卡森：他是泰勒的一个朋友吗？

王尔德：当然不是，就我所知不是——当然不是。

卡森：他带来了其中一封信？

王尔德：是的——就是他曾送给特里先生的那封。

1893年3月王尔德写给道格拉斯的信，此信后来被伍德偷走，并被卡森在法庭上用来为侯爵开脱。

出自 *Irish Peacock & Scarlet Marquess* by Merlin Holland

卡森：你知道他偷了那封信？

王尔德：谁偷了那封信？

卡森：艾伦。你知道他从伍德那里将信偷走了。伍德已经告诉你了。

王尔德：没有。伍德告诉我，所有的信都收回来了——共有4封信，伍德就告诉我这些——他向我保证，信誓旦旦。

卡森：难道他没有告诉你，那些信都是从他那里偷走的吗？

王尔德：是的。

卡森：虽然他认为他已将信都收回来了？

王尔德：是的，他告诉我如此。

卡森：接着，艾伦来了，你才发现他没有？

王尔德：噢，不是他来的时候才知道，我是说第一次来，而是比尔博姆·特里一收到复制件我就知道了。随后是一些匿名信，说有人想见我等。

卡森：你知道，他是用非正当手段得到了那封信？

王尔德：噢，是的。

卡森：他进来时，你对他说了什么？

王尔德：当他来到我家的大厅时——

卡森：当你看见他时，你对他说了什么？

王尔德：我说："我想你是来还我写给艾尔弗雷德·道格拉斯勋爵那封美丽的信的。"

卡森：艾伦社会地位如何？

王尔德：艾伦吗？——一个敲诈者。

卡森：敲诈者？

王尔德：敲诈者。

卡森：他是同性恋者吗？

王尔德：我对他一无所知——

卡森：是慕名？

王尔德：我只听说他是敲诈者，除此之外无他。

卡森：你以前是慕其名？

王尔德：是的。

卡森：但只是一个敲诈者？

王尔德：是的，一个敲诈者。

卡森：然后你开始向敲诈者解释你丢掉美丽的手稿是多大的损失？

王尔德：不是的，没什么损失，因为他已经寄给特里一份复制件。

王尔德：你将之描绘成一篇美丽的手稿或信？

王尔德：对，我说是一篇美丽的艺术作品。

卡森：他是个同性恋者吗？

王尔德：不知道。

卡森：现在，王尔德先生，请回答我这个问题：这个你已知是敲诈者的人——他的名声，你只知道是个敲诈者——你给了他10先令？

王尔德：是的。

卡森：他给你什么了？

王尔德：什么都没给；他本人什么都没给我——他把信还回来了。

卡森：他什么都没给你？

王尔德：是的。

卡森：当你给他10先令时，他什么都没给你？

王尔德：是的。

卡森：他什么都没给你？

王尔德：什么都没给。

卡森：你为什么要给这个臭名昭著的敲诈者10先令，而他什么都没给你？

王尔德：我给他是为了羞辱他。（笑）

卡森：为了什么？

王尔德：羞辱。

卡森：你表示羞辱的方式就是给他10先令吗？

王尔德：是的，这常常是表现羞辱的最好方式。（笑）这表明我根本不把他当回事，不管他是否有那封信。当他告诉我他穷困潦倒并且说"你能替我付回程车费吗"时，我就给了他钱。

卡森：这就是你给陪审团的解释吗？你为什么给那个臭名昭著的人10先令？

王尔德：是的，为了表明我对他的羞辱。我不想要回信。

卡森：我想他喜欢你的羞辱？

王尔德：我的仁慈显然让他很高兴，因为他把信还回来了。

卡森：他感谢你的羞辱了吗？你接受了他的感谢了吗？

王尔德：我不明白你什么意思。

卡森：他感谢你羞辱他了吗？

王尔德：我给他10先令，我不知道他认为我出于何种动机。他感谢我给了他10先令。我这样的确是想表明我根本不在乎。

卡森：他刚走了几分钟，克莱本进来了？

王尔德：他只走到门边——实际上是大厅，他没进到房里来。

卡森：你肯定让艾伦告诉他了，你表现羞辱的方式是给钱——可以得到10先令。

王尔德：是的，他提到了，艾伦说我对他很好。

卡森：接着克莱本来了？

王尔德：是的。

卡森：你以前认识他吗？

王尔德：是的，我以前见过他。

卡森：在哪里见过他？

王尔德：4月21日，我当时在干草市场剧院彩排，我一出剧本的带妆彩排。① 在剧院门口见到了他。

卡森：你怎么注意到他的？

王尔德：事实上是他走来先和我说话的——我已离开了一会儿，去写封信；一位女士写信要订个包房，想看我的戏——我走开，是因为这位女士在等着。

卡森：现在给我们说说他的情况。

---

① 这是王尔德口误或故意说错，因为《一个无足轻重的女人》4月19日就上演了。

王尔德：突然，我从未见过的克莱本走到我面前说："我非常想和你说说你那封信的事，在艾伦手里的那封。"我说："我正在彩排当中，不能受干扰。我也不在乎。"

卡森：你认为他是来敲诈的吗？

王尔德：联系起来看，是的。

卡森：什么？

王尔德：他毫无疑问。

卡森：你难道认为他们都是敲诈者？

王尔德：哪一个？

卡森：他来也是关于那封信的。你从来就没想过，这3个人来都与那封信有关——

王尔德：不是3个人，是两个人。

卡森：是3个人。伍德不在其中吗？

王尔德：我认为你是说这封特别的信。

卡森：伍德、艾伦、克莱本。

王尔德：但至于这封特别的信——

卡森：你认为克莱本是敲诈者吗？

王尔德：他从未敲诈过我。

卡森：你认为他是敲诈者吗？

王尔德：我认为联系起来看他是——

卡森：毫无疑问，和敲诈有关？

王尔德：他没想敲诈我。他说希望与我谈谈这件事——

卡森：你立刻又善待他了——另一个敲诈者？

王尔德：是的，他给我带回了那封信。我给了他半镑。

卡森：你开始给他谈，这是一封美丽的手稿，一件艺术作品？

王尔德：我发现信被弄得很脏，所以很恼火。

卡森：你是否告诉这个敲诈者：这封美丽的信就要以十四行诗的形式发表？

王尔德：我给艾伦讲过。

卡森：难道你没给克莱本讲过？

王尔德：没有。我没向克莱本提过——没有，我给艾伦讲过。

卡森：给艾伦讲过，那个敲诈者吗？

王尔德：他是个敲诈者。他是来找我的敲诈者。

卡森：你告诉这个敲诈者，诗发表后你会送给他一本？

王尔德：是的。

卡森：发表在一份牛津杂志《酒精灯》上了？

王尔德：是的。我对他说："你把地址给我留下，到时给你寄一本。"我这是表示对这件事不在乎。

卡森：表示你的什么？

王尔德：为了向他表明，我不在乎他手里有没有那封信。

卡森：是这原因吗？

王尔德：就在我看到信不久——

卡森：你告诉他这些时，难道你没要回那封信？

王尔德：很可能没有。

卡森：没有？

王尔德：很可能没有。

卡森：但你答应他，说发表后给他寄一本？

王尔德：我对他说，我不在乎要回原件——因为他已给比尔博姆·特里一份复制件了，我已拿到——事情就是这样；事实上这封信已经被译成法语，就要发表在牛津的杂志上了——我是说3周前就已经译好了。

卡森：当克莱本给你那封信时，你给了他半镑？

王尔德：是的。

卡森：然后你告诉他：他在过着一种邪恶的生活。

王尔德：我或许没必要那样说。

卡森：但你的确那样说了。

王尔德：是的。

卡森："恐怕你在过着一种奇妙的邪恶生活"？

王尔德：是的。

卡森：你怎么想到那样说呢？

王尔德：因为他到了干草市场剧场，虽然他没有以任何方式冒犯我，但他显然和艾伦是一伙的。

卡森：但你是把敲诈当作一种奇妙的罪恶生活，不是吗？

王尔德：我没用那些词。

卡森：你不就是那个意思吗？

王尔德：我的基本意思是说，我认为他正和敲诈者混在一起。我对他说"奇妙的邪恶生活"——或诸如此类的话——"恐怕你在过着"。

卡森：你提到了敲诈，这就是我想知道的。他说"我们每个人身上都善恶并存"？

王尔德：是的，我那样说了。

卡森：你说他是一个天生的哲学家？

王尔德：是的。

卡森：你与这个敲诈者的谈话就这样结束了？

王尔德的面面观（漫画）。
出自 *Oscar Wilde* by Richard Ellmann

王尔德：他并未想敲诈我，请记住。他是来还给我信的。他把信交给了我。另外那个人是另一回事——完全不同的一回事。但这个人还回了信。我认为他这样做很仁慈——非常仁慈。

卡森：你曾告诉我，你写了很多美丽的信，除碰巧被人发现的这封外，你还有哪封信变成了十四行诗？

王尔德：在回答这个问题之前，我恐怕需要读很多现代诗。（笑）

卡森：除已发现的这封外，你是否曾把另外的信改写成十四行诗？

王尔德：我不知道你所说的"已发现的"是什么意思。

卡森：就是你刚才告诉我们的那封，你付钱的那封。

王尔德：我没有为那封信付钱。

卡森：什么？

王尔德：我没有为那封信付钱。

卡森：那你为了什么付钱？

王尔德：我付钱与信无关。

卡森：你要回来的那封信？

王尔德：不是我要回来的，是有人送回来的。

卡森：我再问你，先生，除了那封，你还有其他信被改写成十四行诗吗？

王尔德：我说过：要回答你的问题，我得阅遍现代诗。

卡森：你能告诉我吗，任何一封？

王尔德：目前我无法告诉你。那我得阅遍现代诗，这我做不到。

卡森：除了这封已被发现的信，被改成十四行诗的这封，你能不能再告诉我一封，任何一封？

王尔德：目前不能——我想不起来有哪封了。

卡森：你曾写信让艾尔弗雷德·道格拉斯保存那封信了吗？

王尔德：从来没有。

卡森：也就是说，在这封信被发现之前，你从未想过要把它改写成十四行诗？

王尔德：我从未把它改写成十四行诗。

卡森：我没有说你改写了。

王尔德：当比尔博姆·特里收到那封信的复制件，我看到之后，我马上觉得应该将它翻译成诗歌形式。

卡森：你马上觉得应该将它翻译改写成一首十四行诗？

王尔德：是的。

卡森：1892年2月26日前后你住在阿尔伯马尔酒店吗？

王尔德：是的。

卡森：当时，位于维戈街的埃尔金·马修斯出版公司负责出版你的书？

王尔德：是的。埃尔金·马修斯和约翰·莱恩出版公司是我的出版商。

卡森：他们的业务都在维戈街？

王尔德：是的。

卡森：1892年2月，你喜欢上了他们办事处的一位勤杂工？

王尔德：我真的认为你向我提这样的问题不得体。这完全是循环求证。

卡森：我只是问你这个问题。

法官：我不明白问题所在。

卡森：法官大人，我问的是他是否喜欢上了办事处的勤杂工。

王尔德：我反对你这样描述爱德华·雪莱先生。

卡森：那么，你可以否认。

王尔德：很好，没有，当然没有。

卡森：你和办事处的勤杂工亲密起来了？

王尔德：我否认你对爱德华·雪莱身份的描述。他不是办事处的勤杂工。我反对这一点。

卡森：你知道我所指是谁？

王尔德：是的。

卡森：雪莱多大了？

王尔德：我想大约20岁吧。

卡森：我告诉你，他18岁。

王尔德：这很可能。

卡森：长得很好看的男孩？

王尔德：不，我不这样称呼他——他长着一张聪明的脸——但我不称他长得好看——是一张聪明的脸。

卡森：你是在进出办事处的过程中认识他的？

王尔德：你是说我第一次见到他时？

卡森：是的。

王尔德：我第一次见到他是在10月，我与马修斯和莱恩出版公司商量出版我的诗集。约翰·莱恩先生将我介绍给了雪莱先生，他当时是助手，我认为助手在书店里的地位应是绅士。

卡森：他正在书店里卖书？

王尔德：如同夸里奇先生在自己的书店里卖书。他的身份是绅士。

卡森：是在1891年？

王尔德：1892年，是在9月。

卡森：你将雪莱与夸里奇先生相提并论？

王尔德：当你表示卖书是一种可耻的工作时，我就想到了夸里奇先生这样的人的地位——

卡森：你知道他的工资是一周15到20先令吗？

王尔德：我根本不知道他薪水如何。我将他看作一位绅士。我也一直看到人们将他当成一位绅士。

卡森：你邀请这个小伙子一起到阿尔伯马尔酒店吃饭了，你住在那里的时候？

1881年的王尔德漫画。
出自*Oscar Wilde* by H. Montgomery Hyde

王尔德：是的，他常常和我一起吃晚饭。

卡森：等等；你们在一起是为了思想上的交流？

王尔德：是的，对他来说是这样。（笑）

卡森：你把他带到那儿对他进行思想启蒙？

王尔德：他对我的作品表现出极大的尊敬。我也经常看到他。他就我的作品给我写了很多信，我认为这是一种仁慈的行为。我剧本首演之夜他也赶去看了。我认为我们之间的交流应该会有一种思想的愉悦，对他来说尤其是这样。

卡森：这个卖书的勤杂工找你是为了获得思想上的快乐？

王尔德：这个从事出版的年轻人常常和我一起在那儿吃饭，还在我自己的家与我妻子一起吃饭，在别的地方也是。你问问题的方式不对。

卡森：你和这个勤杂工一起在大厅里吃过饭吗？

王尔德：没有，都是在我自家客厅。

卡森：试着回忆一下，王尔德先生。你第一次在那里吃饭的时候是在楼下，我说的对吗？

王尔德：我想不起来自己曾在阿尔伯马尔酒店的楼下吃过饭，但我在那里有间包房。我从未在那里的楼下吃过饭。

卡森：我指的是1892年2月，你在楼下与雪莱一起吃饭了？

王尔德：我想不是在2月。我想很可能是在3月初。

卡森：但不管怎样，你随后和他到包房里了？

王尔德：噢，是的，他在我包房待过——是的，我们在那里吃过午饭或晚饭或其他什么，我不记得了。

卡森：只你们两人？

王尔德：还有一位绅士在场。

卡森：他们是谁？

王尔德：一位绅士。

卡森：他是谁？如果你不想提起他的名字，你可以将他的名字写在纸上给我，这我也满意。

王尔德：他的名字在爱德华·雪莱先生的一封信里提到了，这封信会给你。他的名字提到了，当然，毫无必要提到任何人的名字。

卡森：如果你将这个名字写在纸上给我，我会很满意。

王尔德：我写下来吧。（写）他的名字在雪莱2月23日写的一封信里提到了。①

卡森：他也提到这次吃饭了吗？

王尔德：没有。

卡森：这是雪莱第一次和你一起吃饭，我正在谈的这顿饭——是第一次？

王尔德：我想他没和我一起吃过午饭，我想他和我一起吃过晚饭。他没和我吃过午饭。

卡森：现在，我提醒你注意，他曾和你一起在大厅里吃过饭。

王尔德：我一点儿也想不起来这回事了。

卡森：如果他说有这回事，你准备反驳吗？——他说和你在大厅里一起吃了饭，有很多人都在。②

王尔德：我想我从来不习惯在大厅里吃饭。我都是在自己的房间吃饭。我不记得自己有哪一次是在大厅里吃饭了。

卡森：当然，对一个处于他那种地位的年轻人来说，与像你这样一位著名人士一起吃饭肯定给他留下了深刻印象，而你倒可能不记得了。如果他说曾和你在一个大厅里吃过饭，你准

---

① 实际上，雪莱这封信写于1892年2月21日，他提到的这位绅士是悉尼·巴勒克拉夫，王尔德曾想让他扮演《一个无足轻重的女人》中的杰拉尔德，但没成功。

② 雪莱给查尔斯·罗素的证词中非常明确地说，他和王尔德在阿尔伯马尔酒店的大厅一起吃过饭。

备反驳吗？只有你和他，在一张桌子上——当然，还有其他人在吃饭。

王尔德：我一点儿也记不得了，但我认为这极不可能。你不能要求我回忆一件毫无意义的事。

卡森：你能承认这个绅士——你已将他的名字给了我，在雪莱与你第一次一起吃饭时，和你们在一起吗？

王尔德：我印象中那是一次晚餐。

卡森：我没在谈晚餐。

王尔德：好吧，我没印象了。

卡森：这位绅士参加了你所说的这次晚餐了吗？

王尔德：他肯定有天晚上和我一起吃饭了。

卡森：我提醒你：晚饭是在第二天晚上，我们有点跑题了。好了，午饭过后——不管你在那里吃饭与否，就在这次会面过程中，你和雪莱单独留在了你的客厅？

王尔德：我根本不记得这次聚餐了。

卡森：那次你和雪莱是不是单独留在了你的客厅？他第一次到那儿的那次？

王尔德：噢，他来看我的时候，是的，他来看我了——我们在没在大厅里吃饭，这我不记得了；但他肯定与我在包房里吃了饭。

卡森：好了，在那一次，你有没有一间卧室的门对着客厅开着？

王尔德：是的。

卡森：你在客厅给他喝了威士忌和苏打水？

王尔德：我想他喝了他想喝的一切——我想他可随心所欲——我不记得了。

卡森：你现在想说的是：你无法告诉我们你与这个勤杂工第一次吃饭的情形了？

克拉克：不能这样称呼他，请原谅。

王尔德：我真的强烈反对。

卡森：这位助理先生。

克拉克：他是出版商的助手。

王尔德：是的，我认为任何与经营书店有关的能力都应备受尊敬。

卡森：现在你能不能回忆起来这顿饭的情形？

王尔德：不能，因为我真不记得爱德华·雪莱先生那天做了什么事，我只记得与他以及另一位绅士一起吃了晚饭，虽然他也可能进来了，他是可以进来的。

卡森：他与你一起抽烟了？

王尔德：当然，我想是的，当然抽了，如果他在我房间里，我总是抽烟的，整天都抽。

卡森：现在我问你，那晚他是不是在你房间待了一整夜，第二天早晨8点才离开？

王尔德：没有。

卡森：什么？

王尔德：没和我在一起，当然没有。

卡森：他在客厅时，你就开始拥抱他了？

王尔德：当然没有。

卡森：你拥抱过他吗？

王尔德：从来没有。

卡森：你亲吻过他吗？

王尔德：从来没有。从来没有。法官大人，我无法一个个否认这一个个想象出来的问题，以及一个个让人感到耻辱的细节。请允许我对此一概否定，这些都从未发生过。为什么要我在法庭回答这些根本不可能发生的事？

卡森：不幸的是，我们——

王尔德：我在向法官大人申诉。

法官：你还需要进一步详讯细节吗？

卡森：不，法官大人。

克拉克：王尔德先生已经一次性否定了。

卡森：他是否一直在你房间里待到第二天早晨8点？

王尔德：没有。

卡森：第二天晚上你把他带到了迪安街的独立剧院？

王尔德：是的，他和我一起到了我的包房，这是我和其他朋友在独立剧院专用的包房。至于是不是第二天晚上，我忘记了。

卡森：你邀请他到泰特街了？

王尔德：是的。

卡森：你带他去了伯爵宫？

王尔德：我不明白你在说什么。

卡森：去伯爵宫看展览？

王尔德：让我想想，是的，我想是在5月——是的，我想是在5月——至少我们在那里见过面。

卡森：你带他去过威尔士王子俱乐部？

王尔德：你说的是利里克俱乐部？①

卡森：是的，当时就是这么叫的。

王尔德：是的。

卡森：你带他去过皇家酒店？

王尔德：是的，与他一起吃饭，噢，是的。

卡森：当然，每次都是你付账？

王尔德：噢，当然。

卡森：你带他去过克特纳酒店？

王尔德：是的。

卡森：你订了包房？

王尔德：有一次是的，是他要求的。

卡森：什么？

---

① 利里克俱乐部位于考文垂街威尔士王子大厦。这不是一家传统的绅士俱乐部，只为会员举办读书会、音乐会和各种表演。

王尔德：有一次在那里吃晚饭，我订了一个包房，是雪莱要求的。他当时遇到了大麻烦。

卡森：你订了一个包房？

王尔德：是的，应他的要求，是的。

卡森：你带他去过霍格思俱乐部？

王尔德：没有，我不是这家俱乐部的会员。

卡森：我没说你是会员，我是说你和他去过那儿。他给你介绍人认识。

王尔德：我不明白你的问题。我不是这家俱乐部的会员。

卡森：你没带爱德华·雪莱一起去这家俱乐部，和另一位绅士一起吃午饭？

王尔德：没有，我怎么可能那样做——当然没有。我怎么会带着一个人到另一个人的俱乐部？我不可能做那种事。

卡森：我只是在问你。

王尔德：当然没有。

卡森：你敢说他从未和你一起到过霍格思俱乐部？

王尔德：当然没有。他自己认识这个俱乐部的会员。

卡森：他从未和你一起到过霍格思俱乐部？我不是与你争吵谁介绍他去的。

王尔德：我是否陪他一起到这家俱乐部吃过饭，我真不记得了，但他很可能去过，因为他有朋友在这家俱乐部。

卡森：你给过他钱吗？

王尔德：是的；2次。

卡森：什么？

王尔德：有2次——不，是3次。

卡森：你给了他什么——给了多少钱？

王尔德：第一次——我要说吗？

卡森：我想知道数额。

王尔德：第一次可能是4镑，第二次是给他去克罗默的旅费，我和妻子当时住在克罗默，我们邀请他来做客。因为知道他是个没有钱的年轻人，所以给他提供了旅费。第三次我给了他5镑。就是在去年——我想是去年。

卡森：你给了他3镑是为了让他去克罗默，但他并没去？

王尔德：没有——是2镑——我忘了。无论如何，那是路费。

卡森：他把那2镑留下来了？

王尔德：是的。他说他无法前来，我就写信问具体情况。我给他写信是因为我知道他有多穷——他经常给我说，他为了养活母亲等多么辛苦。那么年轻，承担了那么多的生活之苦——我在信中说："不要将钱给我寄回来了，不要在意，我相信你需要这点钱。"

卡森：现在，我必须问你，你认为这个18岁的年轻人与你一起到所有这些地方合适、自然吗？

王尔德：当然——我还邀请他去我妻子家——当然合适。

卡森：你将自己的各种作品作为礼物送给了他？

王尔德：是的，我想送了他4本或5本。

卡森：你给了他一册《道林·格雷的画像》的初版本？

王尔德：是的。

卡森：还签了名？

王尔德：是的。

卡森：你的亲笔签名？

王尔德：是的。

卡森：都题签了？

王尔德：我想都题签了。

卡森：题写了什么？

王尔德：那我不记得了。我现在记不得我在书里写了什么。

卡森："致亲爱的爱德华·雪莱"？

王尔德：是的，我想是吧。

卡森：什么？

王尔德：我不知道，你是在读我的题字吗？

卡森：我想知道你写了什么。

王尔德：我想想——我似乎一点儿都想不起来了，但请你让我看看那本书。

卡森：他是"亲爱的爱德华·雪莱"吗？

王尔德：是的，当然是的，因为只要我给他写信，我都是这样称呼他。

卡森：这个勤杂工是"亲爱的爱德华·雪莱"？

王尔德：对他，你我可以持见不同。

卡森：这是你的笔迹吗？

王尔德：是的。让我看看书。（一份《罪人的喜剧》的复制本交到他手上）。

卡森：当然是的，对吗？

王尔德：我一点儿也想不起来送过他这本书。这不是我写的书。

卡森：你不怀疑这是你的笔迹？

王尔德：这当然似乎像是我的笔迹。但除了我自己的书，我不记得送过他这本书。

卡森：看，上面这样写着，"致亲爱的爱德华·雪莱，作者赠，1892年8月"。

王尔德：噢，我想起来了。

卡森：这不是你写的书？

王尔德：绝对不是，所以我才犹豫不决。

卡森：我猜测，你送给他的其他那些书中都有类似的题字吧？

王尔德：那只是开玩笑。

卡森：什么玩笑？

王尔德：拿我的作品开玩笑。

卡森：书中哪一部分是玩笑？

王尔德：现在我明白了。我会给你解释。我一开始只将自己的作品送给爱德华·雪莱，因为我从未写过这本书，但这本书属于我，后来出于好玩，我就把这本书送给了他，还写上"致亲爱的爱德华·雪莱，作者赠，1892年8月"字样。这有点无聊，确实如此。我并不是这本书的作者——与之也毫无关系。这也是我一开始不记得我曾送给他这本书的原因。

卡森："亲爱的爱德华·雪莱"，这句无聊？

王尔德：我不知道你说的"无聊"何意。

卡森：那是你的话，不是我的。

王尔德：是的。"致亲爱的爱德华·雪莱，作者赠"。

卡森：我想说的是，王尔德先生，称呼那个阶层的男孩子为"亲爱的爱德华·雪莱"，表明关系很亲密。

王尔德：我认为，对他那样一个满腔激情热爱文学的年轻人，他当时是这样的——我那样称呼他是一件很迷人的事——那本书不是我写的——我的意思是说，那明显是一个玩笑。否则我为何要给人写那种话？

卡森：现在，我是否可以问你，你为什么与这个年轻的雪莱保持那样密切的关系？

王尔德：因为我刚认识他的时候，他似乎对我的文学作品特别感兴趣；因为他那时有很高的文学抱负。他渴望当作家，也是因为非常非常崇拜我的作品，这我可坦诚相告。

卡森：因为这种文学趣味，你才给他那样的题字？

王尔德：是的。

卡森：你与一个名叫康韦的年轻男子关系亲密？

王尔德：我没听清。

卡森：你与一个名叫康韦的年轻男子关系亲密？

王尔德：是的，在沃辛的时候。

卡森：他的教名叫什么？

王尔德：阿方索。

卡森：他在沃辛码头卖报纸？

王尔德：不是，据我所知从未如此。

卡森：什么？

王尔德：从未如此。

卡森：或是在报亭？

王尔德：不是，从未如此。

卡森：那他从事什么职业？

王尔德：他逍遥自在地游荡时日。

卡森：他是沃辛的浪子？

王尔德：我称他为快乐的游荡者。你想怎么称呼他，那是你的事。

卡森：他没有钱？

王尔德：噢，没有。我说他没钱，但他母亲在沃辛有套房子。

卡森：也没工作？

王尔德：对，没工作。

卡森：你是否知道或听说过，他以前的职业就是卖报纸？

王尔德：从没听说过。

卡森：当你听说他从事那么多行业时，是不是很吃惊？

王尔德：我想是的。

卡森：他是作家吗？

王尔德：当然不是。

卡森：是艺术家吗？

王尔德：不是。

卡森：他多大？

王尔德：我估计大约18岁吧——大约18岁，我想是的。

卡森：与雪莱差不多的年龄？

王尔德：是的，如果爱德华·雪莱是那个年龄的话。我不知道爱德华·雪莱的年龄。

卡森：你是怎样认识他的？

王尔德：认识阿方索·康韦？去年8月，我和艾尔弗雷德·道格拉斯勋爵在沃辛的时候。我们习惯乘船外出，一天下午，我们的船搁浅了，渔夫拖船拖得筋疲力尽时，康韦和另一个穿着毛绒服的年轻人过来帮忙，将船推进水里。我们的船一到海里，我就对艾尔弗雷德·道格拉斯勋爵说"我们邀请他们一起乘船航行如何"，或者是"我们邀请他们一下，问问他们是否愿意航行如何"，他说"好"。

卡森：他当时帮你们拖船出海了？

王尔德：没有，我没惹那个麻烦。他和那位穿毛绒服的年轻人——他们似乎很乐于帮助两位船夫把搁浅的船拖到海里。我看着他们跑前跑后帮忙很高兴，我对艾尔弗雷德·道格拉斯勋爵说"我们邀请他们一起乘船航行如何"，或者是"我们邀请他们一下，问问他们是否愿意航行如何"，他们每天都来。

卡森：他们每天都来？

王尔德：是的，每天都来。

卡森：你和阿方索开始亲密起来了？

王尔德：噢，是的，我们是好朋友。

卡森：好朋友？

王尔德：好朋友。

卡森：你邀请这个在海岸上遇到的男孩子一起吃饭了？

王尔德：与我一起吃饭？

卡森：是的。

王尔德：他和我一起吃饭了。

卡森：在哪儿？

王尔德：在我沃辛的家中。

卡森：在黑文？

王尔德：黑文。

卡森：你和他也在那儿的酒店一起吃过饭吗？

王尔德：噢，是的——我记得——是的，在第二天。

卡森：在哪儿？

王尔德：在海洋酒店。我、艾尔弗雷德·道格拉斯勋爵、他，还有另一个年轻人。

卡森：他的谈话有文学性吗？

王尔德：恰恰相反，非常直接，简单，易于理解。他上过学，但没学到多少东西。（笑）

卡森：他是个没受过教育的小伙子，对吗？

王尔德：他是个漂亮、可人的人。他没被教化。（笑）不要嗤笑他。他漂亮、可人。他的愿望就是做水手。

卡森：他的社会地位如何？

王尔德：如果你问我他的社会地位如何，我告诉你：他父亲是位电气工程师，年轻时就死了。他母亲有点儿钱，在这里经营一处租赁房——不管怎么说，有位房客。他是独子，曾上过学，他当然没学到什么东西。他渴望到商船上做学徒，可以出海。他只关心海。但他母亲有点不舍得他离开自己。这就是他讲给我的故事。

卡森：你非常喜欢阿方索？

王尔德：他非常让人喜欢。

卡森：好吧，你是不是约他晚上9点左右在人行道上见面？

王尔德：在人行道上？我不知道沃辛有这种地方。

卡森：人行道尽头不是黑文吗?

王尔德：我从未——除了有两次我给他戏票，我从未见过——我从未在晚上见过他。

卡森：有天晚上，9点之后，你带着他一起散步，往兰青方向走的?

王尔德：没有。

卡森：你肯定吗?

王尔德：是的，肯定，是的。

卡森：兰青就在那附近吗?

王尔德：大约2英里远。

卡森：那是一条僻静的路吗?

王尔德：我白天从来没去过那儿。那是一条滨海路。

卡森：你在路上亲吻他了吗?

王尔德：当然没有。

卡森：类似的举动呢?

王尔德：没有。

卡森：你给过他东西吗?

王尔德：噢，是的。

卡森：钱?

王尔德：我不记得给过他钱。

卡森：没给过他钱?

王尔德：没有。

卡森：你是不是时不时给他点钱，总共有15镑？

王尔德：天啊！没有，当然没有。

卡森：为什么你感到吃惊？

王尔德：因为没那回事。

卡森：他是个穷孩子？

王尔德：我对此一无所知。我只知道他母亲有套房子。

卡森：你认识他母亲吗？

王尔德：不认识。

卡森：你到过他家吗？

王尔德：从来没有。

卡森：你给过他一个香烟盒？

王尔德：我想可能吧——是的，我可能给过。我忘了。我记得给过他一些东西。

卡森：你怎么称呼他？

王尔德：阿方索。

卡森：他称你奥斯卡？

王尔德：不是。

卡森：你肯定？

王尔德：肯定。

卡森：这是你给他的烟盒吗？

王尔德：我敢说：是的。

卡森：你把这个题签放进了香烟盒，上写"阿方索，你的朋友奥斯卡·王尔德",对吗?

王尔德:是我写的还是他写的,我不知道,除非让我看看。

卡森:你要看看吗?

王尔德:很可能是我写的。对,是我写的。

卡森:你还给过他你的照片?

王尔德:是的。

卡森:拿去看看,告诉我是不是你的笔迹。

王尔德:肯定是在我照片上;是的,当然是我的笔迹。

卡森:奥斯卡·王尔德致阿方索?

王尔德:是的。

卡森:你还给过他一本书?

王尔德:是的。

卡森:《格罗夫纳的遇难》,上写"阿方索·康韦得自其友奥斯卡·王尔德。沃辛,1894年9月21日"。

王尔德:是的。

卡森:这是你给的?

王尔德:我给他的——好吧,我不知道。

卡森:你喜欢这个男孩?

王尔德:我喜欢他。他陪了我6周。

卡森:他陪了你6周?

王尔德:估计有一个月。

卡森:他唯一从事过的职业是卖报,闻此你吃惊吗?

王尔德：我从未想过阿方索有什么过去。我不知道为何要问我是否吃惊——是的，我很吃惊——从他对我说过的话看，这让我吃惊——他告诉我，他没有任何职业。当然那让我吃惊。

卡森：你给过他一根手杖？

王尔德：是的，我给过他一根手杖。

卡森：给一位报童。看看那个！他是一个失业的报童。

克拉克：请原谅，我要打断一下。

王尔德：你谈到爱德华·雪莱时也是这样。

卡森：你为康韦买的手杖？

王尔德：是的。

卡森：花了多少钱？

王尔德：5或6先令。

卡森：是银币。

王尔德：10先令或其他数额。

卡森：15先令？

王尔德：手杖不漂亮。

卡森：对他那个阶层的男孩子而言，手杖很帅了。

王尔德：我本人不认为手杖漂亮。我认为不美，但那是他选的。（笑）

卡森：真不艺术，我想是吧？

王尔德：我不这样想。

卡森：你带他去过布赖顿？

王尔德：是的。

卡森：他如何穿戴的？

王尔德：我给了他一套衣服——一套蓝哔叽衣服，我给他的。

卡森：那是你给他的？

王尔德：是的。

卡森：他戴了一顶什么帽子？

王尔德：我忘了，我想想，一顶草帽。

卡森：一顶有红蓝带的草帽？

王尔德：是的，有红蓝带。

卡森：是你选的红蓝带？

王尔德：不是，军团的人才选红蓝带，那是他自己的不幸选择——我想是的，因为我相信他喜欢那种颜色。（笑）

卡森：帽子是你付的账？

王尔德：是的，当然我付账。我给了他一套衣服，草帽，毛绒服，一本书——我给了他很多东西。

卡森：你将他打扮一番，带他去了布赖顿？

王尔德：我没带他去布赖顿。

卡森：你打扮好他后，带他去了沃辛？

王尔德：是的，噢，当然，是的，他很想去看那儿的帆船赛。

卡森：是为了让他看起来和你般配？

王尔德：不，他看起来从来像不了那个样子。（笑）不是的，只是为了让他不感到自卑，因为他告诉我他常常因为自己衣衫褴褛感到羞愧——因此他渴望得到毛绒服、蓝哔叽服和草帽。

卡森：他因自己衣衫褴褛感到羞愧？

王尔德：是的，在一定程度上是。

卡森：他穿上你给他的衣服后是不是好看了一些？

王尔德：当然，好看多了，好看多了。

卡森：你带他去了布赖顿？

王尔德：是的。

卡森：你给他准备了一间卧室？

王尔德：我们住在酒店。

卡森：你给他准备了一间卧室？

王尔德：是的。

卡森：他没钱？

王尔德：当然没钱。是我带他去布赖顿旅行的。

卡森：他的卧室与你的相通？

王尔德：我忘了，可能是这样。

卡森：绿白色的折叠门？

王尔德：绿白色的折叠门？

卡森：在一层？

王尔德：是的，是在一楼——是在一楼——一间客厅，两间卧室，是的。

卡森：阿尔比恩？

王尔德：在阿尔比恩酒店。

卡森：你带他到布赖顿去干什么？

王尔德：我之所以带他去布赖顿，是因为我曾答应他，在离开沃辛之前一定带他去某个地方，任何他想去的地方，因为他一直陪伴我和我的孩子，让人非常舒适、快乐。他想去朴次茅斯，因为他想做水手。我一直在国外——去了法国——随后我回到了沃辛。我说我没法带他去朴次茅斯——对我来说那太远了——我的一部剧本就要杀青。①我说我的时间不够。然后他问我是否能带他去布赖顿，因为他想去那里的一家剧院，他就当一次旅行了。我很惊奇，因为他住得离布赖顿那么近，还视之为一次旅行。这是他自己的选择。如果我有时间，我会带他去朴次茅斯。

卡森：你们去剧院了？

王尔德：我没去——我送他去了。

卡森：你带他在那里的一家饭店吃了饭？

王尔德：是的。

卡森：你为何觉得他是那么让人舒适的旅伴？

王尔德：因为他可人、开朗，生性单纯。我就是这样看

_____

① 指《诚实的重要性》。

他的。

卡森：个性好？

王尔德：我不评说他的个性，不。

卡森：他什么时候回的沃辛？

王尔德：我们第二天就回去了。

卡森：你和他一起回去的？

王尔德：是的。

卡森：你还带别的男孩去过阿尔比恩吗？

王尔德：我曾住在阿尔比恩。我不知道你什么意思。请明确告诉我你究竟何意。我常常和朋友一起住在阿尔比恩。

卡森：我不是在说朋友，我是在说一个18或20岁的年轻人，你在其他什么时间带这个年轻人去过那里吗？

王尔德：艾尔弗雷德·道格拉斯勋爵——我和他在阿尔比恩住过。

卡森：不是艾尔弗雷德·道格拉斯勋爵。

王尔德：没有。

卡森：你肯定？

王尔德：是的，非常肯定。

卡森：没有别人了？

王尔德：没有别人。

下午4：45，法庭休庭，第二天上午10：30继续开庭。

第二天上午

爱德华·卡森继续讯问奥斯卡·王尔德

卡森：我想你昨天告诉我了，你与泰勒关系亲密？

王尔德：是的。

卡森：你和他的亲密关系一直保持到现在？

王尔德：是的。

卡森：是他安排你和伍德见面解决那些信的问题的？

王尔德：是的。

卡森：在他自己的房子里？

王尔德：是的。

卡森：在小学院街13号？

王尔德：是的。

卡森：那时你认识他多久了？

王尔德：在那前一年的10月初。

卡森：他常到你房子里来？

王尔德：是的，噢，是的，他到过我家。

卡森：到过你的房间？

王尔德：是的。

卡森：他到过萨沃伊？

王尔德：是的。

卡森：你已经告诉过我，你过去也常常到他房子里去？

王尔德：是的，肯定有7次或8次吧。他1893年4月离开了自己的房子，我想是这样。

卡森：1893年8月？

王尔德：是8月吗？

卡森：是的。

王尔德：是的。

卡森：你常去参加那里的茶会？

王尔德：是的。

卡森：在下午？

王尔德：是的。

卡森：他有一套房，还是一套房的上层？

王尔德：房子的上层。

卡森：你知道他付了多少租金吗？

王尔德：我丝毫不知。我想不会很高。

卡森：你知道他有多少住处吗？

卡森：他拥有两层。那是一套两层房。他拥有上层——房子的底层和第二层。

卡森：我想他有一间卧室、一间客厅、一间浴室和一间厨房。

王尔德：是的，我想是的，是的。

卡森：他没仆人？

王尔德：那我根本不知道。

卡森：你的意思是说你不知道？

王尔德：我知道他没仆人。他常是自己开门；但我知道他也让人进来帮他做事，但对此我一无所知。

卡森：他常自己做饭？

王尔德：我不知道。我从未和他在那里吃过饭。

卡森：你的意思是说，你不知道泰勒常常自己做饭？

王尔德：是的。即使他自己做饭我也不认为是什么坏事。我认为这很聪明。事实上你问过我，我说不知道，但我从未见过他做饭，先生。

卡森：我没说这是坏事。

王尔德：不是坏事，烹饪是门艺术。（笑）

卡森：另一种艺术？

王尔德：另一种艺术。

卡森：他常常给你开门？

王尔德：噢，不——他一些朋友在那儿——门铃一响，谁都可能下来开门。

卡森：是他或者是在他那儿的朋友开门？

王尔德：是的。

卡森：你觉得他的房子有什么特别吗？

王尔德：我没看出有什么特别，除了显得比平常更有趣味。

卡森：在房子上半部分，家具都非常精致，是吗？

王尔德：我认为家具并不精致，我是说房子很有品位。

卡森：是精致——还是奢侈？

王尔德：不是，我说的是有品位。

卡森：什么？

王尔德：不是奢侈。我没看到有什么奢侈的东西。

卡森：你不认为学院街的房子奢侈？

王尔德：是的，里面有一架钢琴，一些照片，一些台灯。我认为这些房间非常漂亮。

卡森：他一直拉着窗帘？

王尔德：说实话，我不知道你什么意思。

卡森：他房间里总是点着蜡烛或煤气灯？

王尔德：不是。

卡森：除了蜡烛或煤气灯，你还见过他用别的方式照明吗？无论是白天还是晚上。

王尔德：当然有。

卡森：你安排的？

王尔德：（没回答。）

卡森：你在客厅里见过这些房间的窗帘拉起来过吗？

王尔德：我是冬天见泰勒的，一般在5点左右，下午茶时，所以自然总是用煤气灯；但在我的印象中——我总是想不起来——当然，我总是有这种印象，我都是当天稍早去见他，我想当然是有阳光进屋的。

卡森：现在你准备说，你曾看到过窗帘拉开过？

王尔德：是的。

卡森：你真看到过？

王尔德：是的。

卡森：你确定？

王尔德：是的。

卡森：那么，若说他总是将窗帘拉上，他的房间无论白天还是晚上总是灯光灿烂，就不属实了？

王尔德：噢，我认为不属实。

卡森：什么？

王尔德：我认为这很不属实。我现在想不起来了。

卡森：你能不能回想起任何一个特殊时刻，阳光照进了房间？

王尔德：当然，你是说有阳光的某个时刻？

卡森：是的。

王尔德：是的。

卡森：你能确定？

王尔德：是的。

卡森：谁在那儿？

王尔德：泰勒先生。

卡森：没别人了？

王尔德：我想没别人了。

卡森：什么？

王尔德：我不知道——没有，我想没别人了。

卡森：是在什么场合？

王尔德：我想是在3月吧，我在某天12点左右去见他。

卡森：他起床了？

王尔德：是的，他起来了。

卡森：没别人在那里？

王尔德：没别人。

卡森：你只想起了这一次？

王尔德：我真的没法告诉你。我从来都没想过这个问题。冬天我不断与他一起喝茶，当时窗帘当然都拉上了。

卡森：什么？

王尔德：在冬天，下午5点，窗帘自然是拉上的，但我印象中是在3月某一天的12点去见他，窗帘是开着的。

卡森：房间里香味很浓？

王尔德：我不知道你什么意思——怎么香味浓了？他常常在房间里燃香料——迷人的香味。①

卡森：他在小学院街的房子里总是香味浓郁？

王尔德：不是的，不能说总是。

卡森：现在你能想起来某一次了吗？

---

① 当时在房间里燃香料是艺术家圈子的常态，是为了创造一种奇异、异域情调，甚至有些颓废。在《道林·格雷的画像》和《逆流》中都有类似描写。

王尔德：我不知道。他习惯燃香料，就像我在房间里也燃香料一样。

卡森：就像你在房间里一样？

王尔德：就像我在自己的房间里一样——这是一种非常迷人的习惯。

卡森：你是否愿意告诉我：你在那里喝茶时遇到过伍德吗？

王尔德：没有，从来没有。

卡森：什么？

王尔德：我只在那里见过一次伍德，此外再没见过。

卡森：只见过一次？

悉尼·梅弗。
出自 *Irish Peacock & Scarlet Marquess* by Merlin Holland

王尔德：是的。

卡森：你在那里见过梅弗吗？

王尔德：见过。

卡森：悉尼·梅弗？

王尔德：是的。

卡森：他是你的朋友吗？

王尔德：是的。

卡森：他多大？

王尔德：我想大约25岁或26岁。

卡森：他有那么大吗？

王尔德：我相信是的。

卡森：他现在还是你的朋友吗？

王尔德：我有一年没见到他了，我和他还是一年前一起吃过一次饭。

卡森：他现在在哪儿？

王尔德：我一点儿也不知道。

卡森：你最后一次收到他的信是什么时候？

王尔德：大约一年前。

卡森：自那之后你就没和他联系过？

王尔德：我想自那之后就没见过他。

卡森：直接或间接？

王尔德：收到他的信？

卡森：给他写信或收到他的信。

王尔德：给他写信？噢，是的，我后来根本没和他联系过。我请泰勒先生周日去找他了。

卡森：上周日？

王尔德：是的，上周日——去梅弗母亲家里看望他，并转告他说我希望见到他。

卡森：在哪儿？人当时在哪儿？

王尔德：梅弗先生吗？

卡森：是的。

王尔德：他出去了；别人就是这样告诉我的。你在问别人告诉我的事。

卡森：你让人上周日去看他？

王尔德：是的。

卡森：到他家里？

王尔德：是的。

卡森：你知道他去哪儿了吗？

王尔德：我一无所知。

卡森：没人告诉你吗？

王尔德：没有，没人告诉我——没有。

卡森：没人告诉你他上周消失了？

王尔德：没有。我只听人说他母亲说他出去了，星期一回来。

卡森：星期一你想去看他？

王尔德：是的——泰勒先生又去了，我想是在周一，或是给他写了一封信，请他去自己家，然后再来看我。

卡森：好了，自那之后你又找到他了？

王尔德："找到他"？你什么意思？我没在找他。

卡森：我问的是你是否找到了他。你不明白我的意思吗？

王尔德：我反对你这样说。自那之后我再也没见到过梅弗，他也没再到泰特街找我，我本希望他来的。

卡森：我是否可以这样理解：你在泰勒家喝茶的时候，除了泰勒先生，就没别人服侍你了？

王尔德：我想大家都是互助的。房间里当然没有仆人。

卡森：你是否知道泰勒房间里有一套女人的服装？

王尔德：我一点儿也不知道。

卡森：你没看见过他穿那套衣服——漂亮的女装？

王尔德：没有，从来没有——没有。

卡森：确定？

王尔德：确定。

卡森：他也从来没告诉过你他有一套女人的服装？

王尔德：没有，他从来没告诉过我这回事。

卡森：你也从来没听说过吗？

王尔德：没有，从来没有。

卡森：你一直与他用电报联系？

王尔德：在哪个时段？

卡森：在那个时段——1892和1893年。

王尔德：没有，当然没有。

卡森：什么？

王尔德：当然没有。

卡森：当然没有？

王尔德：当然没有。

卡森：你给他发过一些电报？

王尔德：噢，是的。

卡森：你和泰勒之间有什么特殊的事务往来？

王尔德：你什么意思？

卡森：你和泰勒有什么特殊的事务吗？

王尔德：事务往来？没有。

卡森：什么？

王尔德：没有。

卡森：一点儿都没有？

王尔德：没有事务往来，他是我的一个朋友。

卡森：他是文学圈的人？

王尔德：他是很有品位的年轻人，也很聪明。他曾在一所很好的公立学校接受教育。

卡森：他是文学圈的人吗？

王尔德：我从未看到过他创作的作品。

卡森：我不是在谈这个问题。

王尔德：那你说"文学圈的人"是什么意思？

卡森：哦，我是说你常和他讨论文学吗？

王尔德：他常听我谈文学。（笑）

卡森：我想他也常常得到"文学洗礼"吧？

王尔德：当然。

卡森：他是个艺术家吗？

王尔德：他不是创作意义上的艺术家。他很有艺术感，也极其聪明，有智慧，让人舒心。我非常喜欢他。

卡森：你常常让他安排晚餐？

王尔德：没有。

卡森：以便你和年轻男子见面？

王尔德：没有。

卡森：你肯定吗？

王尔德：当然肯定。

卡森：你曾带着他和一些年轻人一起吃过饭？

王尔德：噢，是的，经常如此。

卡森："经常"？

王尔德：你说的"经常"是什么意思？我想或许有10到12次吧。

卡森：在鲁普尔街上的饭店里吗？

王尔德：是的，也在别的地方。

卡森：索尔费里诺？

王尔德：索尔费里诺。

卡森：佛罗伦萨？

王尔德：是的，这些都在鲁普尔街上。

卡森：都是在包房里？

王尔德：噢，不是的，我也在大厅里吃饭。

卡森：一般是在包房？

王尔德：是的，我更喜欢包房。

卡森：克特纳？

王尔德：是的。

卡森：你能否告诉我，你是不是给他发了这封电报（让人递给王尔德）？

王尔德：噢，当然，是的。

卡森：请还给我。"艾尔弗雷德·泰勒，小学院街13号"。日期是1893年3月7日，法官大人，内容是：盼6点来。奥斯卡。萨沃伊。

王尔德：是的。

卡森：你当时在萨沃伊？

王尔德：我当时在萨沃伊，是的。

卡森："泰勒，小学院街13号，威敏斯特"。你当时为什么要让他来萨沃伊？

王尔德：我想让他来，是因为我收到一封匿名信，说艾尔弗雷德·伍德要来敲诈我，他手里拿着一些从艾尔弗雷德·道格拉斯那里偷来的信。

卡森：你之前给我们讲过的那些信？

王尔德：是的。

卡森：于是，你让他安排伍德与你在那儿见面？

王尔德：我们在那儿讨论了此事。

卡森：你在戈林时也给他发过电报？

王尔德：我忘了。

卡森：电报在这儿：戈林，泰勒，小学院街13号，威斯敏斯特，1893年8月21日。明天无法一起晚餐。歉甚。奥斯卡。

王尔德：是的。

卡森：谁是弗雷德？

王尔德：弗雷德？

卡森：是的。

王尔德：弗雷德是一个年轻人，是另一位绅士将我介绍给他的，这位绅士的名字昨天你已经写在一张纸上给我了。

卡森：他还有别的名字吗？

王尔德：阿特金斯。

卡森：你和他很亲密，对吗？

王尔德：你说的"亲密"是什么意思？我喜欢他，是的，我见过他。

卡森：你昨天告诉我，你一般不称呼别人的教名缩写。

王尔德：噢，不，只要我喜欢，我一直那样叫。

卡森：这是"喜欢"的特殊标志吗？

王尔德：不是的，如果我不喜欢一个人，我就叫他别的名字。

卡森：弗雷德给你惹过什么麻烦吗？

王尔德：从来没有，除了我看到他的名字写在——

卡森：他是泰勒的朋友吗？

王尔德：是的。

卡森：你常常在这些茶会上遇到他？

王尔德：没有。我从未在泰勒的住处见过他。

卡森：从未在泰勒的住处见过他？

王尔德：是的。

卡森：我是不是听你说过，他是泰勒的朋友？

王尔德：是的，我知道他们彼此认识，但我不记得在那儿的茶会上遇到过他。

卡森：他们彼此称呼教名吗？

王尔德：是的。

卡森：弗雷德也称你教名？

王尔德：噢，是的。

卡森：日期是1893年3月10日。"艾尔弗雷德·泰勒，小学院街13号，威斯敏斯特，5点得去见特里，所以不要来萨沃伊了。让我立刻知道弗雷德的情况。奥斯卡。"

王尔德：是的，我可以看看吗？

卡森：当然可以。

法官：那是给泰勒的？

卡森：是的，法官大人。

克拉克：你现在谈的是3月的事？

卡森：是的。（把电报递给了王尔德）

王尔德：是的，我不记得为何想了解弗雷德·阿特金斯的情况了。我不记得我了解他的原因了，我想那是在1893年。

卡森：你知道泰勒先生一直受到警察监视吗？

王尔德：我知道吗？

卡森：对。

王尔德：不知道。

卡森：你听说过此事吗？

王尔德：从未听说过。

卡森：在他的房间里？

王尔德：从未听说过。

卡森：你是否知道，泰勒和伍德后来在警察对菲茨罗伊广场一处房子的突袭中一起被捕了？

王尔德：你是说今年吗？

卡森：不是泰勒和伍德，是泰勒和帕克。

王尔德：是的，去年，是的。

卡森：实际上是去年，1894年。

王尔德：是的，去年，1894年8月。

卡森：你认识帕克吗？

王尔德：是的。

卡森：你常在泰勒的房间里见到他？

王尔德：我想我从未在泰勒先生的房间里见过他。

卡森：你在查普尔街见过帕克吗？泰勒离开小学院街后搬到了查普尔街。

王尔德：是的，我在那儿看见过他，是的。

卡森：你在那儿见过帕克？

王尔德：是的。

卡森：帕克住在那里？

王尔德：那我不知道。

卡森：什么？

王尔德：我不知道他住在——我去见艾尔弗雷德·泰勒的时候并不知道他住在那里。

卡森：你说你什么时候在查普尔街见到了帕克？

王尔德：我在查普尔街见过他，是的，我去那儿见泰勒，也在那儿见到了帕克。

卡森：难道泰勒不是因将年轻人介绍给年长的男人而臭名昭著吗？

王尔德：在我的生活中，我从未听说过此事。他也曾给我介绍过年轻人。

卡森：等一下。他给你介绍过多少人？

王尔德：你不能要求我记得此事。

卡森：多少？或大约多少？

王尔德：你是指在本案中提及的那些人？

卡森：不是；是那些后来与你关系亲密的年轻人。

王尔德：我想想，6个——7个——8个。

卡森：6个，7个，8个？

王尔德：是的，我不断见年轻人。

克拉克：不，不，是与你关系亲密的有几个。你是指有了友情的？

王尔德：我想是有了友情的，这样说更好——与我有了友情的。我想大约有5个。

卡森：这些男人你都称其教名吗？

王尔德：是的。

卡森：达到了那种亲密程度？

王尔德：是的。

卡森：这些年轻人都20岁左右吧？

王尔德：我想是20或22岁吧，我真的不——噢，都是年轻人，是的。我喜欢与年轻人在一起。这让我心情愉快。

卡森：他们都从事什么工作？

王尔德：我真不知道。如果你问我的是你提到的这些年轻人，我只能这样说。我会告诉你的。

卡森：每个人你都给过钱？或者说其中多少人你给了钱？

王尔德：是的，5个都给了——是的，我想是的——5个全给了，是的。

卡森：5个人全给了？

王尔德：对，钱和礼物。

卡森：他们给你什么东西了吗？

王尔德：给我？——没有！

卡森：那么，在这5个人中，泰勒将你介绍给了查尔斯·帕克？

王尔德：是的。

卡森：那么，我可以这样理解：查尔斯·帕克是与你产生了友谊的一个？

王尔德：噢，是的。

卡森：他是一位绅士的仆人，而且已失业了？

王尔德：我一无所知。

卡森：什么？

王尔德：我一无所知。

卡森：也没听说过？

王尔德：从未听说过，也没留意过。我对人的社会地位毫不关心。

卡森：即使他是一位绅士的仆人，已失了业，你也愿与他保持友谊吗？

王尔德：是的，我会与我喜欢的任何人保持友谊，并且选择与他保持友谊。

卡森：帕克多大了？

王尔德：我没调查过。

卡森：我没问你是否调查过。

王尔德：我不知道他多大了。

卡森：他大约多大了？

王尔德：应该说大约20岁；他年轻，这是他的魅力之一，青春的魅力。

卡森：他17岁。

王尔德（有些任性地）：你不能问我一个我一无所知的问题。我不知道他的年龄，他可能16岁，也可能45岁，不要问我这个问题。我想他大约20岁。若你问我他是否17岁，我从未问过他的年龄。问人年龄很粗俗。（笑）

卡森：他是个作家吗？

王尔德：噢，不是。

卡森：他是艺术家吗？

王尔德：不是。

卡森：他受过教育吗？

王尔德：修养不是他的强项。（笑）

卡森：你没问过这个人，这个与你产生友谊的人，他以前的职业是什么？

王尔德：我从不关心人的过去。（笑）

卡森：也不关心他们的未来？

王尔德：啊，那这太麻烦了。

卡森：他现在在哪儿？

王尔德：我一无所知。

卡森：什么？

王尔德：我一无所知。

卡森：你见不到他了？

王尔德：是的。

卡森：你给过帕克多少钱？

王尔德：噢，从我认识他起，总共给了他大约4镑或5镑吧。

卡森：4镑或5镑？

王尔德：是的。

卡森：为什么给他？

王尔德：因为他穷，因为他没钱，因为我喜欢他。给人钱，还有比这更好的理由吗？

卡森：你在哪儿第一次见到帕克的？

王尔德：克特纳酒店。

卡森：和谁在一起？

王尔德：艾尔弗雷德·泰勒先生。

卡森：谁和他在一起？

王尔德：他哥哥。

卡森：他叫什么名字？

王尔德：我忘了他哥哥的名字。

卡森：你和他哥哥也产生了友谊？

王尔德：噢，他们是我的客人。

卡森：什么？

王尔德：他们是我的饭桌朋友。我与自己的客人总是友爱相加。

卡森：你的客人？

王尔德：是的，我的客人。

卡森：在你第一次见到他们的时候？

王尔德：是的。

卡森：你以前从来没见过查尔斯或威廉·帕克，他们在克特纳酒店立刻就成了你的客人？

王尔德：是的，那天是泰勒的生日。我邀请他吃饭，我说"带你喜欢的朋友来"。他就带了那两个年轻人来了。[1]

卡森：你是否知道，他们当中一个是一位绅士的仆人，另一个是一位绅士的马夫？

王尔德：我不知道，我也不在乎。

卡森：你不在乎？

---

[1] 泰勒的生日在 3 月 8 日，但晚宴是在 3 月 10 日。

王尔德：是的，我根本不在乎他们的社会地位；如果我喜欢他们，我就喜欢他们。关心人的社会地位势利且粗俗。

卡森：你真是乐在其中啊。王尔德先生，与仆人和马夫一起吃饭，玩乐。

王尔德：那是一种与年轻、开朗、快乐、无邪、自由的人在一起时所感受到的快乐。

卡森：是的，但是——

王尔德（强调）：我不喜欢理智的人，也不喜欢老人。我不喜欢他们。

卡森：你以前从未见过这两个年轻人？

王尔德：是的，我对艾尔弗雷德·泰勒说过——那天是他的生日——我说过"我在克特纳酒店请你吃饭。可以带你喜欢的朋友来"。

卡森：泰勒接受了你的邀请，带来了一位仆人、一位马夫？

王尔德：我不知道他们是不是仆人和马夫。我也不在乎他们是不是。这是你的说法，不是我的。

卡森：我想知道他们是什么人。

王尔德：好吧，我告诉你，我不知道他们的职业，我看他们是两个让人舒心的——

卡森：难道他们不是属于那个阶层吗？

王尔德：那个阶层？

卡森：是的，你可以形成个人看法吗？

王尔德：不，我认为——听你这样描述他们我很惊讶，因为在我看来，他们的行为举止似乎并不属于你所说的那个阶层。在我看来，他们似乎很舒心很可爱。他们给我讲了父亲的事，他住在达奇，有些钱——不是真有钱，而是在那儿有点财产。其中一个，查利·帕克说，他想演戏。

卡森：你称他"查利"？

王尔德：噢，是的，当然如此。

卡森：在第一晚？

王尔德：是的。

卡森：吃得好吗？

王尔德：现在我记不得菜单了。

卡森：是的，但我想是一次饕餮大餐？

王尔德：克特纳酒店的价格不像别的饭店那么昂贵，价格公道。

卡森：是克特纳最好的菜？

王尔德：噢，是的，一贯如此。（笑）

卡森：一贯如此？

王尔德：当然，一贯如此——克特纳最好的菜。

卡森：还有最好的酒？

王尔德：当然，克特纳最好的酒。

卡森：都是为了招待马夫和仆人？

王尔德：不是，我是为了庆祝艾尔弗雷德·泰勒先生的生日，他是我的朋友，他带了朋友来。

卡森：还有别人在场吗？

王尔德：噢，没有！没有，没有！

卡森：当然，你是在包房对仆人和马夫施以润泽？

王尔德：我没听清。

卡森：你在包房对他们施以润泽？

王尔德：不是，我说是庆祝泰勒先生的生日，包括他的两位朋友。

卡森：在包房？

王尔德：当然是在包房。

卡森：你能确定日期吗？

王尔德：我想是在3月，1893年3月初。

卡森：很好，1893年3月？

王尔德：我想是的。

卡森：你对他们进行了"思想洗礼"？

王尔德：他们似乎深受影响。（笑）

卡森：在吃饭过程中，你和查利的关系变得比另一个人更亲密了？

王尔德：是的，在两个人之间，我更喜欢他。

卡森：他叫你"奥斯卡"？

王尔德：噢，是的，我让他叫的。我喜欢人们称我为"奥斯卡"或"王尔德先生"。

卡森：你让他立刻感到放松了？

王尔德：立刻。

卡森：你给他们喝了很多香槟？

王尔德：他们想喝什么就喝什么。

卡森：喝足了量？

王尔德：噢，你到克特纳酒店就知道了，那儿喝酒不限量的。

卡森：你让他们喝了足量的酒——这个失业的马夫？

王尔德：如果你是暗指我强迫他们喝酒了，当然不是。他们都很适量，谁和我一起吃饭都这样。

卡森：你没有限制他们喝酒的量？

王尔德：有哪位绅士会限制他的客人？（笑）

卡森：什么绅士会限制自己的马夫？

王尔德：是他的客人，先生，我强烈反对你这种说法。

卡森：吃过饭，在泰勒和查利·帕克的哥哥在场的情况下，你有没有对查利·帕克说"你是我的男孩"？

王尔德：很可能没有。

卡森："你和我一起走吗"，说了吗？

王尔德：没有。

卡森：任何有这种效果的话？

王尔德：没有。

卡森：吃过饭你去了哪里？

王尔德：我回了萨沃伊酒店。

卡森：你带他一起回的？

王尔德：没有。

卡森：肯定？

王尔德：非常肯定。

卡森：现在，我问你，你没用马车送他到萨沃伊？

王尔德：没有。

卡森：你当时住在萨沃伊？

王尔德：噢，是的，我当时住在萨沃伊。

卡森：你泰特街的房子关着？

王尔德：是的，我妻子当时在意大利。

卡森：你妻子当时外出了？

王尔德：是的，她在意大利。

卡森：我想你当时有一间客厅和一间卧室。

王尔德：是的。

卡森：在萨沃伊？

王尔德：是的。

卡森：343和346号？

王尔德：我不记得房间号了。

卡森：现在，我必须得问你了，那天晚上，你在萨沃伊有没有给查利·帕克两瓶威士忌和苏打水？

王尔德：他没和我一起回萨沃伊。

卡森：或者是随后来的？

王尔德：没有。

卡森：或是两小瓶加冰香槟？

王尔德：我说了，他没在那儿。

卡森：你那天晚上喝了威士忌和苏打水以及加冰香槟？

王尔德：我真是一点儿都不记得了——你不应问我这个问题。

卡森：加冰香槟是你的最爱？

王尔德：是不是我最爱喝的酒？

卡森：是的。

王尔德：是的，严重违反了医嘱。（笑）

卡森：不必在意医嘱。

王尔德：我不这样。如果你不遵医嘱，你会尝到更多的滋味。（大笑）

卡森：我问你，你给查利·帕克什么东西了吗？

王尔德：没有。什么都没给。

卡森：或者在克特纳酒店给的？

王尔德：没给，什么都没给。

卡森：我是说在克特纳酒店。

王尔德：没给，什么都没给。

卡森：没给他钱？

王尔德：没有。

卡森：你没给他2镑？

王尔德：没有。

卡森：或是在第二周？

王尔德：没有。

卡森：任何时候？

王尔德：没有。

卡森：你是说帕克任何时候都没来过萨沃伊？

王尔德：他从没到过萨沃伊。

卡森：因此我可以认为，既然他没去过萨沃伊，他当然就从未与你一起吃过晚饭了。

王尔德：没有，从来没有。

卡森：你第二次见到他是什么时候？

王尔德：我想是在一周后吧，他和我以及泰勒在克特纳酒店一起吃饭。

卡森：没别人了？

王尔德：我想没别人在场了。

卡森：我猜你又吃了克特纳酒店"最好的菜"？

王尔德：我忘了那次吃饭的菜单了。

卡森：那次你给他钱了吗？

王尔德：没有。

卡森：你第一次给他钱是什么时候？

王尔德：1893年12月。

卡森：第二次吃饭是谁安排的？

王尔德：我。

卡森：你写信要帕克来？

王尔德：请他和他哥哥都来。

卡森：第二次吃饭他哥哥也在？

王尔德：他哥哥不在——他们家出城了。

卡森：你问没问泰勒这些年轻人的身份？

王尔德：你的意思是说，我有没有调查他们的情况？对我来说，他们是他的朋友，这足够了。

克拉克：有关他们的职业呢？

卡森：有关他们的职业，是的。（对王尔德）你没问泰勒，他也没告诉你？

王尔德：他告诉我了，或是帕克告诉我了，他想演戏。（相当傲然）别人的志向，我怎么知道？

卡森：泰勒也没告诉你他在哪儿遇到的他们？

王尔德：没有，他没告诉我在哪儿遇到的他们。

卡森：他没告诉你，他是在圣詹姆斯饭店遇到他们的？

王尔德：没有，他没告诉我。

卡森：好吧，自1893年10月到1894年4月，你一直住在圣詹姆斯广场？

王尔德：我没在那儿住，没有。

卡森：但你在那儿有房间？

王尔德：是的，我那儿有房间。

卡森：有时在那儿睡？

王尔德：是的，噢，是的。

卡森：你在泰特街的房子当时没人住？

王尔德：噢，不是，我就住在泰特街。

卡森：你的房间在一楼？

王尔德：是的。

卡森：靠近大厅的门？

王尔德：是的。

卡森：进门就是客厅？

王尔德：是的。

卡森：紧挨着客厅，就是一间卧室？

王尔德：是的。

卡森：两个大厅的门都通向你的房间？

王尔德：我有两间房。

卡森：10和11号？

王尔德：10和11号，当然是的，它们是相通的。我有两间房。

卡森：你让泰勒告诉查利·帕克去那里？

王尔德：我让他这样做了吗？

卡森：是的。

王尔德：我的印象是：泰勒给我写信说查利·帕克在城里，想见我。

卡森：你收到那封信了？

王尔德：没有。那只是我的印象。我给艾尔弗雷德·泰勒写信说，查利·帕克只要愿意，随时可以来喝茶。

卡森：来喝茶？

王尔德：是的。

卡森：下午茶？是下午茶吗？

王尔德：是的，当然是下午茶。

卡森：帕克来了吗？

王尔德：来了。

卡森：来喝茶？

王尔德：是的。

卡森：来了多少次？

王尔德：噢，我想有五六次吧。

卡森：他在那儿做什么？

王尔德：没做什么。他在哪儿做什么？

卡森：在圣詹姆斯广场。

王尔德：他做什么？

卡森：对。

王尔德：来拜访我。

卡森：拜访你？

王尔德：是的。

卡森：他都是一个人来？

王尔德：有时和泰勒先生一起来，有时一个人来。我喜欢和他在一起。

卡森：很好，我们继续。你给他礼物了吗？

王尔德：给了——我忘了给他什么了——我给了他一件圣诞礼物。

卡森：你给过他一条项链？

王尔德：项链？没有。

卡森：一条链环？

王尔德：没有。

卡森：一条金链环，你知道我说的是什么意思吗？

王尔德：没有，我想那不是圣诞礼物。我确信不是。

卡森：你给过他一个香烟盒？

王尔德：是的，我给过他一个香烟盒，那是我给他的圣诞礼物。

卡森：你给他钱了吗？

王尔德：是的。我给了他3镑或4镑。

卡森：3镑或4镑？

王尔德：是的。

卡森：在他多次拜访你中的某一次？

王尔德：噢，不，不；他囊中羞涩，请我帮忙——我就给了他钱。

卡森：你给了他？

王尔德：是的。

卡森：你立刻就一次性给了他？

王尔德：是的，立刻给了。

卡森：什么？

王尔德：立刻给了。

卡森：他到过你卧室吗？

王尔德：我记得没有。

卡森：什么？

王尔德：我记得没有。我的卧室远离客厅。如果你问我，我将大衣放在卧室的时候他是不是进来过，我敢说他来过。我不明白为什么他不能进来，但他在我的卧室从未做过你所暗示的那种事。

卡森：你能不能承认这个事实：他曾在你卧室待过？

王尔德：没有，我想不起有他在我卧室这回事了。既然我的卧室没连着客厅，我不明白为什么他不能进来。我不是在搪塞。

卡森：你是。你们之间发生了不体面之事吗？

王尔德：没有。

卡森：每次他来喝茶时，一般待多长时间？

王尔德：一个小时吧，我想是的。

卡森：这段时间他都做什么？

王尔德：你是问一个年轻人来和我一起喝茶都做什么事吗？喝茶，抽烟，我希望你喜欢这个回答。

卡森：真的吗？我想问你的是：他这个阶层的年轻人和你之间有何共同之处？

王尔德：好吧，我来告诉你，卡森先生。我喜欢与比我年轻的人在一起；我喜欢那些被人称作闲散和无所事事的人。在我眼中没有任何社会地位之分，对我来说，年轻，只是年轻，就是极其奇妙的，我宁愿与一个年轻人谈半小时，也不愿在法庭上被人讯问。（笑）

卡森：那么，我是不是可以这样理解：你在街上偶遇的每个年轻男孩陪伴你，你都觉得开心？

王尔德：我会高兴地与街头的阿拉伯人交谈。

卡森：在街上，如果阿拉伯人和我交谈，我也和他说话，我高兴这样做。

王尔德：如果他愿意和我交谈的话。是的，我很乐意这样做。

卡森：还把他带到你的房间？

王尔德：如果他让我感兴趣的话。

卡森：查利·帕克在你那儿期间，他认识你期间，他有过什么工作吗？

王尔德：没有。

卡森：你知道他以何为生吗？

王尔德：他说靠他父亲给的一点钱。他还抱怨钱少。做儿子的都这样。

卡森：你还记得帕克在卡梅拉广场7号有房间吗？

王尔德：我记得他在那儿住过。我不记得他有房间。我知道那是他的住址。

卡森：靠近泰特街？

王尔德：我不知道那是哪儿。

卡森：什么？

王尔德：我不知道那是哪儿。是在切尔西，在伦敦西南区。

卡森：你给他买过衣服？

王尔德：帕克？没有。

卡森：你带他到各个地方吃过饭？

王尔德：是的，帕克和我一起吃过饭。

卡森：在多少地方？

王尔德：在皇家酒店？

卡森：还有呢？

王尔德：我不记得还在别的地方吃过饭。

卡森：他在圣詹姆斯广场和你一起吃过饭吗？

王尔德：噢，是的，他和我在圣詹姆斯广场一起吃过饭。我以为你说的是"带他去吃饭"——他来和我一起吃过几次饭。

卡森：他和你又在克特纳吃过饭？

王尔德：是的。

卡森：第三次？

王尔德：是的。

卡森：还有谁和你们在一起？

王尔德：没别人。

卡森：在包房里？

王尔德：不是在包房。

卡森：你肯定？

王尔德：非常肯定。我肯定有特别的理由。

卡森：然后你们去了展览馆？

王尔德：是的。

卡森：然后带他回了圣詹姆斯广场？

王尔德：没有。

卡森：你到卡梅拉广场看过他吗？

王尔德：没有，我从来没去看过他。

卡森：为什么？

王尔德：我对去看他不感兴趣，他却非常乐意来看我。（笑）我从来没到任何地方去看过查利·帕克。

卡森：你是说你从未去看过这个亲密朋友？

王尔德：从来没有。他来我这儿喝茶与我去拜访他是两回事。去看他很麻烦，我不喜欢。

卡森：你和他一起在索尔费里诺吃过饭？

王尔德：我想他没和我在索尔费里诺一起吃过饭。

卡森：他曾和你及阿特金斯——就是弗雷德——一起吃过饭吗？

王尔德：是的。

卡森：还有泰勒？你记得那次聚餐吗？

王尔德：我不记得帕克在那儿，但他可能在。

卡森：但你记得那次吃饭？

王尔德：当然。

卡森：在索尔费里诺？

王尔德：是的。

卡森：这是在去年的春天，1894年，对吗？

王尔德：噢，我想是在1893年10月，或1894年1月。

卡森：你记得帕克从卡梅拉广场7号搬到了公园步道50号了吗？

王尔德：不，我不记得他搬家了。

卡森：你记得他住在公园步道50号吗？

王尔德：我不知道公园步道在哪儿。

卡森：你不想知道自己的朋友住在哪里？

王尔德：噢，是的，在卡梅拉广场7号；因为我往那里写过信，所以我记得这个地址。

卡森：之后呢？

王尔德：在这以后——他可能告诉过我他换地址了，但没给我留下什么特殊的印象。

卡森：没留下什么印象？

王尔德：是的。

卡森：你给他写过什么美丽的信吗？

王尔德：我想我没给查利·帕克写过一封美丽的信——没有，肯定没有。

卡森：他的信不美？

王尔德：他的信吗？不美。

卡森：你有他给你的信吗？

王尔德：我只带来一封。

卡森：能给我看看吗？

王尔德：我想有一封。

卡森：给我。

王尔德：我找找。（信被出示）

卡森："卡梅拉广场，星期四。亲爱的奥斯卡：今晚我能否有幸与你共进晚餐？如果可以，请按上述地址给我写信或发电报。我确实相信这很方便。我们今晚可一起度过。真诚的致意和道歉。你忠诚的 C·帕克。"

王尔德：是的。

卡森：你还有他的其他信吗？

王尔德：没有了。

克拉克：在我博学多识的朋友以这种方式谈了这个年轻人

后，我请求尊敬的法官大人看看那封信，我也希望陪审团看看笔迹。

卡森（干巴巴地）：随着案情的进展，这些都会看到的。帕克本人也将到庭，陪审团会看到他本人。那样更好。

克拉克：无论如何他们要看笔迹。

卡森：这取决于谁写的信。你还有他的其他信吗？

王尔德：我从未想到他的信有趣到值得保存。

卡森：你还有他的其他信吗？

王尔德：没有了。这封也完全是偶然发现的。

卡森：我想知道，去年3月或4月，有天晚上你去公园步道50号拜访帕克了？

王尔德：没有。

卡森：晚上十二点半？

王尔德：没有。

卡森：你知道公园步道在哪里吗？

王尔德：在切尔西。

卡森：靠近泰特街？

王尔德：哦，不，我还以为很远呢。

卡森：只需步行15分钟？

王尔德：我从未走过。（笑）

卡森：乘的什么车？

王尔德：我不知道。

卡森：你从不走路？

王尔德：从不。

卡森：那么，我猜，你访友是坐马车去的。

王尔德：噢，是的，都是如此。

卡森：一般而言，你到访后总是让马车停在外边？

王尔德：你说的哪一种访友？

卡森：我指的是拜访，就是去拜访你的这些朋友。

王尔德：如果我去拜访朋友，如果马车好看，我当然让马车在外边等我。（笑）

卡森：你最近一次见到帕克是什么时候？

王尔德：自去年2月以来，我想就再也没见到过他。

卡森：今年2月？

王尔德：不，去年2月。

卡森：1894年2月？

王尔德：是的。

卡森：你肯定？

王尔德：我记得是这样。

卡森：你曾带他去了水晶宫？

王尔德：是的。

卡森：什么时候？

王尔德：大约是1893年圣诞节。

卡森：就是他在圣詹姆斯广场吃午饭的那一次？

王尔德：是的。

卡森：那么，你们是一起去的？

王尔德：我们后来一起去了水晶宫？

王尔德：是的。

卡森：你是否听说过帕克出了什么事？

王尔德：关于帕克？我听说他入伍了。

卡森：应征入伍？

王尔德：是的，应征入伍。

卡森：列兵？

王尔德：是的，列兵。

卡森：军队里的列兵？

王尔德：是的。

卡森：我想你告诉过我，你没听说他和泰勒一起被捕了？

王尔德：我没听清。

卡森：你听说过他和泰勒一起被捕的事吗？

王尔德：是的；我在报纸上看到了。是的，我当时去沃辛了。我在报纸上读到的。

卡森：什么时候？

王尔德：我想是去年8月。

卡森：非常正确，1894年8月。你有没有读到，他们一起被捕时，他们正和几个穿着女人衣服的男人在一起？

王尔德：我记忆中在报纸上读到的消息是：有两个男人，

穿着女人的衣服，乘车去了那里——据说他们是音乐厅的艺术家——他们是在房子外边被捕的。但在这次音乐会或娱乐活动中，无论是什么活动吧，房子里面有没有男人穿着女人的衣服，我就不知道了。你看看报纸报道就知道了，不要问我这个问题。

卡森：你称之为音乐会？

王尔德：我只知道我在报纸上读到的东西。

卡森：你问过泰勒此事吗？

王尔德：问过。

卡森：难道你不认为这事有点严重？你的好友泰勒先生，查利·帕克，你的另一位好友，在警察对这所房子的突袭行动中被捕了？

王尔德：当我读到这个消息时，我非常沮丧、难过。但法官似乎持不同的观点，驳回了对他们的指控。

卡森：他们被指控犯了重罪，不是吗？

王尔德：啊哈，我不知道具体指控何罪。你自己可以求证。

卡森：法官对在那儿的人处了罚金？

王尔德：我一无所知。

克拉克：没判重罪。

卡森：当然没有。

克拉克：你说是重罪。没有法官会因此罚谁的款。

卡森：你读到过被捕者的名单吗？

王尔德：是的。

卡森：沃尔特·吉尔沃斯，服务生；亨利·罗伯斯，仆人；W.怀特，马夫；亚瑟·艾文斯，职员；乔治·哈克，管家；H.布朗，烟草商；托马斯·库姆斯，服装师；山姆·李，鱼贩子；J.普雷斯顿，零售商。你以前听说过普雷斯顿吗？

王尔德：没有。

卡森：确定？

王尔德：是的，确定无疑。

卡森：你就从未听说过普雷斯顿与泰勒和帕克的丑闻有关？……

王尔德：没有，我从没听说过他的名字。

卡森：H. J. 斯蒂芬斯；J.斯金纳，无业；查尔斯·帕克，男仆；A.泰勒，无业；查尔斯·史密斯，管家；J. 敦贝克，男仆；约翰·汉兹，职员；阿瑟·马林，无业。马林不是一个臭名昭著的同性恋者吗？

王尔德：我此生都没听说过这个名字。

卡森：约翰·勒韦尔，烟草商；赫伯特·库尔顿，水果商。

克拉克：你在问他什么问题？

卡森：现在，我问你：当你看到泰勒和那么多人一起被捕时，你对他的友谊是否受到影响？

王尔德：我读到这个消息时非常失望，就给他写信，告诉他我很失望。我直到今年都没再见到他。

卡森：是吗？

王尔德：是的，这没什么影响——事实上，对他的这种指控撤销了——是的，这对我没什么影响。

卡森：你信里那样说，他给你回信了吗？

王尔德：是的，他给我回信了。

卡森：你收到他的回信了吗？

王尔德：没有，我想没收到。

卡森：你确定？

王尔德：是的。

卡森：你没收到他的信？

王尔德：是的。

卡森：我认为你告诉过我，这同一个泰勒星期二还和你一起吃午饭了。

王尔德：什么时候？

卡森：上周二。

王尔德：他没和我一起吃午饭。他12点到我住处来了。

克拉克：当然，我要打断你，我博学多识的朋友。我的印象是，你在读一份王尔德先生可能看过的报纸，但事实并非如此。我要看这份报纸，但他们给了我一份警察的报告。当然，重要的问题是：报纸上说了什么，报纸上的文章向奥斯卡·王尔德先生传递了什么信息。因此我要求看看报纸的报道。你表明奥斯卡·王尔德先生可能看过，请出示这份报纸。

卡森：我们将出示这份报纸并作为证据。

法官：王尔德先生从哪里得知这些信息并不重要，关键是他是否知道，这些事实是否会以什么方式为他所知，以期以后找到问题所在。

卡森：是的，法官大人。现在回答，王尔德先生，你第一次见到弗雷德·阿特金斯是什么时候？

王尔德：1892年10月，我想或者是11月初。是1892年10月或11月。

卡森：他是谁？

王尔德：你是指他的职业？

卡森：是的。

王尔德：他告诉我，他和一家博彩公司有联系，他在一家博彩公司工作。

卡森：博彩？

王尔德：是的，博彩。

卡森：你没有通过博彩或诸如此类的事情与他发生联系？

王尔德：噢，没有，当然没有。

卡森：你第一次认识他时，他多大？

王尔德：我觉得大约19岁或20岁，但我不能讯问这些人的年龄。他很年轻，这一点可以肯定。

卡森：我不想知道他的确切年龄。你们是在哪里被介绍认识的？

王尔德：是在那位绅士的房子里，这位绅士的名字你昨天举起示意我了。

卡森：不是在艾尔弗雷德·泰勒的房子里第一次见到他？

王尔德：不是。

卡森：你能不能告诉我那位绅士的住址？

王尔德：我提到的房子？

卡森：是的。

王尔德：紧邻摄政街，我想是在玛格丽特街，一楼。确切地址我不记得了。但在摄政街右侧，一直往前。我印象中是在玛格丽特街。

卡森：你说到了12号，你提到一个号码了吗？

法官：没有。

王尔德：我没提到号码，没有。

卡森：你能给我一个号码吗？

王尔德：不能，我实在记不住号码，但我可以查到。

卡森：你被介绍给他时还有别人在场吗？

王尔德：有，我想房子里还有其他几个人。

卡森：泰勒在吗？

王尔德：不在。

卡森：你肯定？

王尔德：对，非常肯定。

卡森：泰勒是他的朋友吗？

王尔德：谁的朋友？

卡森：阿特金斯的。

王尔德：我认为当时阿特金斯还没见到泰勒先生。

卡森：我想，你是在1892年11月18日见到他的。

王尔德：我想是在11月初。

卡森：好吧，你第一天见到他，就邀请他一起吃饭了？

王尔德：没有，我从未请他吃过晚饭。

卡森：或者午饭？

王尔德：没有。我是在晚饭时遇到他的，但不是我请客。

卡森：晚饭谁请客？

王尔德：那位绅士，他的名字你已经知道了。

卡森：在哪儿？

王尔德：我想是在克特纳酒店。

卡森：或者是在佛罗伦萨酒店？

王尔德：我真忘了。可能是在其中之一吧。是一家——

卡森：泰勒在场吗？

王尔德：我想他在。

卡森：这次见面后，又过了多久你又见了他？

王尔德：我多久又见到了弗雷德·阿特金斯？

卡森：是的，就是你遇见他的那天吗？

王尔德：不是，我想是在大约两天后吧。

卡森：所有人都在吗？泰勒，我刚提到的那位绅士——

王尔德：我想是吧。我真的忘了。我记不住客人的名字。可能还有其他人吧。

卡森：在晚餐时你和阿特金斯亲密起来了？

王尔德：你所说的"亲密"，是否暗指什么特殊含义？

卡森：你对他产生友谊了吗？

王尔德：噢，是的，当然。我称他为好伙伴。

卡森：你称他"弗雷迪"？

王尔德："弗雷德"。

卡森：他怎么称呼你？

王尔德："奥斯卡"。

卡森：他当时在博彩公司工作？

王尔德：是的，但他歉疚地说，他忽视了自己的生意。

卡森：他说忽视了自己的生意？他就是这样描述自己性格的吗？

王尔德：是的。

卡森：在你看来，他是不是个无所事事的人？

王尔德：是什么？

卡森：那种无所事事的人？

王尔德：一个无所事事——

卡森：是的。

王尔德：是的，在我看来似乎是——

卡森：一个无所事事，游荡无为的人。

王尔德：是的，也有志向，想登上音乐厅的舞台。

卡森：你觉得他有魅力吗？

王尔德：我认为他很让人愉快。

卡森：他和你谈论文学吗？

王尔德：哦，我不允许他谈。（笑）

卡森：那不是他的强项？

王尔德：音乐厅的艺术就够他掌握的了。（笑）

卡森：在这次晚餐聚会上，你是不是邀请他第二天和你一起去皇家酒店吃午饭？

王尔德：没有。

卡森：第二天他和你在皇家酒店吃饭了吗？

王尔德：没有。

卡森：什么？

王尔德：没有。

卡森：在那之后多久去吃了？

王尔德：我从未在皇家酒店邀请他和我一起吃午饭。我记得是在某个星期天，我正一个人在那里吃饭，他和你举起示我其名的那位绅士正在饭店的另一处吃饭，所以就来和我一起喝咖啡，抽烟。

卡森：这位绅士多大年龄？

王尔德：我想当时——我认为他有24岁或23岁。

卡森：24岁或23岁？

王尔德：是的，我认为如此。

卡森：他们过来与你一起喝咖啡？

王尔德：是的。

卡森：你是不是那次就建议弗雷德·阿特金斯和你一起去巴黎？

王尔德：没有。

卡森：什么？

王尔德：没有。

卡森：你后来这样建议他了？

王尔德：我认为应就这个问题进行一下陈述。

卡森：你要吗？

王尔德：这位绅士要我——是的，我很难回答这个问题，除非你允许我解释一下。不是我建议弗雷德·阿特金斯陪我去巴黎；是这位绅士提议的，他的名字你举起示意我了。他没去成。

卡森：你应该带他去巴黎吗？

王尔德：不是这样的。我去巴黎是为了安排出版我的书，而这位绅士告诉我，他也正好要去巴黎处理达尔齐尔事务所[1]的一些事务——他是一位优秀的语言学家——他和阿特金斯一起去。他建议我们一起去。时间安排在星期一。但到了这个特

_____

[1] 当时巴黎的一家印刷和信息公司。

殊的星期天，这位绅士告诉我，他要到星期二或星期三才能去。因为这样在巴黎停留的时间就短了，弗雷德·阿特金斯似乎很失望，这位绅士就对我说："弗雷德似乎很失望，你能带他去吗？"我说"乐意之至"。

卡森：你真带弗雷德去巴黎了？

王尔德：是的，他和我一起去了。

卡森：那时你认识他多长时间了？

王尔德：我想大约两周吧。

卡森：我想你们是11月20日乘俱乐部的火车①一起去的巴黎吧？

王尔德：乘俱乐部的火车，当然，是的。

卡森：你替他付账？

王尔德：我替他买了票。后来有人还了我钱。我替他买的全程票。

卡森：你说后来有人还了你钱？

王尔德：是的，是这位绅士。

卡森：这位绅士？

王尔德：是的。

卡森：不是阿特金斯还的？

王尔德：噢，天啊，不是，当然不是。

---

① 在米德兰兹和英国北部这种火车当时是富人的专列。

卡森：你提议让他以你的秘书身份出现在巴黎？

王尔德：噢，绝无此事。

卡森：什么？

王尔德：绝无此事，绝无此事。这太可笑了。我是去见一个法国出版商，讨论我的书在法国出版的事。太幼稚了。①

卡森：我只是想知道。

王尔德：不，问我这种问题太幼稚了。

卡森：那么，你没有提议他作为你的秘书陪同？

王尔德：当然没有，这是最粗俗的诽谤。

卡森：是他没那个潜质？

王尔德：不是。

卡森：他是去处理自己的事情？

王尔德：噢，不是。

卡森：他去只是为了玩乐，是吗？

王尔德：你是说他去只是为了取乐？

卡森：是的。

王尔德：噢，不是的，他第一次去巴黎是和这位绅士②一道去的——他的朋友。

卡森：他去只是为了玩乐。就你所知，他在巴黎没什么事吧？

---

① 王尔德去巴黎商谈《莎乐美》法文版的出版问题。
② 阿特金斯向查尔斯·罗素证实，这位绅士是莫里斯·施瓦贝。

王尔德：噢，没什么事。

卡森：你们到了巴黎时，你把他带到了你自己的房间？

王尔德：当然，他和我一起去的，当然。

卡森：住在什么地方？

王尔德：卡皮西纳大街23号。是一家酒店。

卡森：你订了三楼的两间卧室？

王尔德：三间或两间。

卡森：什么？

王尔德：我订了三间。

卡森：你是说订了三间？

王尔德：是的。

卡森：一开始就订了三间？

王尔德：是的，我订第三间是为那位绅士准备的，他随后就到。

卡森：那两间卧室的门相邻吗？

王尔德：是的，三间的门都挨着。

卡森：你们到达巴黎的这一天，也就是11月21日，你请阿特金斯为你抄写了半页手稿？①

王尔德：噢，从来没这回事。

卡森：从来没有？

_____

① 王尔德被捕后，阿特金斯在法庭上作证说，他为王尔德抄写了一部分《一个无足轻重的女人》。

王尔德：从来没有。

卡森：你带他到于连饭店吃饭了？

王尔德：是的，当然。实际上他当时是我的客人，我带他去的。

卡森：午餐你付的账？

王尔德：当然，肯定的，我付账。他到那儿最初实际上是我的客人；后来实际上成了这位绅士的客人。我不想让他请我吃午饭。

卡森：他没有自己付账的意思？

王尔德：我当然认为不应他付——当然不是我喜欢的那种午餐。

卡森：好吧，午饭后，你建议他去做卷发？

王尔德：没有，我告诉他，我认为卷发很难看。他是自说自话。（笑）

卡森：那么怎么谈起了卷不卷发的问题？

王尔德：是的。

卡森：他说了什么？

王尔德：他说，他想卷发。我说我不觉得卷发好看。

卡森：你认为卷发不好看？

王尔德：是的。

卡森：你抱那种观点？

王尔德：那是我当时得出的结论，我从来没改变过这一观点。

卡森：你认为他若不卷发会更好看？

王尔德：我认为他做卷发很蠢；卷发根本不适合他。我认为表达这种观点也是正当的。

卡森：他卷了发吗？

王尔德：我想没有。如果他真卷发了，我会很生气。（笑）我记不起来了。

卡森：你会生气？

王尔德：是的，会很烦，因为他这样做很蠢。

卡森：你的客人若卷发，你会生气？

王尔德：我对他说，若他去做卷发，那就是蠢；那种发型不适合他。我告诉他，卷发是件蠢事。

卡森：他去卷发了没有？

王尔德：我在巴黎时他当然没做。

卡森：是让格兰德酒店里的帕斯卡美发店的美发师做的。

王尔德：没有，我想不起来了。我印象中他没做。这对我来说是件小事。我不明白为什么要讯问我这个问题。

卡森：那晚你带他出去吃饭了？

王尔德：当然。

卡森：我相信你请他吃了一顿丰盛的晚餐。

王尔德：我没做别的事，就是请他吃了一顿丰盛的晚餐。

卡森：喝了大量的酒？

王尔德（激动起来）：这就是关键所在。你一定要弄清楚与我一起吃饭的是什么样的绅士，或客人，或无论你怎么称呼他，我想他喝酒是不限量的。如果你问我是否强劝客人喝酒，我的回答是：这种建议是可怕的，我根本不会这样做。（笑）

卡森：确实如此。我没这样建议。

王尔德：啊哈，但你之前建议过。

卡森：我吗？

王尔德：是的。

卡森：你让他喝足了量。当然，我认为这是你的功劳。

王尔德：我想我已经说过了，与我一起吃饭的客人，我从来不限制酒量。我从不让他们喝过量。

卡森：然后你送他去了红磨坊①?（笑）

王尔德：是的。

卡森：给了他1镑去红磨坊？

王尔德：是的。

卡森：你一直待在房间，王尔德先生？

王尔德：不是，我想是去了一家法国剧院。

卡森：等你回来时，阿特金斯已在床上了？

王尔德：我想他没进来。

卡森：那天晚上，当阿特金斯在床上时，你是不是请他让

---

① 巴黎的娱乐场所。

你与他同床共眠？

王尔德：我没有。我没做那种事，我也从未做过那种事。

卡森：那么，如果有人说看见你们在一张床上，我想那肯定是错的了？

王尔德：岂止是错误！是最邪恶的谎言——错误？

卡森：两天内那位绅士——他的名字我们写下过——来了吗？

王尔德：我想他来了——是的，他星期三来的。

卡森：我问你的问题是：在你们到巴黎的第二天，你送给阿特金斯一个香烟盒？

王尔德：我想不是在第二天。我认为是在我们离开巴黎的那天。

卡森：但你给了他一个香烟盒？

王尔德：当然。我认为你在盯着某个日期不放。

卡森：是这个吗？（出示一个香烟盒。）

王尔德：我一无所知。

卡森：里面什么也没有——只是一个银烟盒？

王尔德：一个银烟盒。

克拉克：没任何题签，法官大人，没法辨别。

卡森：你们一起在巴黎待了多长时间？

王尔德：我们是周六离开巴黎的。

卡森：你们一起回来的？

王尔德：是的，我们全都一起回来了。

卡森：你们3个？

王尔德：是的。

卡森：王尔德先生，我可否问你：你到底为什么要带阿特金斯到巴黎？

王尔德：刚开始是我那位朋友，就是你已知道名字的那位绅士邀请他去的，但后来这位绅士因故不能和我同天走，阿特金斯很失望，所以这位绅士就请我带阿特金斯先去，他负责路费。我认为他是位很可爱的年轻人，脾气也好，在路上与我做伴也不错，就答应了。在巴黎我并没常和他在一起，我有很多自己的事要处理，也要拜访一些朋友。那位绅士到巴黎后，我从未与他们中的任何一个人一起吃过饭，周三、周四或周五都没有。我都是和我巴黎的朋友一起吃饭——早饭我们3个人常一起吃。他在那里并不是我的客人。

卡森：这就是你带他去巴黎的唯一解释？

王尔德：你说的"唯一解释"是什么意思？

卡森：这是你给陪审团的"唯一解释"？

王尔德：这就是我带他去的原因。

卡森：我只想知道：你没什么补充的了？

王尔德：我不需要再补充什么，也根本不做任何解释。

卡森：告诉我：回到伦敦后不久，你给阿特金斯写信让他来泰特街看你？

王尔德：是的，我一回来就病了，而且病得很重，我就给那位提到过名字的绅士写信，让他带着弗雷德·阿特金斯一起来看我。至于我有没有给阿特金斯本人写信，我不记得了。但他真来了。那周我都病着。

卡森：你生病卧床？

王尔德：是的。

卡森：他来看你了？

王尔德：噢，是的，他俩都来了。

卡森：他独自来看过你？

王尔德：没有，我想他是和一位绅士一起来的。

卡森：什么？

王尔德：我想他来时——

卡森：接到你的信后，他有没有一个人来看过你？

王尔德：我想没一个人来过。

卡森：你肯定吗？

王尔德：噢，这不是我能发誓肯定的问题。我印象中他是和一位绅士一起来的——我想是两人一起来的——当我生病卧床时来看我。

卡森：你能不能给我写下来和他一起来的这位绅士的名字？

克拉克：提到的绅士。

卡森：就是你写下的名字？

王尔德：是的，他来看我了，我认为他很善良。

卡森：你真认为阿特金斯很善良？

王尔德：是的。我想他能费心来看一位病人，怎么说都是好心。

卡森：虽然你带他去了巴黎？

王尔德：是的。在这个世界上，不是每个人都对别人的仁慈怀抱感恩之心的。这不常见。我认为这是好事。我生病时，如果有人来看我，我当然高兴。

卡森：他进来时，你是不是让他把你写给他的信还给你？

王尔德：没有，当然没有。

卡森：没发生过那种事？

王尔德：噢，根本没有。

卡森：他把信还给你了吗？

王尔德：从来没有。我怀疑是否给他写过信。我印象中只给那位绅士写信了。我想你在问我你手里实际上拿着的那封信。

卡森：你是不是让他答应不要说出去巴黎的事？

王尔德：当然没有。我告诉他，这是他的人生大事——他应该付诸实践。

卡森：我已经问过你，我想你也已经告诉过我，你无法解释这封电报中这句话的含义：让我立刻知道弗雷德的情况——这是你发给泰勒的电报。这是在巴黎之行之后吗？

王尔德：噢，是在4个月后。

卡森：你能不能想起来为什么发这封电报？

王尔德：我想很可能是问他能不能来吃饭。

卡森：什么？你难道不能直接给他发电报？"让我立刻知道弗雷德的情况。"如果你想让他来吃饭，你为什么不亲自给他发电报？

王尔德：我想是因为我当时不知道他的地址。

卡森：泰勒和弗雷德是什么关系？

王尔德：他们是朋友。

卡森：但那时你为什么给泰勒发电报要了解弗雷德的情况？

王尔德：因为我说了，毫无疑问，我现在想不起来给泰勒发电报要了解弗雷德·阿特金斯什么事了，我电报中提到弗雷德·阿特金斯——我不记得内容了——可能是因为我想见他，也可能是我想让他来吃饭，我不知道。

卡森：你和他有什么生意往来吗？

王尔德：没有，生意？——没有——当然没有。

卡森：阿特金斯当时住在什么地方？

王尔德：我一点儿也不知道。

卡森：你丝毫不知？

王尔德：是的。

卡森：你带他去巴黎的时候，你知道他住在哪里吗？

王尔德：知道。

卡森：哪儿？

王尔德：皮姆利科的什么地方。

卡森：街名？

王尔德：我不知道。

卡森：你的意思是说，你不知道街名？

王尔德：我不记得他的住址了。

卡森：你带到巴黎去的那位小伙子住在哪里？

王尔德：不知道，我不记得他的住址了。

卡森：你曾听说过吗？

王尔德：如果我给他写过信的话——我不记得往他那个住址写过信，可你说我写过——如果我给他写过信，那我肯定是按那个地址写的信，不管是在哪里——我肯定写过。

卡森：地址？

王尔德：我现在想不起来了。

卡森：你当时也不知道？

王尔德：如果我肯定给他写信了，是的，我可能知道他住在哪儿。

卡森：你为什么给他写信？

王尔德：你问过我，我给他写信是不是要他来看我，我当时病了。我说过，我想不起来这回事了，但我可能给他写信了。但在我的印象中，我是给一位绅士写的信，他的名字没提到过，但很可能给他写信了。我不明白我为什么不能写，但地址我忘了。

卡森：你不记得他的地址了？

王尔德：是的。

卡森：直到今年你不都一直在和他通信吗？

王尔德：我给他写过几次信，是的。

卡森：今年？

王尔德：送给他戏票，我的剧本。

卡森：今年？

王尔德：是的，有两次。

卡森：那你知道他的地址了？

王尔德：噢，是的，他现在的地址当然知道了。

卡森：他现在的地址是？

当然。奥斯纳堡街25号。

卡森：你去过那里吗？

王尔德：是的。

卡森：什么时候？

王尔德：我想想，是在1894年的2月。我知道是在他后来
生病之前。①

卡森：去那里干什么？

王尔德：他邀请我去喝茶。

卡森：和你们一起喝茶的还有谁？

王尔德：还有一位绅士。

---

① 阿特金斯此时得了天花，他给王尔德写信，请他来看望自己。王尔德来了。

卡森：我能知道这位绅士的名字吗？

王尔德：是的，一位年轻人。

卡森：他多大年龄？

王尔德：大约20岁。他是位演员。

卡森：你去了几次？

王尔德：两次，都是去喝茶。

卡森：你给过阿特金斯钱吗？

王尔德：是的。

卡森：给了多少？

王尔德：3镑15先令。

卡森：你为什么给他钱？

王尔德：买他的第一首歌，在音乐厅舞台上用。

卡森：那是什么时候的事？

王尔德：他告诉我，为音乐厅写歌的诗人要价从来不低，所以我就给了他3镑15先令。（笑）我记得确切的数目，我还遇到过其中的一位诗人——我乐于见到诗人。

卡森：那是什么时候？

王尔德：是在——我想一想，1893年2月或3月。

卡森：哪一年的2月或3月？

王尔德：请原谅，是1894年。

卡森：阿特金斯常去圣詹姆斯广场找你？

王尔德：是的，他来了两次。

卡森：他一个人来的？独自一人？

王尔德：不是，我想两次都是由这位年轻演员陪同来的。他在圣詹姆斯广场与我一起吃过饭。

卡森：你是说，王尔德先生——我简单说吧——你和弗雷德·阿特金斯在任何场合都从来没发生过不道德之事？

王尔德：从来没有。

卡森：你认为他是一位有道德的、可敬的年轻人吗？

王尔德：可敬——我真不知道你什么意思。我认为他是一位非常可爱、性情温和的年轻人，他希望走上音乐厅舞台，我鼓励他实现自己的愿望。我买了他一首歌。我去是为了听他唱歌，我听了。我在餐厅吃饭时听他唱过。我对他感兴趣。

卡森：告诉我，你认识欧内斯特·斯卡夫吗？

王尔德：认识。

卡森：你什么时候遇到斯卡夫的？

王尔德：1893年12月。

卡森：谁介绍你认识斯卡夫的？

王尔德：泰勒先生。

卡森：斯卡夫多大？

王尔德：哦，这个我无法回答你。他是个年轻人。我从来不问他的年龄，那样很粗鲁。

卡森：他20岁？

王尔德：我想大约20岁吧——大约20岁的年轻人，我想是的——不会超过20岁。

卡森：他的职业？

王尔德：当时无业。

卡森：他曾从事过什么职业？

王尔德：曾在澳大利亚淘过金。

卡森：那是很久以前的事了？

王尔德：是的。

卡森：你知道他做过男仆吗？

王尔德：我不知道。我以为他一直在澳大利亚。

卡森：你知道他现在是一个——他现在在某个地方吗？

王尔德：当然不知道，我对此当然一无所知。

卡森：完全一无所知？

王尔德：是的。

卡森：你知道他父亲也做过仆人吗？

王尔德：不知道。

卡森：他是不是像一个很有教养的年轻人？

王尔德：他是一个很可爱、很优秀的年轻人。教育取决于人的标准是什么。他谈吐很好，文笔也好。

卡森：你是在某个圈子里遇到的他？

王尔德：噢，不是，当然不是。

卡森：除了在泰勒的圈子。你经常在泰勒的圈子里见到他？

王尔德：他一直在我的圈子里。（笑）

卡森：但他曾一直在泰勒的圈子里？

王尔德：他和我及泰勒一起吃过饭，一直在我的圈子里，我认为这更重要。

卡森：泰勒是在哪儿将斯卡夫介绍给你的？

王尔德：在圣詹姆斯广场。

卡森：是你让泰勒带他来的？

王尔德：不是。

卡森：什么？

王尔德：不是。

卡森：泰勒怎么带这个年轻人到那儿的？

王尔德：我要告诉你吗？

卡森：是的，请讲。

王尔德：他告诉我，他认识一个年轻人，这个年轻人在驶往澳大利亚的船上遇到了霍维克·道格拉斯勋爵，泰勒见过他——我记得艾尔弗雷德·道格拉斯也向我提起过，他也在霍维克·道格拉斯勋爵所乘的这同一艘船上遇到过谁。在滑冰场上他将这个年轻人介绍给了道格拉斯，有一天他就带他来见我。我之前从未听说过他。他就那样来了。

卡森：非常出乎意料？

王尔德：我并不震惊。

卡森：他来访的方式非常出乎意料？

王尔德：是的，我没让他带任何人来。

卡森：是在晚上吗？

王尔德：不，是在下午。

卡森：他一晚上都和你在一起？

王尔德：噢，不是，当然不是。

卡森：或者是和泰勒一起过的夜？你在场，陪着他们？

王尔德：噢，不是的。

卡森：你请他再来？

王尔德：我邀请他们两人与我一起吃饭。

卡森：哪一天？

王尔德：噢，不，我不知道何时，我没法定下哪一天。

卡森：你邀请斯卡夫再来访？

王尔德：没邀请他来找我。我邀请他们两个4天或5天后来吃晚饭。我是说当时约定了个时间。

卡森：你们在哪儿吃饭——克特纳酒店？

王尔德：可能是在克特纳酒店——是的，克特纳酒店。

卡森：泰勒也在？

王尔德：对。

卡森：泰勒和斯卡夫？

王尔德：是的。

卡森：没别人了？

王尔德：没别人了。

卡森：是在包房里？

王尔德：我忘了是在包房还是大厅里了。可能是在包房。

卡森：那天晚上你带他回圣詹姆斯广场了？

王尔德：没有。

卡森：晚饭后？

王尔德：没有。

卡森：你亲吻他了？

王尔德：没有。

卡森：或用什么方式爱抚他了？

王尔德：没有。

卡森：你为什么请他吃饭？

王尔德：因为我善良，因为请人吃饭或许是取悦人的最好方式，尤其是取悦和自己不处于同一社会地位的人。（笑）

卡森：你给他钱了吗？

王尔德：我没给斯卡夫一分钱。

卡森：你从没给过斯卡夫钱或礼物？

王尔德：噢，给过，我给过他一个香烟盒。我习惯送人香烟盒。（笑）

卡森：是这个吗？（出示。）

王尔德：我送出去的香烟盒太多了，我还真辨别不出来。但这确是一个香烟盒。我不知道是不是我送的那个。是的，我是作为圣诞礼物送给他的。

卡森：你最近一次见到斯卡夫是什么时候？

王尔德：今年1月——不对，是今年2月。

卡森：你是在哪里见到他的？

王尔德：在埃文代尔酒店。

卡森：他和你在那儿一起吃饭了？

王尔德：是的。

卡森：他那时有工作吗？

王尔德：有。

卡森：在哪儿？哦，我当然不会问名字。他做什么工作？

王尔德：他告诉我做了什么职员，我不知道有必要说出地址——在圣保罗教堂。

卡森：好，我知道了。现在告诉我：你第一次见到悉尼·梅弗是什么时候？

王尔德：在——我想想——哦，在1892年9月。

卡森：他多大？

王尔德：我印象中悉尼·梅弗25岁。

卡森：这是他的照片吗？（出示照片。）

王尔德：是的，是他的照片，是的，但我觉得是在我认识他之前拍的。拍照人可以证明。照片上的他比我见到他时年轻些。拍照人都是马屁精。

卡森：是泰勒将梅弗介绍给你的？

王尔德：不是。

卡森：那是谁？

王尔德：哦，是没提到名字的那位绅士。

卡森：是去巴黎的那位绅士？

王尔德：是的。

卡森：你说也是这同一位绅士将你介绍给阿特金斯的？

王尔德：是的。

卡森：你知道将你介绍给梅弗的这位绅士住在哪里吗？

王尔德：现在吗？

卡森：对。

王尔德：不知道，我不知道。

卡森：你知道他是否在这个国家吗？

王尔德：我已18个月或两年没收到他的消息了。

卡森：我想你曾告诉我，梅弗过去也常常在泰勒的住处喝茶。

王尔德：是的，我在那里遇到过他，是的，噢，是的，是的，我曾——我知道——是的。

卡森：你给过他钱吗？

王尔德：噢，没有，从没给过。

卡森：从没给过？

王尔德：从没给过。

卡森：你曾给过泰勒钱，让他转交梅弗吗？

王尔德：从没有过，从没有过。

卡森：从没有过？

王尔德：噢，从没有过。

卡森：当泰勒给他钱时，你在场过吗？

王尔德：给悉尼·梅弗？

卡森：是的。

王尔德：从来没有。

卡森：泰勒是否告诉过你，他给过梅弗钱？

王尔德：从来没有，噢，从来没有。我不知道你什么意思——给钱？

卡森：你送给他一个香烟盒？

王尔德：没有，我想我没给过他香烟盒，没有。

卡森：你没给过梅弗一个香烟盒？

王尔德：没有，我想没有。

卡森：你在邦德街的一家商店买了很多这种香烟盒？

王尔德：是在亨利·刘易斯店。

卡森：别的店呢？

王尔德：噢，是的，还有桑希尔店。

卡森：你能说出第一次遇到梅弗是什么时候吗？

王尔德：可以，我印象中是1892年9月。

卡森：10月3日，你是否曾委托桑希尔店给他送过一个价值4镑11先令6便士的香烟盒？

王尔德：如果确有此事，那就是香烟盒。我知道给他送过什么东西。

卡森：给悉尼·梅弗？

王尔德：是的，悉尼·梅弗。

卡森：你说是哪天？

王尔德：1892年10月3日；4镑11先令6便士。

卡森：你为什么送他香烟盒？

王尔德：我为什么要送给我喜欢的人礼物？当然是因为我喜欢他们，我喜欢送给他们礼物。我喜欢这样做。

卡森：可你才认识他一个月。

王尔德：友谊不在长短，表达崇拜或兴趣一个月够长了。我给了他一件礼物，可能是在他生日或别的什么原因——就这种事纠缠不休实在无聊——我常常送礼物给我喜欢的人。

卡森：任何一个你所喜欢的才认识一个月的人？

王尔德：噢，一个月——不需要那么长时间的。

卡森：你邀请他一起吃饭了？

王尔德：噢，是的。

卡森：在阿尔伯马尔街的一家酒店里？

王尔德：邀请他在阿尔伯马尔街的一家酒店里吃饭？

卡森：什么？

王尔德：他和我一起在阿尔伯马尔街的一家酒店里待过。

卡森：他和你待在一起？

王尔德：是的。

卡森：待了一整夜？

王尔德：一整夜。

卡森：那是什么时候？

王尔德：那是，我想想，在10月。

卡森：是在你送给他香烟盒以后？

王尔德：是的。

卡森：我告诉你，是在10月19日。

王尔德：是在19日？

卡森：是的。

王尔德：噢，是的，我敢说是10月。当时我正从苏格兰回来，途经伦敦。

卡森：你在这家酒店待了一晚？

王尔德：是的。

卡森：你要悉尼·梅弗也待在那儿？

王尔德：是的。我到车站时他去接的我，他知道我途经伦敦，要住在阿尔伯马尔街，他就来和我一起吃饭，并待在那儿了。

卡森：那晚你们两个只待在那儿吗？

王尔德：噢，是的，如此而已。

卡森：他当时住在伦敦？

王尔德：伦敦附近什么地方。噢，是的，在伦敦，当然在伦敦。

卡森：我想是在诺廷山吧？

王尔德：是的，诺廷山，或西肯辛顿，当然，是的。

卡森：你们的卧室连着吗？

王尔德：这我倒一点儿也想不起来了。

卡森：什么？

王尔德：我一点儿也想不起来了；可能连着，也可能没连着。

卡森：你们为什么要在酒店过那一夜？

王尔德：我请他到车站接我，他去了，我就邀请他和我一起——去我要去的地方——陪伴我。

卡森：但他那天晚上留下并不是为了陪伴你，对吗？

王尔德：不是为了过夜，在酒店有他陪伴我感到有趣、高兴。

卡森：但晚上能有什么乐趣？

王尔德：和我一起度过夜晚就是一种乐趣，第二天早晨我们吃早饭时见了面。

卡森：这是他留下陪你的原因？

王尔德：是的。我喜欢有人陪我，我喜欢。

卡森：你替他付的账？

王尔德：噢，是的，当然——我邀请的他。

卡森：你们之间是否发生了什么不道德之事？

王尔德：噢，当然没有，当然没有。

卡森：他后来又这样陪过你吗？

王尔德：我想没有，没有。

卡森：自那之后，你又多次在阿尔伯马尔街的酒店过夜？

王尔德：噢，很多次。

卡森：我想知道，你是不是在酒店订了三个房间，一间客厅、两间卧室，房间号分别是26、27、28。

王尔德：我不记得房间号了。

卡森：房间都是连着的？

王尔德：是的，是套房。两间卧室、一间客厅。

卡森：你给了他一个房间？

王尔德：当然，一间卧室。

卡森：你们一起到酒店的？

王尔德：是的。

卡森：你没在酒店登记簿上写他的名字？

王尔德：我在阿尔伯马尔街的酒店入住从来没人要我登记名字，无论是我的名字还是别人的。

卡森：你给他们名字了？

王尔德：我确定，我一定对仆人说了。

卡森：没登记？

王尔德：是的，这没什么。我猜我的名字也没登记。我没亲自登记我的名字。从来没人让我登记。

卡森：他没再陪你一夜？

王尔德：是的。

卡森：只是陪你？

王尔德：我反对你这样说。

卡森：你自己说的。

王尔德：你问我他为何与我在一起。我说是因为我途经伦敦。家里也没人。我乐意有人陪着。在一家漂亮、舒适的酒店，有他相伴，让人愉快。

卡森：而他回诺廷山的家只需20分钟或半小时？

王尔德：是的，他乐意做我的客人，这是一家漂亮、舒适的酒店。

卡森：他带行李了吗？

王尔德：带了。

卡森：是你让他带行李的？

王尔德：是的。

卡森：告诉他留宿一晚？

王尔德：是的。

卡森：自那之后你又让他和你一起吃饭了？

王尔德：是的。

卡森：在哪儿？

王尔德：你说的是哪一天？

卡森：10月19日。

王尔德：噢，是的，自那以后他常常和我一起吃饭。

卡森：在哪儿？

王尔德：我想是在克特纳酒店——索尔费里诺——他肯定和我一起吃过饭，有3次或4次吧。

卡森：泰勒在场吗？

王尔德：是的。

卡森：晚饭时泰勒总是在场？

王尔德：虽然——我不特别记得他是否在——，但是——

卡森：经常在一起？

王尔德：经常？没有经常一起吃晚饭。我们最后在一起吃饭，也是我最后一次见他，是去年——他和我一起吃的饭。

卡森：梅弗与泰勒关系亲密吗？

王尔德：那我没法告诉你。我没在泰勒的房间里遇到过他，但我只是在伦敦短时间逗留的那次在那里见过他，两个月左右。①

卡森：你知道他有时常和泰勒在一起吗？

王尔德：不，我从来不知道——不知道。

卡森：你认识沃尔特·格兰杰吗？

王尔德：认识。

卡森：他是谁？

王尔德：艾尔弗雷德·道格拉斯勋爵在牛津时负责打扫房间的仆人。

---

① 从1892年11月到1893年3月。

卡森：在牛津？

王尔德：是的。

卡森：牛津高街？

王尔德：对。

卡森：他多大？

王尔德：我想大约16岁。

卡森：王尔德先生，你常去那些房间，还是有时去？

王尔德：这些房间是艾尔弗雷德·道格拉斯勋爵和恩科姆勋爵的。我想，我从周六到周一一直待在那里，从周六到周一肯定有3天。

卡森：1893年？

王尔德：是的，1893年。

卡森：你与格兰杰关系亲密？

王尔德：你说的"关系亲密"何意？

卡森：我的意思是：你是否让他和你一起吃饭或做诸如此类的事？

王尔德：从未。

卡森：什么？

王尔德：没有！你真是想问我这个问题啊。没有，当然没有。他在餐桌服务；他没和我一起吃过饭。

卡森：我想他可能是坐下了吧。这没区别。

王尔德：你以为，如果是艾尔弗雷德·道格拉斯勋爵和恩

王尔德的漫画。
出自孙宜学编译《奥斯卡·王尔德自传》

科姆勋爵的房间，仆人能那样做吗？

卡森：你自己告诉我的——

王尔德：这是两回事——如果服务是你的责任，你就得尽心服务；如果吃饭是你的快乐，那你就从吃饭中得到快乐，这是你的特权。

卡森：你说没有？

王尔德：当然没有。

卡森：你亲过他吗？

王尔德：噢，没有，从来没有；他是一位特别单纯的男孩。

卡森：他是什么？

王尔德：我说，我认为他不幸——他外表真是太不幸了——很丑——我的意思是——我因此而同情他。

卡森：很丑？

王尔德：是的。

卡森：你是说，你没亲他，就是这个原因？

王尔德：不是，我不是。你这就如同问我为什么不亲吻门柱一样。太好笑了。

卡森：难道你告诉我他很丑，不就是为了解释你为什么没亲他？

王尔德（激烈地）：不是。

卡森：你为什么提到他的丑？

王尔德：没有，我说你的问题在我看来好像是——你问我是否与他一起吃过饭，然后问我是否亲过他——在我看来只是故意侮辱我，你整个上午的问题好像都是这样。

卡森：因为他丑？

王尔德：不是。

卡森：你为什么提到他的丑？我必须问这些问题。

王尔德：我认为，只要想到在任何情况下可能会发生这些事，那都是荒谬可笑的。

卡森：你为什么提到他的丑？

王尔德：如果你问我是否亲吻过一根门柱，我会说：

"不！太可笑了！我不想亲吻门柱！"这就是原因。我是不是该被讯问为什么没亲吻门柱？这个问题太胡闹了。

卡森：为什么你提到那个男孩的丑？

王尔德：我提到他的丑，或许是因为你用侮辱性的问题侮辱了我。

卡森：因为我用侮辱性的问题盯着你不放？

王尔德：是的，你用侮辱性的问题盯着我不放；你让我生气。

卡森：你说是因为我用无礼的问题纠缠你，所以你才说那个男孩丑？

王尔德：请原谅，你纠缠我，侮辱我，想方设法让我恼怒。有时应严肃说话，却也轻率了，我承认这一点，我承认——我忍不住。这就是你对我做的事。

卡森：你说那句话是轻率了？你提到他的丑是轻率了，这就是你希望告诉我的吗？

王尔德：噢，不要说我希望表达什么。我已经回答你了。

卡森：是那样吗？你回答轻率？

王尔德：噢，是轻率的回答，是的；我要说这肯定是轻率的回答。

卡森：在你和格兰杰之间发生过什么不道德之事吗？

王尔德：没有，先生，没有，什么都没有。

卡森：好了，我想你在1893年6月去戈林住了？

王尔德：是的，我在那里有套房子，是的。

卡森：一处叫"农舍"的地方？

王尔德：戈林，农舍——是的。

卡森：你将格兰杰从牛津带到那里服侍你？

王尔德：是的。他去那里做管家。是他恳求的。——他请我给他找个住处。他在牛津求我的。他告诉我他就要离开那些住处了，问我是否能给他找个住处。我在戈林订好这套房子时，有人建议我让沃尔特·格兰杰去服务是良善之举。

卡森：你们的卧室紧挨着？

王尔德：一开始是的；房子很小。仆人的住处很难安排。

卡森：所以他的卧室紧挨着你的？

王尔德：是的；楼上一间睡女仆。然后还有三间卧室，一间艾尔弗雷德·道格拉斯用，一间我用，另一间很小，就给了沃尔特·格兰杰。后来，我的孩子们来了，沃尔特·格兰杰就睡在了外屋。

卡森：但在你的家人到来之前，据我所知，他的卧室紧挨着你的。

王尔德：是的。

卡森：你知道你以前的这位管家现在在哪里吗？

王尔德：我一无所知。

卡森：好吧，王尔德先生，我认为，自1893年3月2日到3月29日，你住在萨沃伊。

王尔德：是的，如果是这段时间的话，我知道3月我在萨沃伊住了些日子。

卡森：我记得你曾告诉我，那段时间你萨沃伊的房子没人住。

王尔德：我妻子不在家，有段时间房子空着；后来我的孩子们回来了。我妻子当时在意大利。

卡森：你是否曾带什么男孩子到你萨沃伊的卧室了？

王尔德：没有，先生。

卡森：什么？

王尔德：没有。

卡森：你在萨沃伊酒店时，是不是认识了一位名叫安东尼奥·米吉的男按摩师？

王尔德：那儿有个按摩师。我忘记他名字了。

卡森：米杰或米吉——我不知道怎么拼读——他早晨有时到你房间给你按摩？

王尔德：是的。

卡森：他在萨沃伊待了很长时间，对吗？

王尔德：我不知道他待了多长时间，我不知道。

卡森：他长时间给你做按摩吗？

王尔德：不是；大约10天吧。我在萨沃伊时病得很重。具体日期你可以纠正我。我病重，有人建议我做按摩，所以我每天早晨，或者说是很多早晨都做按摩。

克拉克（对卡森）：你能说出那一年的什么时候吗？

卡森：1893年3月。（对王尔德）我认为，你在萨沃伊的那段时间换了房间。

王尔德：噢，是的，我换了房间。

卡森：当时你才到那儿没几天？

王尔德：是的。

卡森：你进过其他房间？

王尔德：是的。

卡森：你是不是就是从那儿写了一封信，这封信我们昨天出示过了，信中说你的客厅俯瞰泰晤士河？

王尔德：是的。

卡森：你说，你没在其中任何一个房间，没在你最初订的任何一个房间——你最初订的卧室，或你第二次订的卧室——接待过一个男孩子？

王尔德：没有，从来没有。

卡森：你经常到巴黎的这个地方，对吗？

王尔德：噢，是的，是的，常去。

卡森：你最后一次去这个地方——我是说同一套房子——是和阿特金斯一起去的，是什么时候？

王尔德：我想是2月，我确实忘了是哪一年了。

卡森：我给你个提示：1893年2月。

王尔德：是的，我去了，1893年2月。

《笨拙》杂志刊出的讽刺王尔德身穿法国军服的漫画。
出自孙宜学编译《奥斯卡·王尔德自传》

卡森：你后来是不是什么时间又去过，到那儿却发现都住满了，住不进去了？

王尔德：没有。

卡森：什么？

王尔德：没有。

卡森：你后来是不是什么时间又去过那儿？

王尔德：没有，我想没去过。

卡森：你要在那儿预定几间房，但被告知客满，是否写信——

王尔德：没这回事——没有。

卡森：什么？

王尔德：从未有此事。

卡森：王尔德先生，在其中任何一种情况下——我说的不是阿特金斯在那儿的时候——你是不是带男孩子们到过你卧室？

王尔德：从没。

卡森：在任何情况下都没有？

王尔德：我要问问你何意——我是说，你所说的"男孩"有什么年龄限制吗？

卡森：我是指小伙子。

王尔德：噢，是的——没有。

卡森：大约20岁？

王尔德：大约20岁。

卡森：18到20岁？

王尔德：噢，我在巴黎有很多18到20岁的朋友。

卡森：你常带他们到那儿？

王尔德：我不知道什么是"带"——他们常常来拜访，来看我。

卡森：深夜时刻？

王尔德：不是，他们都是在喝茶时或吃饭时来——随时。

卡森：他们中是否有哪一个常深夜来访，12点或凌晨1点？

王尔德：噢，没有。我想不起来有谁这个时间点来看我——当然没有。

卡森：在你那儿一直待到凌晨四五点钟？

王尔德：当然没有。

卡森：什么？

王尔德：当然没有。

惠斯勒所画的王尔德漫画。
出自 *Oscar Wilde* by Richard Ellmann

卡森：我再问一个问题。我可能要花些时间找到他，如果你看到在巴黎服侍过你的侍者，你能认出他吗？

王尔德：我不知道自己能不能。

卡森：你经常去那儿？

王尔德：是的，我不知道能不能认出他。

卡森：他过去常常每天早晨给你送咖啡？

王尔德：我在那里住过至少三四次，在不同的时间，并且每次总是住不同的房间。我不知道是否还记得他。

爱德华·克拉克重新讯问奥斯卡·王尔德

克拉克：首先，我想问你的是：你是否意识到昆斯伯里侯爵反对你和他儿子的关系继续下去？你是否愿意拿着这些信并首先告诉我这些信是不是昆斯伯里侯爵写的？（信递给了王尔德。）

王尔德：是的。

克拉克：其次，这个问题你只回答"是"或"否"：那些信都是收信人写给你的？

王尔德：是。

克拉克：再次，那些信只是——

王尔德（插话）：如果你允许我——其中一封不是收信人写来的。

克拉克：很好，但仍是写给你的是吧？

王尔德：噢，是的，是有人带给我的。

克拉克：你是不是从这些信推断出，你对我博学多识的朋友说过，昆斯伯里侯爵反对你与他儿子继续亲密交往下去？

王尔德：是。

克拉克：法官大人，我呈上这些信。

卡森：我想这些信要读一下吧？

克拉克：我读。第一封信是昆斯伯里侯爵写给艾尔弗雷德·道格拉斯勋爵的，时间是4月1日，星期日，地址是阿尔伯马尔街14—15号，卡特酒店：

艾尔弗雷德：

给你写这封信让我感觉极其痛苦，这是压力迫使我这样做的，我并不指望得到你只言片语的回信。在收到你最近那些歇斯底里、目空一切的回信后，我就拒绝再为之烦心，拒绝再读什么信。如果你有什么话要说，那就到这儿来亲自对我说。首先，我是不是可以这样理解：在你声名狼藉地离开牛津之后，其中的原因你的老师已经给我解释得清清楚楚，你现在准备无所事事、优游闲荡吗？你在牛津浪费时日的时候，我就与你约好你毕业后到内务部工作或到外交部工作，接着你又向我保证毕业后到律师界工作。在我看来，你似乎什么也不想干。然而，我坚决拒绝提供钱让你闲荡。你在为自己准备一个不幸的将来，若我鼓励你，这将是我最残酷、最错误的行为。

其次，现在到了本信最痛苦的部分——就是你与王尔德这个人的亲密关系。我必须说明：你与王尔德这个人的亲密关系必须结束，否则我将声明与你断绝父子关系，并不再给你提供任何经济支持。我不想去分析这种亲密关系，我也不会控告；但在我心里，我将这当成一件不可能再坏的事。我亲眼看到了你们处于一种最让人厌恶、最让人恶心的关系，你们的言行举止说明了这一切。在我的一生中，我还从来没看到过你们那种可怕的事情。难怪人们议论纷纷。我现在也从可靠渠道听说，但这也可能是错的，他的妻子正在因他的同性恋行为和其他罪行而请求与他离婚。这是真的吗？或者说你知道这件事吗？如果我认为事实的确如此，那这件事早就众所周知了，我一见到他就射杀他应该是非常正义之事。这些英国基督徒懦夫，他们就是这样称呼自己的，想要觉醒了。

> 你可恶的所谓父亲
>
> 昆斯伯里

时间是4月1日。

王尔德：是的。

克拉克：你和昆斯伯里侯爵在皇家酒店会面之后，过了多久你们又见面了？这次你说要与艾尔弗雷德·道格拉斯勋爵友好分手。

王尔德：我想大约是三四天后吧。

克拉克：这封信里有这样一句话："我现在也从可靠渠道听说，但这也可能是错的，他的妻子正在因他的同性恋行为和其他罪行而请求与他离婚。"这句话有点儿根据吗？

王尔德：一点儿也没。

克拉克：第二封信的日期是"星期二，4月3日，卡特酒店，阿尔伯马尔街14—15号"，也是写给艾尔弗雷德·道格拉斯勋爵的："你这个目空一切的小无赖。我要求你不要再用电报给我这样的消息——"

卡森：艾尔弗雷德·道格拉斯勋爵发给他父亲的电报在哪里？呈上来。这只是为公平起见。

克拉克：法官大人，我马上呈送这封电报："致昆斯伯里，卡特酒店，阿尔伯马尔街。你是个多么可笑的小男人啊！艾尔弗雷德·道格拉斯。"昆斯伯里侯爵的回信如下：

你这个目空一切的小无赖。我要求你不要再用电报给我这样的消息。如果你再给我发这样的电报，或无礼地来见我，我将给你应得的打击。你唯一的借口是：你一定疯了。我在牛津听一个人讲，那里的人们都认为你疯了，这倒解释了已经发生的很多事情。如果我再看到你和那个人在一起，我就用你想都想不到的方式公开侮辱你们；我已经在秘密计划此事了。我喜欢公开的方式，无论如何我不会因允许这种状态继续下去而受到任何指责。除非你们断绝交往，否则我就实施我的威胁计划，断绝你的一切经济来源，如果你不想采取什么措施，我必将断绝你的一切经济支持，所以你知道可能的结果了。

昆斯伯里

下一封信是昆斯伯里侯爵写给艾尔弗雷德·蒙哥马利先生的，他是昆斯伯里夫人的父亲，昆斯伯里侯爵和昆斯伯里夫人已离了婚，日期是：斯堪迪，梅登黑德，伯克斯，星期五，6日，早晨，6点。是7月6日星期五，法官大人：

先生，我改变主意了，我一点儿也没好起来，而是一直很为过去10天内发生的事情烦恼。我不明白自己为什么要让你知道此事。你女儿支持我的儿子与我对抗。她不写信，但现在就这个问题给我发电报。昨天晚上，在收到你的信后，我收到了她的一封非常苛刻、推诿的信，说我儿子否认去年在萨沃伊；但除非他能否认他和王尔德一起在那里，否则他为什么给我发那封电报？实事求是地说，他就是和王尔德在一起，关于他们一直流传着一个肮脏的传言。有人告诉我他们被警告离开，但房主不会承认这一点的。这个可恶的传言已经流传很多年了。你女儿的行为表明她真是疯了。她显然清楚我想控诉自己的儿子。根本不是这回事。我是要控诉奥斯卡·王尔德，我要当着他的面指责他的这一罪恶。如果我能证明此事，我会一见他的面就射杀他，但我只能指责他的装模作样。现在这件事取决于他们是否要进一步公然反对我。你女儿现在似乎在鼓励他们，虽然她并不打算这样。我不相信王尔德现在敢公开向我挑战。我处理他的那一天，他只会向我展示他白色的羽毛——这个罗斯伯里一类的恶狗和懦夫。至于我这个所谓的儿子，他已不是我的儿子了，我将和他断绝一切关系。在他对我采取那些行为之后，他就应该挨饿。他母亲可能支持他，但在这个可怕的传言仍在伦敦传播的时候，她就不应该这样做。但你女儿的行为是令人震惊的，我现在完全相信，我另一个儿子带给我的罗斯伯里——格拉德斯通——皇室的侮辱，也都拜他所赐，我想也是你的功劳。我在这儿的河边看见拉姆兰里格了，这让我烦透了。

这另一个儿子说的是其长子，这件事后他就死了。

将来有一天，所有的人都将知道，罗斯伯里不仅因向女王说谎而侮辱了我，她知道的，这使她就像罗斯伯里和格拉德斯通一样坏，而且还导致了我和我儿子之间一生的争吵。

下一封信是1894年8月21日从苏格兰写给艾尔弗雷德·道格拉斯勋爵的：

我收到了你的明信片，假定是你发来的，但因为我看不清上面写了什么，所以我几乎一句话也没看懂。因此，我不接受你任何书面信件的决心并没有受到什么影响。以后你的一切明信片我看都不看就会扔进火炉烧掉。我假定这些都来自"看着像同性恋者的OW俱乐部"，而你则是这个俱乐部的闪光点。我祝贺你的自传，它很美，应能给你带来生活保障。与我在一起的朋友已经弄清楚了你的一些信件，希望给我读读，但我拒绝了，一句话我也不想听。然而，根据他的建议，我应该将你的信保留起来作为样品，也可在我忍无可忍让你受到应得的打击之时作为保护我的盾牌。你这个爬虫。你不是我的儿子，我也从未以为你是。

昆斯伯里

下一封信，也是最后一封，日期为1894年8月28日，地址是波特兰宫。也是写给艾尔弗雷德·道格拉斯的：

你这个可怜的动物。我收到了邮局从卡特转来的你的电报，并已要求他们不要再把你的电报送来，而是要当场撕掉，就像我对待你的电报那样，不用读我就能直接意识到是谁发来的。你将钱浪费到这种垃圾上真应该感到脸红。感谢上帝，我已经学会将最大的痛苦转化成平静。还有什么痛苦能比做你这样一个人的父亲更难以忍受呢？然而，每一片云彩都有闪亮的一边，不管那是什么光。如果你还是我的儿子，这是我唯一可以证明的证据，如果我需要什么证据的话，我愿意面对所有的恐惧和悲哀，也不愿意冒将你这样的动物带到这个世界上的险，这也是我与你母亲离婚的唯一的、全部的原因，我极不满意她做你这样的孩子的母亲，尤其是你。当你还是个孩子的时候，我曾对着你留下了男人最辛酸的眼泪，我想不到自己将你这样一个东西带到这个世界上，不明智地犯下这样的罪孽。如果你不是我的儿子，在这个基督教国家里，与这些伪君子在一起，了解自己儿子的父亲才是明智的父亲。根据他们通婚的原则，这没什么奇怪的，但预先警告就是预先防备。难怪你沦落为这个可怕野兽的猎物。我只是为作为人的你感到遗憾。你必须"注意你的步子"。好了，对我来说这是相当让我满意的，因为罪不在我。就如你所看到的，我是泰然自若的，万物皆令我愉悦；但我真为你感到遗憾。你一定是发疯了；从你母亲身上继承的疯狂，实际上，如果你仔细研究一下的话，在这个基督教国家，没有几个家庭没有这种疯病。但请不要再烦我了，因为我不会再与你通信了，既不收信也不回信，至于钱，你给我送来律师的信，说你一分钱也不要我的了，但无论如何，除非你改变了生活方式，不然我也不会给你一分钱了；在你表现出这样的行为之后，我还认不认你这个儿子，完全取决于你自己。我想你是疯了，我很为你遗憾。

昆斯伯里

王尔德先生，以上这些信件是不是让你理解为：昆斯伯里侯爵希望你终止与他儿子的关系？

王尔德：是的。

克拉克：根据这些信的内容和实质，你是否认为关注他这一愿望是对的？

王尔德：能否请你重复一遍问题，爱德华先生？

克拉克：根据这些信的内容和实质，你是否认为忽视他这一愿望是对的？

王尔德：我认为完全置之不理才是对的。[①]

克拉克：我记得我以前问过你，你和昆斯伯里夫人及其儿子的友谊一直持续到现在？

王尔德：是的。

克拉克：现在，我已问过一些必须调查的问题。我还得问两三个文学方面的问题。关于《变色龙》，你已经给我们谈过你与这份杂志相关的内容。

王尔德：是的。

卡森：关于《道林·格雷的画像》，有人建议你说，该书在美国出版后，因为有人反对其中的人物，所以你修改了一些内容，使人物"净化"或"调和"了，以便于在英国出版，这

---

① 据4月1日《太阳报》报道："在读这些信的过程中，昆斯伯里侯爵忍不住站了起来，咬牙切齿地盯着王尔德，猛烈地摇着头。当读到信中的感伤部分时，这位可怜的老贵族强忍住泪水，咬紧嘴唇，热泪盈眶。"

种说法有根据吗?

王尔德:不,我反对用"净化"或"调和"这样的词。我能指出这样的段落。是的,有人向我指出,《道林·格雷的画像》的某一段落——是沃尔特·佩特指出的——他说:"我认为这本书有一层神秘的面纱,这使本书很有趣。但也有一些人读了之后可能会说'这是罪孽'。"在我认识的人中,我最尊重他的意见。

法官:我不太明白这句:"有一些人读了之后可能会说'这是——'。"你说了什么吗?

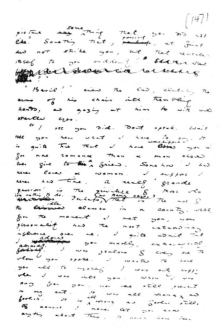

《道林·格雷的画像》1890年的手稿,1891年成书时王尔德将其中一些敏感的部分进行了修改、删除。
出自 *Irish Peacock & Scarlet Marquess* by Merlin Holland

沃尔特·佩特，他的《文艺复兴》
对王尔德影响很大。
出自孙宜学编译《奥斯卡·王尔德
自传》

王尔德：是的，"这确定是道林·格雷的罪孽"，我是想写一本带有某种氛围的书。

克拉克：王尔德先生，我相信沃尔特·佩特曾就这本书的主题给你写过几封信。

王尔德：是的。

卡森：那能是证据吗？

克拉克：他确实写信了吗？

卡森：你不能提这个话题，而是只能问他写信这个事实。

克拉克：请原谅。

卡森：我请你原谅。

法官：反对什么？

卡森：我认为，证人不能以这些信的内容作为证据，法官大人。

法官：不，他可以，虽然你反对。

克拉克：我相信沃尔特·佩特曾就这本书的主题给你写过几封信，你根据他的意见修改了其中一段？

王尔德：不是因为他哪封信中的话，而是根据他一天下午在我房间里说的话。

克拉克：不管怎样，与这有关，如果有必要，你愿意向我们说明哪一段进行了修改吗？

王尔德：当然。

克拉克：我想，《道林·格雷的画像》出版之后出现了很多评论文章，实际上评论很广泛？

王尔德：是的，非常广泛。

克拉克：佩特本人也写过评论？

王尔德：是的，佩特先生本人写过。

克拉克：1891年11月《出版人》请你注意《苏格兰观察家》上发表的关于本书的批评文章了，我相信你注意到了吧？

王尔德：是的。

克拉克：你做出回应了吗？

王尔德：是的。

克拉克：法官大人，我只读一读其中的片段，我只是需要读一下。你的信写给了《苏格兰观察家》的编辑，时间是1890年7月9日。

先生，贵刊刚刚发表了一篇评论我的小说《道林·格雷的画像》的文章。因为这篇文章对我这样一个艺术家来说是不公正的，所以我要求准许我保留在贵刊栏目里进行反驳的权利。

先生，你这个评论家一边承认我的小说"显然出自一位作家之手"，是一位"有头脑、艺术和风格"的作家的作品，一边又别有用心地板着面孔，说我写这篇小说是给那些最腐化堕落的罪犯和最没有教养的人读的。先生，我并不是说罪犯和没有教养的人除报纸之外就不读什么东西了。他们显然不可能理解我的作品，因此我们可以撇开他们不谈，且让我谈谈作家为什么写作这个更宽泛的问题。作家在创作艺术作品的过程中所体验到的愉悦是一种纯粹个人化的愉悦，他所创作的目的就是为了获得这种愉悦。艺术家关注的是对象，除此之外他对什么都不感兴趣，至于人们会有什么闲言碎语他更不在意。他手里的工作已把他牢牢吸引住了。他对别人也很冷淡。我写作是因为写作最可能让我获得最大的艺术享受。如果我的作品能有几个读者喜欢，我也就心满意足了。如果没有一个人喜欢，我也不会感到有什么痛苦。至于群氓们，我根本就没想做流行小说家，而要做，那真是太容易了。

你的批评家试图把艺术家与他的话题硬扯到一起，这真是犯了一个绝对不可饶恕的罪行。对这一点，先生，你是根本没法辩解的。济慈是自希腊时代以来世界文学史上最伟大的作家之一，他曾说过：他在构思真善美的东西时所获得的快乐与想到假恶丑的东西时所获得的快乐一样多。先生们，让你们的批评家考虑考虑济慈这种优秀批评的意义吧！因为艺术家就是在这种前提下工作的。作家总是与他要表达的话题保持一定的距离。一旦他创作了一件艺术作品，他就要对之深思熟虑。他离自己要表达的话题越远，他就越能更自由地工作。你的评论家暗示说，我没明确表示过我是喜爱罪恶厌恶美德，还是喜爱美德厌恶罪恶。美和丑之于他只是如画家调色板上的颜色之于画家，仅此而已。他知道只有依靠它们才会产生一定的艺术效果，并且确实做到了。伊阿古在道德上可以说是可怕的，而伊摩琴则是完美无瑕的。就如济慈所言，莎士比亚在创造某个恶人时所获得的快乐与他在创造好人时获得的快乐一样多。

先生，这个故事必然会戏剧化地围绕着道林·格雷的道德堕落这个问题发展，否则这个故事就没有什么意义了，故事情节也就没什么主题了。保持这种暧昧不明而又奇妙无穷的气氛就是杜撰出这个故事的艺术家创作的目的。我敢说，先生，他已取得了成功。每个人都在道林·格雷身上发现了自己的罪恶。而道林·格雷有什么罪恶倒没人知道了，因为他的罪恶是发现了他身上的罪恶的人强加给他的。

总之，先生，我真是非常遗憾这样一篇毫无价值可言的文章竟在你的报纸上发表了。人们说《圣詹姆斯报》的编辑应雇用卡利班作为他的资深批评家，我本认为这句话是玩笑，现在看倒可能是真的了。《苏格兰观察家》不应该准许瑟赛蒂兹在评论中大做鬼脸，他不配谈一个如此杰出的作家。

此致

奥斯卡·王尔德

我想，《圣詹姆斯公报》上也对你的书进行了激烈的攻击？

王尔德：是的，最猛烈的攻击。

克拉克：昨天读过了《道林·格雷的画像》中的一段，但对此的回应没读。

卡森：那是因为那部分不在《利平科特杂志》上。

克拉克：不管在不在《利平科特杂志》上，法官大人，为了读回答的内容，我必须读一下我博学多识的朋友昨天读的那一段。

卡森：哪一段？

克拉克：第224页。画家与道林谈话那一段。

"为什么伦敦那么多绅士从来不上你家，也不邀请你去他们的家？斯特夫利爵士过去曾是你的朋友，上周我吃晚饭时碰到了他。谈话间偶尔说起你，谈到了你曾把袖珍画像借到达德利去展出。斯特夫利撇着嘴说，也许你最有艺术品位，但你这样的人，内心纯洁的姑娘都不应当允许与你交往，贞洁的女人不该与你同处一室。我提醒他说，我是你的朋友，并问他所言何意。他告诉我了。他就当着每个人的面说了。这真可怕！为什么你与年轻人的友谊对他们都那么致命呢？其中一个在皇家禁卫军服役的可怜男孩子自杀了，而你是他的"大"朋友。还有亨利·阿什顿爵士，他不得不声名狼藉地离开了英国，而你与他形影不离。阿德里安·辛格尔顿和他可怕的结局又是怎么回事？肯特勋爵的独生子和他的职业生涯又是怎么回事？昨天我在圣詹姆斯大街遇到了他父亲，他似乎被耻辱和悲伤击倒了。年轻的珀斯公爵又是怎么回事？他现在过着什么样的生活？还有哪一个上等人愿同他来往？"

这是昨天读的那一段。

卡森：准确地说，这一段的其他部分不在《利平科特杂志》上的首版里。这是加进去的。

吉尔：这些都是现在写进去的吗？全都是？

王尔德：这是我做的修改，我的修改都在回答里了。

克拉克：那么，如果你愿意，我读读你修改后的回答：

"好啦，巴兹尔。你根本就不知道你在说什么，"道林·格雷咬着嘴唇，声音里透着无限的轻蔑。"你问我，为什么我一进门伯威克公爵就离开，那是因为我对他的生活了如指掌，而不是因为他了解我的生活。他的血管里流着那样的血，他的历史记录怎会清白？你问我亨利·阿什顿和年轻人珀斯的事儿。

难道是我教一个去作恶，另一个去放荡吗？如果肯特的傻儿子从大街上随便找个老婆，那又与我何干？如果阿德里安·辛格尔顿在账单上冒签其朋友的名字，难道要我为他作保？我知道在英国人们是怎样谈论人的。中产阶级在肮脏的饭桌上肆意发表着自己的道德偏见，对那些过得比他们好的人的所谓奢靡生活窃窃私语，只为了尽力假装自己也属于上流阶层，与他们所诋毁的人关系密切。在这个国家，只要有名望，有头脑，就足以让每一个普通人都对你说长道短了。而这些自谓道貌岸然的人自己又过着怎样的生活呢？老伙计，你忘了，我们就生活在伪君子的故乡。"

"道林！"霍华德喊道："问题不在这里。我知道英国坏透了，英国社会全是错误。这也是我要你洁身自好的原因。你没有做到洁身自好。我们有权利根据对朋友的影响来判断一个人。你的朋友似乎对名誉、美德和清白都麻木不仁。你给他们注入疯狂寻欢作乐的思想。他们已陷入泥潭，不能自拔，是你将他们领到这步田地的。是的，就是你引导他们的，亏你还能笑得出，就像你现在这种笑一样。这背后还有更坏的事情。我知道你与哈里形影不离。肯定不是因为别的，而是因为那个：你不应该让他姐姐的名字传为笑谈。"

法官大人，实际上这就是这段话的结尾。

卡森：你忽略了一句："道林，道林，你臭名昭著了"。

克拉克：这就是实质所在。我们现在谈其他问题。你说过，这些年轻人中，他们的名字在这里提到过，有几个是艾尔弗雷德·泰勒介绍给你的？

王尔德：是的。

克拉克：你第一次认识泰勒是什么时候？

王尔德：1892年10月。我想是的，是的，10月（停了一会儿），一定是1893年，不，我想是——

克拉克：我想一定是1892年吧？

王尔德：1893年，对。

克拉克：我想你一定是从1892年就认识他了吧？

王尔德：1892年10月，是的，我记起来了。

王尔德的漫画像。
出自 *Oscar Wilde* by H.Montgomery Hyde

克拉克：将你介绍给他的是不是那位名字已写下来并多次提到的绅士？

王尔德：是的。

克拉克：我完全同意在这个案子里省略掉没必要提起的名字。这位绅士有名望和地位吗？

王尔德：他有高贵的出身、良好的教养和名声。

克拉克：你多久没见他了？

王尔德：噢，从1894年的2月或3月。当然，我再没见过他，他已经离开英国两年了。

克拉克：他已经离开英国两年了？

王尔德：是的。

克拉克：他有没有可能为这个案子而回来？

王尔德：噢，不可能。我已经一年半没收到他的信了。

法官：你最后一次见他是一年前？

王尔德：噢，不止，法官大人，是两年前。

克拉克：在你被介绍给艾尔弗雷德·泰勒的时候，他住在小学院街13号？

王尔德：是的。

克拉克：你对他从事过的职业或他可以控制的财产了解吗？

王尔德：艾尔弗雷德·泰勒？

克拉克：是的。

王尔德：我知道他失去了大量继承下来的钱，但他在一项重要商业活动中仍占有份额。

克拉克：你知道艾尔弗雷德·泰勒在什么地方接受的教育？

王尔德：知道。

克拉克：哪儿？

王尔德：在马尔伯勒学院。

克拉克：他是一位很有教养的年轻人？

王尔德：是的，当然是。

克拉克：他有什么成就？

王尔德：有，他弹得一手迷人的钢琴。

克拉克：你不时去看他？

王尔德：是的。

惠斯勒把王尔德画成了一头猪。
出自 *Oscar Wilde* by Richard Ellmann

克拉克：他给你介绍了其他不同的人？

王尔德：是的。

克拉克：你与泰勒一直保持着友谊？

王尔德：是的。

克拉克：在你被介绍给他的时候，或自从你认识他之后，你是否有理由相信泰勒是一位不道德、名誉不好的人？

王尔德：丝毫没有。

克拉克：你曾被问及，是否在去年8月的报纸上看到一则消息，说泰勒和查尔斯·帕克及其他人一起被捕了？

王尔德：是的。

克拉克：你还能记起是在哪家报纸上看到的吗？

王尔德：我想是《每日电讯报》。

克拉克：你还记得报纸上是怎样说的吗？你手里现在没报纸。你在报纸上看到了什么？

王尔德：警察突袭了一处房子，我想是在菲茨罗伊街，有两个男人穿着女人的服装到了那里，立刻被捕了。警察随即进入房子，发现里面正举行舞会，还有人在唱歌，就逮捕了在场的所有人。

克拉克：在被捕的人中，有——

王尔德：噢，是的，在被捕的人中，有艾尔弗雷德·泰勒和查尔斯·帕克。

克拉克：当他们被带到法官面前时，你还记得指控他们的罪名吗？

王尔德：噢，是的。

克拉克：是什么罪？

王尔德：指控是，我记得是——我不记得确切的用词了——指控他们非法集会，有犯罪企图。

克拉克：就帕克和泰勒而言，你是否已知道了迄今为止这一指控所导致的最终结果？

王尔德：知道，指控被法官驳回了。

克拉克：我想你已告诉我们，其他一些人被判罚款。当然，他们不能因为那种过错而被罚款。我不知道你是否知道他们是因何被罚款的，或你是否知道原因。

王尔德：我想不起来了。

克拉克：法官大人，我们无法立刻判定为何罚他们的款。我认为他们只是唱唱歌，跳跳舞而已。（对王尔德）你说，你看到报纸上的消息时，感到很伤心，你说过你给泰勒写了一封信。

王尔德：是的。

克拉克：你没收到他的回信？他给你写回信了吗？

王尔德：他回信了，但我没收到。

克拉克：但不管他是写了信，还是以后向你描述过此事，或以后告诉过你事情的经过，他是怎样解释被捕一事的？

王尔德：他说那是一次慈善音乐会，有人送了他一张票。

他到的时候，舞会已经开始，他被邀请演奏钢琴，两位音乐厅的歌唱家穿着演出服就要来了，但还没到场。我想他是这么说的，但警察突然冲进来，把他们全都逮捕了。

克拉克：知道指控被撤销，听到泰勒对事情经过的描述，对归罪于泰勒的指控，你是怎么想的——哪怕是最细微的想法？

王尔德：他无罪。我认为这是最荒谬可笑的事——当时的逮捕。在我看来似乎如此。我为他感到遗憾。

克拉克：好，我的理解是：那几个名字被提到过的人中，有几个是泰勒介绍给你的。

王尔德：是的。

克拉克：现在我先来问问我博学多识的朋友提到过，但与泰勒无关的案子，首先是雪莱的案子。有人对你说雪莱是办事处的勤杂工，或类似的称呼。是谁最先将你介绍给雪莱的？

王尔德：约翰·莱恩先生，出版商。[①]

克拉克：是出版你书的约翰·莱恩先生？

王尔德：是的。

克拉克：是马修斯和莱恩出版公司的约翰·莱恩先生吗？他是维戈街上的博德利·黑德出版社的出版商。

王尔德：是的。

---

① 约翰·莱恩此时正在纽约接受审判，他拍电报作证说：他从未将雪莱引见给王尔德。《诚实的重要性》中阿尔吉的管家就是以约翰·莱恩为原型的。

克拉克：是否有人向你介绍说，或你是否发现这个年轻人有文学趣味和志向？

王尔德：莱恩先生将我介绍给爱德华·雪莱，我当着莱恩先生的面与雪莱握手。莱恩先生说："这是爱德华·雪莱先生，他对我帮助甚大，没有他我就无法出书。"诸如此类的赞美之辞。两三天后我又去了书店，恰好又遇到雪莱，我们谈了很长时间，是关于文学的。

克拉克：和爱德华·雪莱吗？

王尔德：是的。

克拉克：你发现他有一定的文学修养和品位？

王尔德被画成了穿裙子的女人。
出自 *Oscar Wilde* by Richard Ellmann

王尔德：他很有修养，也非常渴望文化，是一个非常有趣的人。

克拉克：在出版你的书的过程中，你是不是常常光顾维戈街的这个地方？

王尔德：噢，常常去，是的，有一年多吧。

克拉克：你是否发现很多时候都是雪莱一个人负责整个公司？

王尔德：是的。

克拉克：每当这样的时候，你们就谈文学方面的话题？

王尔德：噢，是的，是的。

克拉克：1892年2月，我想你的剧本《温德米尔夫人的扇子》上演了。

王尔德：是的。

克拉克：你给过雪莱一些演出票？

王尔德：是的，我给了他一张首演票，一张前座票。

克拉克：在首演之夜，在演出后——我想大获成功吧，王尔德先生——

王尔德：是的，大获成功。

克拉克：演出后，你有没有和一些绅士留下来——一些朋友？

王尔德：是的。

克拉克：你邀请爱德华·雪莱先生参加过一次聚会？

王尔德：我想是的，但我不太确定。我不太确定这一点，但我想他参加过。我不太确定。

克拉克：如果你愿意，或许我应该问你这些问题。你说过，雪莱先生很了解文学，也很有文学品位？

王尔德：是的。

克拉克：雪莱先生崇拜，或者他是否说过很崇拜你的作品？

王尔德：是的。他非常熟悉我所有的作品，并且很欣赏。

克拉克：出于对他崇拜的感谢，你将自己的书送给了他一些？

王尔德：噢，是的，我想一共送给了他3本书。

克拉克：我似乎觉得，在这里出示的你送给爱德华·雪莱先生的这些书中，可以题签的书页被撕掉了。你送给爱德华·雪莱先生的两本书中，你有过什么题签吗？① 这些书你丝毫不反对全世界都读到吧？

王尔德：从不，从不。

克拉克：我相信，《温德米尔夫人的扇子》首演后不久你就去了巴黎？

王尔德：是的。

克拉克：我想是1892年4月从巴黎返回的。

---

① 雪莱后来在法庭上作证说，王尔德在《道林·格雷的画像》上的题签是："致爱德华·雪莱，奥斯卡·王尔德赠，诗人和朋友。"

王尔德：是的。

克拉克：你回来后雪莱先生与你一起在泰特街吃过饭？

王尔德：是的。

克拉克：与王尔德夫人一起？

王尔德：是的。

克拉克：他是不是各方面都表现得体，让你乐于在餐桌上将他介绍给自己的妻子？

王尔德：是的。

此时到了午饭时间，法庭休庭。

第二天下午

爱德华·克拉克继续讯问奥斯卡·王尔德

下午重新开庭时，王尔德迟到了几分钟。

王尔德：法官大人，请允许我为自己的迟到道歉。我吃午饭的那家酒店的表时间错了，我深表歉意。

克拉克：请你看看这些信，看看它们是不是雪莱的手迹。如果是，就请你递给我，随后我问你一个问题。

王尔德：是的，爱德华先生，这些都是爱德华·雪莱的手迹。

克拉克：听到这个案子的诉讼内容后，你是不是找了爱德华·雪莱给你的信？

王尔德：是的，我找了。

克拉克：你找到了这些信，并且在这里出示了？

王尔德：是的。我只找到了这些，还有很多已被我撕掉了。

克拉克：我要读读这些信。第一封的时间是星期日晚，1892年2月21日，伦敦西南区，伯爵宫，希尔德亚德路3号：

亲爱的奥斯卡·王尔德先生，我得再次感谢你赠送的《石榴屋》和戏票。你送给我这些真是太好了，我永不会忘记你的这份好心。昨晚你获得了多么辉煌的胜利啊！这是我在舞台上看到的最好的剧本，它的形式如此之美，又如此机智，为我们这个世界增添了一种新的快乐。如果布莱辛顿夫人活到今天，剧中的对话也会让她嫉妒的。①乔治·梅瑞迪斯或许也会在上面签字。世界万物与你的书相比显得多么可怜啊！但你的书就是你自己的一部分。B先生是位迷人的人物。他非常赞同这些观点。

王尔德先生，你知道这位B先生的名字吗？我刚说了首字

---

① 玛格丽特·布莱辛顿伯爵夫人，她出版了一本书《与拜伦勋爵的谈话之旅》，记录了与拜伦在意大利相遇的生动细节。

母。①

王尔德：噢，是的，很清楚。

克拉克：是一位有名望和地位的绅士吗？

王尔德：有名望有地位。

克拉克：名声好？

王尔德：名声很好。

克拉克：他就是与你和雪莱一起吃饭的那位绅士吗？他的名字已提到过。

王尔德：与我和雪莱先生一起吃的晚饭。

克拉克：你在这个案子里不提他的名字是期望避免他的痛苦？

王尔德：是为了避免给他的家庭带来痛苦，我和他家的关系一直亲密无间。如果允许我这样说的话，爱德华先生，我给过爱德华·雪莱先生前座戏票，就紧挨着我这一位朋友的座位，我还给我的朋友写信说："你会见到一位有教养的年轻人，他叫爱德华·雪莱，与你邻座；请与他说说话。"我想让人陪陪他。

克拉克：这位绅士和爱德华·雪莱后来和你一起吃晚饭了？

王尔德：不是在那晚，爱德华先生，是在那之后。

---

① 很可能是悉尼·巴勒克拉克夫。

克拉克（继续读信）：

B先生是位迷人的人。他非常赞同这些观点。你能不能告诉我他的地址？他送给我他的名片，我想给他写信或拜访他。不幸的是，我找不到他的名片了，我什么也做不了了。我将尽快邀请他和我一起吃饭，一起到剧院。

爱德华·雪莱

第二封是"维戈街，10月27日"：

我亲爱的奥斯卡，下周日晚你是否在家？我非常急于见到你。今天上午我来拜访，但我现在正紧张不安，这是失眠的结果，我不得不待在家里。这周我一直渴望见到你。我有很多话要对你说。不要以为我以前没来是健忘，因为我永远不会忘记你的仁慈，我知道自己无法充分表达出感谢。请就星期日之约写张便条给我。

相信我，你永远的
爱德华·雪莱

"伦敦西南区，伯爵宫，希尔德亚德路3号，星期日晚。我亲爱的奥斯卡，我已决定拒绝莱恩先生的帮助。"这封信写于1893年1月8日：

我不能接受他的钱。我犹豫不决甚至都错，现在我希望得到你的帮助。如果易卜生的《群鬼》在独立剧院上演的晚上你不在城里，你能不能将你的座位给我？我非常想看这出戏，如果你就此事施恩于我，我会非常感激。人们开始就《斯芬克斯》和《莎乐美》吵吵嚷嚷了。在我离开维戈街之前，你确实应该出版后者。里基茨来拜访我，并要了你的地址，从他的举止判断，我相信可能会发生某种可怕的事，除非他尽快收到《斯芬克斯》的稿子。

相信我，你永远的

爱德华·雪莱

《斯芬克斯》的封面。
出自 *The Illustrated Letters of Oscar Wilde* by Juliet Gardiner

《斯芬克斯》是你的一首诗？

王尔德：是我的一首诗，马修斯和莱恩出版公司出版的。

克拉克：我相信你给爱德华·雪莱读过这首诗了。

王尔德：他1月表示想看看手稿，我第一时间给他了。他把手稿拿给马修斯和莱恩先生看，随后他们让我同意交由他们出版，由里基茨[1]先生设计版式并画插图——他是一位杰出的年轻艺术家，虽然不是最杰出的——他就是那位急于见到手稿准备设计的绅士，我们提到过他。

克拉克：至于提到的，我听说是用法文写的一部剧本，我忘了是谁出版的了。

王尔德：是在法国出版的，但马修斯和莱恩先生急不可耐地要在封面上署上他们和法国出版商的名字，我与他们约定，若他们的名字要和法国出版商一同出现在封面上，书就要多出些——500册。[2]

克拉克：当时出版之事都还悬而未决吧？

王尔德：是的，我想是在大约两个月后书才出版。

克拉克：下一封信写于"1893年3月27日，伦敦西南区，希尔德亚德路3号"：

我亲爱的奥斯卡，我与我的父亲进行了一次非常可怕的交

---

① 查尔斯·里基茨，王尔德1891年后的书几乎都是由他设计版式并画插图。
② 《莎乐美》法文版1893年2月22日出版，首印600册。

谈，他要把我赶出去。我处于绝望的边缘。我的灵魂和肉体都已厌倦我苦涩的存在。我急于做点事。我在一个方面的希望已经远去，我父母指责我空度时日。这是可怕的，也是不公平的。我只是急于找到一份工作，但总不能如愿，因此我现在正吃着最辛辣的怜悯和蔑视的食物。维戈街的那种愚蠢而野蛮的侮辱与之相比也好得多。我不会，也不能想到我连日常生活也完全无法维持。我在这里茫然四顾，毫无希望。我所求不多，只要能聊以为生，若精打细算，我一月只需6镑，但即使这一点钱我也得不到。原谅我可怜而愚蠢的自我主义——但我忧心如焚，不知如何是好。

相信我，你永远的

爱德华·雪莱

如果这张便条给你添了麻烦，请你就不要回信了。

这封信的日期是1893年3月，当时他已失去了马修斯和莱恩出版公司的工作，你记得吧？

王尔德：是的，我想他当时已经失业。

克拉克：正在找新工作？

王尔德：在找，很焦急，想找个出版工作。

克拉克：现在接着读，下一封信写于"伦敦西南区，希尔德亚德路3号，星期三，1894年4月25日"：

亲爱的奥斯卡，如果你愿意，我需要你的帮助。我现在身无分文，每月仅靠4镑3到4便士维生，失去了健康，也没有力气。

那就一年需要50镑薪水了。你知道他到哪儿能弄到这笔钱吗？

王尔德：在城里的某商行里。

克拉克（继续）：

奥斯卡，我想离开这里，到别处谋生。我想去康沃尔住两周。我决心过一种清教徒般的生活，我将贫穷作为我宗教的一部分来接受，但我必须拥有健康。我有那么多事要做，为我母亲、兄弟，也为我自己——我是指我的艺术。我是位艺术家：我知道我是。你看圣诞节前能否借给我10镑？到时我就能还你这笔钱了。我必须得到休息。我身体虚弱，有病，人们也嘲笑我。我身体如此单薄，他们把我当成一个怪人。原谅我向你提出这个要求。我必须得有健康和力气。我等着你的答复。

相信我，永远是你真诚的

爱德华·雪莱

你有没有借给他10镑？

王尔德：我的印象是：接到他的信后，我去看他了。你能告诉我日期吗？

卡森：1894年4月25日。

王尔德：当时我肯定给了他5镑，肯定，或者应该说给他了。不是借，是给。

克拉克：当有人向你借钱的时候，你知道是什么意思吧？

王尔德：我就给他钱。

克拉克：在4月25日。你说他当时在城里的某个办事处就有了50镑年薪？

王尔德：是的，在一家商行，不是在出版社的办事处。

克拉克：下一封信我就说出那家办事处的名字，是在"伦敦，明辛街，邓斯特弄1号，1894年6月14日"：

我亲爱的奥斯卡，如果你能利用自己的影响帮我在出版公司或报社找到工作，我会非常感谢。看我目前的状况，我是活不多长了。我的工作收入不足以养我，我不得不问父母借钱，但他们也无以为借。你在伦敦有地位、有力量。你能不能帮我找点事做？我想我还是有能力做些与书有关的工作的。如果有人愿意给我提供职位，我愿意接受一年75镑的薪水。我不愿接受以前那位心如蛇蝎的人的任何东西……

随后提到了一个名字①，我不必读出来。

王尔德：他抱怨他以前的雇主对他不公。

克拉克：他提到了以前雇主的名字：

他太伤害我了。我鄙视他，但我无法忘记。运用你的力量帮帮我吧。还有别人靠我养活，而我目前正从他们嘴里抢东西吃，这是可恨的。让上帝评判这一事实吧。现在如果你愿意运用你的力量帮助我，我会感激你一生。请一定帮我。

相信我，你真诚的

爱德华·雪莱

下一封信的日期为1894年6月15日，伦敦西南区，希尔德亚德路3号。亲爱的奥斯卡，很感谢你的信。你给他回信了吗？

王尔德：我立刻回了信。

如果你能运用自己的影响帮我，我会非常感谢。再次抱歉将我自己的烦扰推到你身上，但我身体有病，身体虚弱，不知前途如何。我希望7月底能离开明辛街。这10个多月来，我一直靠每月4镑3先令和4便士维生。我不敢再这样下去了。我几

---

①指约翰·莱恩。王尔德被捕后两天，雪莱给莱恩写了一封自私的信，信中说："在这封信到你手里之前，你无疑早就从报纸上读到了王尔德案的结果，我的名字与王尔德联系在一起，这让我无比厌恶和悔恨。"

乎一点儿力气也没有了。我必须悬崖勒马，否则就来不及了。如果情况允许，我想在切尔西租两间房，晚上与家庭教师一起阅读。我也要知晓一切。你在伦敦有致命的敌人。这里是《每日电讯报》上的一篇文章。

是关于剧本的那同一篇文章？

王尔德：这是一篇论我那首诗《斯芬克斯》的文章，没太读懂我的诗。

克拉克（继续读）：

请允许我再次感谢你对我的仁慈和爱。我也必须代表我的母亲感谢你。

相信我，你永远的

爱德华·雪莱

另一封信的日期是1894年8月28日，伦敦西南区，希尔德亚德路3号：

亲爱的奥斯卡，你必须忘记我的电报，因为会面只会造成痛苦。我必须学会自谋生路，但生活有时艰苦得让人难以忍受。只有那些放弃了世界上的一切快乐和失掉自我的人才能认识到基督到底是什么。世界对他们来说变成了一座空洞洞的监狱。你写《星孩》时应意识到这一点。

那是你的一首诗?

王尔德: 是我的一首散文诗,收入《石榴屋》中出版了。

克拉克 (继续读):

可怜的查利·辛克斯曼昏迷两周后死了,在这之前他已病了一年。他的死给我的生活造成了一道裂缝。我无法意识到他已经死了。几天前我写信请莱恩给我一份工作,但我觉得无法

1891年出版的《石榴屋》的封面。

出自孙宜学编译《奥斯卡·王尔德自传》

再回到他身边工作，今天晚上我就给他写信把我的这种想法告诉他。即使他给了工作，我也觉得不能再回去了。他给我造成的损失超过了他的补偿能力。我不断出现在东区，游走在所谓的莱曼街、怀特查佩尔。我永远不会忘记我在那里看到的那些可怜的饥人。有时我都害怕自己神志不清了。我感觉病得很厉害，也很紧张。再见。

你永远的

爱德华·雪莱

请你送我《斯芬克斯》。听到春天里杜鹃的鸣叫真让人心醉，最后的紫罗兰仍在井边开放。我赞成《雅典娜》评论者的意见。①

这些就是你找到的信吗？

王尔德：这些就是我所能找到的信。

克拉克：据你所说，你和雪莱的关系只不过就是一位作家和对其诗和其他作品崇拜的人之间的关系，与他只是生意往来的关系？

王尔德：任何时候都只是如此，只是如此。

克拉克：关于沃辛的阿方索·康韦，你什么时候去的沃辛？

王尔德：我想是在8月1日去的那儿。

---

① 《雅典娜》1894年8月25日的评论指出了《斯芬克斯》的颓废动机和语言，同时赞扬了诗歌的韵律技巧。

克拉克：你在那里待了大约多长之间？

王尔德：我想在沃辛待了两个月吧。

克拉克：你是一直待在那里呢？还是有时离开沃辛回到伦敦，再回到沃辛？

王尔德：是的，我去过迪耶普一次，待了四天；我回过伦敦一次，待了一天，是去见一位剧院经理[①]。但我一直都是每隔四五天就回到沃辛。

克拉克：你在沃辛的房子或房间是什么样的？

王尔德：哦，是一套房；我与妻子和孩子们住在一套带家具的房子里，房子是我妻子的一位朋友的。

克拉克：当时房子是带家具的？

王尔德：是的。

克拉克：你与妻子、孩子们一起到沃辛的？

王尔德：是的。

克拉克：他们和你一起待在那儿？

王尔德：一开始是的。9月的一段时间——我没法确切说清何时了——我的两个儿子回学校了；我妻子和他们一起回城了，为他们返校做准备。他们走后，我又在沃辛留了两周，我想是这样。

克拉克：王尔德夫人和你在一起吗？

---

① 指乔治·亚历山大，谈《诚实的重要性》的演出。

王尔德：没有，她出游了。

克拉克：你曾给我们说过你和这个男孩子认识的情景，就你所知，他当时没有什么工作？

王尔德：没有。

克拉克：你是否听说过他做过报童？

王尔德：没有，我不记得了；没有，当然没有。我从未听说过，也丝毫不知他和文学有什么联系。（笑）

克拉克：就你对他所渴望从事的工作的了解，你知道他想做什么工作？

王尔德：喔，他最强烈的愿望就是在一艘商船上做学徒。

克拉克：你不时和他一起出海？

王尔德：自我遇到他后，他总是每天都和我一起出海，与我的儿子、我儿子的朋友以及其他朋友一起。我们每天早晨都出去，在船上洗澡，下午钓鱼。

克拉克：王尔德夫人认识康韦吗？

王尔德：当然。

克拉克：她见过康韦吗？

王尔德：噢，是的，经常见到。

克拉克：在哪儿？

王尔德：洗完澡，我们回到岸上。我妻子来接我们：我、我的儿子、儿子的朋友们，当然，我就将康韦介绍给她认识——她和他很熟。他也常到我们家与孩子们一起喝茶，我妻

331

子也在场。他是我和儿子们的好朋友。

克拉克：你什么时候离开沃辛的？

王尔德：我想大约在10月2日或3日我去了布赖顿。

克拉克：自那之后你还见过康韦吗？

过王尔德：没有，自那之后再没见过他——没见过，但给他写过一封信。

克拉克：你还记得是什么时候吗？

王尔德：写信？

克拉克：是的。

王尔德：我想是在去年11月。是关于他到船上做学徒的事。我曾就此事咨询过我的一位好朋友，他有很多船到达，问他怎么样才能办到。我给康韦写信把需要的条件告诉了他。

克拉克：现在，我问你一两个问题，是有关伍德的。你第一次见到伍德是什么时候？

王尔德：1893年1月，在月底。

克拉克：是在泰勒的房间里？

王尔德：不是，是在皇家酒店。

克拉克：我想你曾在泰勒的房间里见过他。

王尔德：只有一次。

克拉克：一次？

王尔德：在写那些信的时候。

克拉克：只有在写那些信的时候？

王尔德：只有那一次。

克拉克：随后是谁将伍德介绍给你的？

王尔德：如果我可以回答的时间长一些，我就说。实际上没人介绍。我与昆斯伯里夫人住在索尔兹伯里。我在那里的时候，艾尔弗雷德·道格拉斯勋爵给我看了伍德的一封信，信里问艾尔弗雷德勋爵是否能以什么方式帮他找份工作，并且说他已经失业了，问艾尔弗雷德勋爵是否能以什么方式帮帮他。

卡森：他已经把一切都告诉我了。我想该说的一切都说了。

克拉克：我会长话短说，因为你之前已把一切都讲出来了。我想该说的都说了。

王尔德：艾尔弗雷德·道格拉斯勋爵问我是否愿意见他，并给伍德拍了一封电报，让他拿着电报在9点到10点到皇家酒店找我，并把艾尔弗雷德勋爵的某件东西带给他。

克拉克：当时你除了这一点，对伍德一无所知吧？

王尔德：除了这一点——如此而已。

克拉克：他的职业是什么？或者说他曾做过什么，或类似的事情？

王尔德：我知道他做过文员——是的，文员。他失业了。他想做文员。

克拉克：我想没什么可问你的了。至于这些提到了名字的年轻人，他们都是艾尔弗雷德·道格拉斯勋爵或艾尔弗雷德·泰勒介绍给你的，他们不时参加茶会或晚餐或午饭，你都在场？

王尔德：噢，他们始终是我的客人，我想只有一两个例外。

克拉克：你是否知道帕克及其哥哥从事过什么职业？

王尔德：不知道，一无所知。他们告诉我，他们一直在伦敦找工作。查尔斯·帕克想上舞台表演。

克拉克：我想你提到过，就他们的社会地位而言，你知道他的父亲在达奇待过一段时间，他是一位有钱人，给他的儿子们提供生活费？

王尔德：是的，他被当作有钱人。

克拉克：还提到了一个人的名字——阿特金斯。

王尔德：是的。

克拉克：据我理解，他是一位绅士介绍给你的，这位绅士的名字写在纸上了，但还没提及？

王尔德：是的。

克拉克：那是你第一次见到阿特金斯吗？

王尔德：是的，第一次。

克拉克：现在，就这些人而言，他们经人介绍给你时，你丝毫没怀疑他们是不道德的或名声不好吗？

王尔德：没任何怀疑。

克拉克：就他们中的任何一个人而言，你是否意识到有什么东西表明他们的名声不好，而你尽管知道，仍保持与他们的亲密关系或友谊？

王尔德：据我所知，他们中没有任何一个人的言行举止让我相信他们的名声不好，除非把对查尔斯·帕克的指控作为其名声不好的证据，而对他的指控被法官撤销了，我在报纸上看到他的名字了；但读过有关其案子的情况后，我认为没有什么不利于他。自那以后我不常见到他。

克拉克：除了那两个人被捕的事——

王尔德：不是两个人——而是只有查尔斯·帕克。

克拉克：我不谈艾尔弗雷德·泰勒了——你是对我，我已经谈完他的事了——但除了查尔斯·帕克被捕以及对他的指控被撤销这一事实，你是否还记得有什么事能表明这些人过着不名誉的生活吗？

王尔德：没任何这种事。

王尔德的漫画像。
出自 *Oscar Wilde* by Richard Ellmann

克拉克：关于沃尔特·格兰杰，他的名字已提到过，说他在沃辛住过，他与你在一起多长时间？

王尔德：我想是两个月吧。有一段时间，我的仆人因故回家看望父亲。我想他服侍了我两个月——中间我离开过一段时间，应该有三周吧，我离开了大约三周或一个月。

克拉克：他离开了一段时间，对吗？

王尔德：是的。

克拉克：下面这个问题你能否只回答"是"或"否"：你是否知道他那段时间生病了？

王尔德：是。

克拉克：我想我还得就另一件事问你一个问题。6月30日你和昆斯伯里侯爵会面之后，以及随后在接到这些给你的信后，你没采取什么反对昆斯伯里侯爵的步骤？

王尔德：因为昆斯伯里侯爵一家给我施加了很大压力——我无法抵挡的强大压力。

克拉克：7月初，你是不是与一位代表昆斯伯里家族的议会议员①见了面？

王尔德：昆斯伯里侯爵闯入我家是周六，在之后那一周的周三，我与昆斯伯里夫人家族的一位成员见了面，他是议会议员。

---

① 指乔治·温德姆，艾尔弗雷德·道格拉斯勋爵的表兄。

克拉克：那次会面，你表达了自己的意愿？

卡森：法官大人，我认为那不能作为任何证据。

法官：是的。

克拉克：我不会深究的。无论如何，你已经告诉过我们，这是昆斯伯里家族施加的强大压力。

王尔德：来自昆斯伯里夫人的巨大压力，我当时觉得自己无法抵挡。

卡森：这是我博学多识的朋友读过的一封信，信里提到一张艾尔弗雷德·道格拉斯勋爵送给昆斯伯里侯爵的明信片。这封信是对明信片的回应，我希望恭呈那张明信片。

克拉克：我反对，尊敬的法官大人很快就会明白我反对的原因。我恭呈的昆斯伯里侯爵的信是这样的：

我收到了你的明信片，假定是你发来的，但因为我看不清上面写了什么，所以我几乎一句话也没看懂。我不接受你任何书面信件的决心并没有受到什么影响。以后你的一切明信片我看都不看就会扔进火炉烧掉。我假定这些都来自"看着像同性恋者的OW俱乐部"，而你则是这个俱乐部的闪光点。我祝贺你的自传，它很美，应能给你带来生活保障。与我在一起的朋友已经弄清楚了你的一些信件，希望给我读读，但我拒绝了，一句话我也不想听。

法官大人，如果这是对那张明信片的回答，我会立刻将之作为证据恭呈，但鉴于它不是为了回答那张明信片——所以我只将这封信交给法官大人——我认为明信片不能作为证据。

　　卡森：尊敬的法官大人，如果这封信只用来证实他所说的话易读易懂，我就解释一下昆斯伯里侯爵与这封信相关的行为——法官大人，我有权利呈交明信片。否则就会让人以为昆斯伯里侯爵写这封信似乎没有来由。

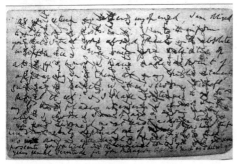

艾尔弗雷德·道格拉斯写给父亲的明信片，威胁要射杀父亲。明信片先是横着写，然后从下往上写。出自 *Irish Peacock & Scarlet Marquess* by Merlin Holland

法官：关键是昆斯伯里侯爵是否注意到了这张明信片。

卡森：他说收到了明信片。

克拉克：但明信片上的字看不清楚。

法官：我读一读这封信。

卡森：他说他读了一部分。

克拉克：他说"我拒绝了，一句话我也不想听"。

法官：我想有证据表明他看了明信片上的内容，而且全看了。

卡森：事实是"你根本就不打开我写给你的信——"

克拉克：但他说看不清楚。

卡森：这一点已被裁定了。

法官：我认为他看得够多了。

卡森（继续读）：

既然你根本就不打开我写给你的信，我不得不通过明信片告诉你：我对你可笑的威胁绝对置之不理。自从你在OW的房子里表演之后，我决定与他一起出现在公共饭店里，如伯克利、威利之家、皇家酒店等，并将一直这样。我的年龄已经可以让我做自己的主人了。你至少多次要断绝与我的关系，并且非常吝啬地断绝了我的经济来源。因此，你对我不再有权利了，无论是法律上的还是道德上的，都没有。如果OW要就此在刑事法院上起诉你文字诽谤，你会为自己侮辱性的文字坐几年牢的。尽管我如此厌恶你，我还是为了家族的缘故而急于避免这一结果，但如果你想攻击我，我将用一把上了子弹的左轮手枪自卫，手枪我是时刻带在身上的，如果我射击你或他射击你，我们都是正当防卫，因为我们必须防备一个危险而狂怒的粗人。我想，如果你死了，没有几个人会怀念你的。A.D.

法官大人，这个过程中的两封通信我请求读一读。一封是王尔德先生的律师汉弗莱斯先生的信，另一封是昆斯伯里侯爵给他的回信。

克拉克：这事对我没任何困难。如果我博学多识的朋友还没来得及恭呈证据，我本人就提交我博学多识的朋友认为合适的证据。

卡森：很好。

克拉克：如果我知道那张明信片那么清楚并且知道其内容，那我们就不会争论要不要将之作为证据恭呈了。如果你让我看看这些信，我会恭呈上去。其中一封信写于1894年7月11日，是汉弗莱斯先生写给昆斯伯里侯爵的：

昆斯伯里侯爵大人：

奥斯卡·王尔德先生就你写的某些信件咨询我们，在这些信中，你对他，以及你的儿子艾尔弗雷德·道格拉斯勋爵进行了肮脏、最失礼的诽谤。在那些信中，你提到了著名的人物，奥斯卡·王尔德先生不希望发表你的信以伤害他们的感情，所以让我们给你一个机会收回你的声明和言辞，并为此道歉。如果你能马上这样做，你可以避免一场诉讼，如果不这样做，我们就只能建议我们的当事人采取适当的程序以证明他的人格。等待你的正式答复。

你温顺的主诉人

汉弗莱斯

随后的回信是："斯堪迪，梅登黑德，7月13日，先生，我已收到了你的信——"我把信原件恭呈，我读复制件：

——我感到非常奇怪。我当然不会因我写给我儿子的信而向王尔德先生表示任何歉意。在那些信中，我并没有直接指责，而只是暗示，就像某一天我当面对待王尔德先生的那样，说他"看着像"某种东西，为街谈巷议的某个传言提供口实，实际上和实际情形一样糟糕。我决定立即结束我儿子与王尔德这个人的关系。至于你信中说我在写给儿子的信中提到了一些著名人物，我不理解你是什么意思，因为我根本想不起来有这回事了。

昆斯伯里侯爵完全正确，这些信与本案毫无干系，或者说，据我对目前情况的了解，提到任何声名显赫之人，也与我们目前正在调查的事情毫无关系。①

　　法官：信里提到了一些名字。

　　克拉克：提到了名字，但与我们目前这个案子绝无关系。
（继续读信）

　　然而，不管王尔德先生名望多高，我都公开反对他发表我写给儿子的任何私信。你可以自由采取你所喜欢的步骤。

　　这迫使我恭呈另一封信。（对王尔德）你是否意识到昆斯伯里侯爵在那之后与汉弗莱斯见过面？

　　王尔德：是的。

　　克拉克：这是一封昆斯伯里侯爵写给汉弗莱斯的信，标注为"斯堪迪，梅登黑德，伯克斯"：

　　先生，今天上午见过你后，我听说左轮手枪已经收起来了。因此，我原威胁说要在明天上午采取步骤，我将不坚持了，也不再通知警察局了。

　　法官大人，读过的明信片可以解释这封信。

　　法官：是的。

———————————

①昆斯伯里侯爵1894年11月1日写给岳父的一封信，法庭上没出示。

克拉克（继续读）：

然而，如果事情继续这样发展下去，王尔德先生和我儿子进一步在公开场合散布我的谣言以公开反对我，我将不得不采取我威胁说要采取的步骤，将通知苏格兰警察局关注将要发生之事。

你忠诚的

昆斯伯里

克拉克：我猜想，这封信的内容是向你重申，他要告诉苏格兰警察局等。

王尔德：是的。

克拉克：你丝毫没留意信的内容？

王尔德：丝毫没留意，没有。

陪审员：法官大人，我可以问几个问题吗？

法官：你最好告诉我要问什么问题。（陪审员写了一张字条，经人呈交给法官。）

法官：可以，你当然可以问。

陪审员：你能不能告诉我们，《变色龙》的编辑是不是你的私人朋友？

王尔德：他从牛津给我写信约稿，当时我还不认识他。直到那时我才见到他。后来，我想是11月，在伦敦见了他，在奥尔巴尼一个朋友的房间里见的。我已给他写过信，说我真的无稿可投。我当时正忙着其他更重要的事。他邀请我一起见面吃饭，我后到的。他继续请我给他稿子，任何东西都行，我就说：如果你乐意，我可以将剧本中的一些格言和其他一些未发表的格言给你。可以说，昨天卡森先生引用的一些格言即出自我的剧本[①]，目前该剧正在干草市场剧院上演——一部关于为快乐而快乐的剧，包房里没人抱怨这部公演剧中有什么不道德。（笑）

克拉克：我们是否可以这样理解：《变色龙》只在私人之间流通？

王尔德：不是，不是仅在私人之间流通。至少我认为不是这样。

克拉克：我们将恭呈复制件。他们将看到，这本杂志只印了100册，但至于这100册的流向，可以说都是公开流通的。

陪审员：在《牧师与侍僧》出版之前，你是否就意识到了其性质？你是否对其已有所耳闻或看到过？

王尔德：我对之完全一无所知。我看到后也大为震惊。我也从未听说过它。

克拉克：在案子的这个阶段，这可作为指控的证据了。

卡森：既然爱德华·克拉克先生已经说到"在案子的这个

[①] 指《一个理想的丈夫》。

阶段"所有证据皆可恭呈，我的理解是：他的案子可以结了，他现在必须总结整个案子了。

法官：是的。

克拉克：当然，要有个前提条件：我或许会要求提供反驳的证据。

法官：可能有些证据是你不得不要的。

克拉克：我不认为这会有什么困难，因为我很明白。虽然严格说来我可能没权力这样要求，我也不想要求，除非法官大人您惠准。

法官：笼统地讲，我想你现在该结自己的案子了。但若出现紧急情况，我将审慎地考虑准许你要求提供更多的证据。[①]

爱德华·卡森的结案陈词

法官大人、陪审团的先生们，请允许我作为昆斯伯里侯爵的辩护律师出现在这里。作为律师，我不能不感到一种非常沉重的责任。就昆斯伯里侯爵来说，他所采取的一切行为，他写的所有信件，或者导致他处于目前境地的那张明信片，他什么也不撤销。他做那些都是有计划的，都是下了决心要做的，他冒着一切风险，不顾任何危险，目的都是拯救自己的儿子。陪

---

①据几家报纸报道，王尔德此时离开了法庭，直到卡森做结案陈词时才回来。

审团的先生们，不管昆斯伯里侯爵是对还是错，在某种程度上你们都可以根据自己的听闻作出判决。尽管我那博学多识的朋友爱德华·克拉克爵士在他的陈词里认为，应该在这个案子里引进许多偏见因素，但我仍要为昆斯伯里侯爵说几句话，在这个方面，昆斯伯里侯爵的行为始终是绝对一致的，如果他在信中所说的事关王尔德名誉和行为的事实都无误，那么，不仅他为了终止对他的儿子来说很可能有最致命危险的交往而所采取的一切行为是正义的，而且他所采取的每一个步骤，即可以弄清王尔德先生所有行为的步骤也是合理的。陪审团的先生们，据说昆斯伯里侯爵的信里提到了一些名人和杰出人物的名字。就我本人来说，我绝对诚实地说，我很高兴在这里宣读了那些信，如果我可以这样说的话，我认为爱德华·克拉克爵士采取了适当的程序宣读了那些信，因为这些信有时显然给人这样的印象：昆斯伯里侯爵信中提到的那些名人的名字，都以这样或那样的方式与他对奥斯卡·王尔德先生的控告混合在一起了。但是，既然这些信就在法庭和陪审团面前，如果这些信确曾给人造成了那样的印象，如果它们以前给人造成了任何这样的理解和效果的话，那么，从这些信本身就可以很清楚地看到：就与这些杰出人物相关的事情而言，它们与奥斯卡·王尔德先生的辩解很不一样，在这里出示那些信，与那些辩解没有任何形式的联系。它们纯粹是源自事实的政治事件，这从信件本身就可以看得很清楚，昆斯伯里侯爵的一个儿子，已故的拉姆兰里格勋爵,是"勋爵之家"的会员,而昆斯伯里侯爵不是会员,他对此感到愤愤不平,这可能是对的,也可能是错的,他认为这种荣誉给了他长子,而却没有给他;因此,那些著名的政治家和商人的名字才碰巧被引出来。但是,陪审团的先生们,就如我以前所说,在处理与王尔德先生的关系上,昆斯伯里侯爵自始至终只有一个希望,而且只受这个希望的影响,那就是:救他的儿子。

那么,王尔德先生自己的辩词呢?他的辩词是:截止到某一个日子,无论他何时与昆斯伯里侯爵相见,昆斯伯里侯爵都与他保持友好的关系。就如他告诉你们的,在泰特街会面之前和已在这里当作证据的那些信之前,他最后一次见到昆斯伯里侯爵是在皇家酒店,这次会面也是友好的,在奥斯卡·王尔德先生和昆斯伯里侯爵之间没有发生任何个人间的争吵或任何一种个人性的争论,这可能会使昆斯伯里侯爵易受到这样的指责:他在这个案子里的所作所为,他对自己儿子与王尔德先生之间亲密关系的反对,都是受了诸如恶意或憎恨之类东西的驱使,而这些都是源自奥斯卡·王尔德先生与他之间发生的分歧。

陪审团的先生们,昆斯伯里侯爵开始对王尔德先生的品性有所了解——从他的作品中所了解的其品性,这些作品我稍后会请你们关注;他听到了与萨沃伊酒店相关的一些传言,在案子结束之前这些传言都将在你们面前澄清;一个处于王尔德先生地位的男人,当他过着一种甚至连他自己也承认的那种生活时，他必须具备的基本品质，作为证据的还只是其中一小部分，都会呈现在你们面前。他曾带着年龄和地位都与他不相当的一些年轻人出没各处，他也曾与一些已证明无疑是伦敦最不道德的人保持着联系。我首先要提到的是泰勒——警察会告诉你们，这是个最声名狼藉的男人。我必须提请你们记住这一事实：今天一早，我直接向王尔德先生提了这样一个问题，即是否泰勒先生的房子实际上只不过是给这些年轻人介绍男人的场所，以及泰勒是否只不过是将这些年轻人介绍给其他男人的掮客。上周二，即4月2日，有人发现泰勒与王尔德一直待在后者位于泰特街的住所，我博学多识的朋友爱德华·克拉克先生不敢让他出现在证人席上解释他是怎样介绍各种各样的男孩子的，不敢给他机会说明一下他过着一种什么样的生活。后来有人发现泰勒在菲茨罗伊广场与帕克在一起，在警察的突袭行动中和许多臭名昭著的人一起被捕了。我博学多识的朋友说那次被宣判无罪。是的，但警察没有充分的证据和怀疑是不会采取那种行动的。可能是警察无法获得足够的证据对这些人采取更严重的控诉而已。但我肯定会这样想：当有人发现泰勒与这些人在一起时，当警察认为应当以那种方式干涉时，当有证据表明他是王尔德组织的艺术家和男仆参加的所有混乱集会的帮手时，我们至少应该有机会对他进行诘问，听听他是怎样解释去年突袭菲茨罗伊广场之夜到底发生了什么事。陪审团的先生们，泰勒是这件案子的核心人物。我这样说的原因很简单：当各种各样的证人被传唤到这里，并且不得不讲述王尔德先生的那些不道德行为时——不幸的是，这些都很必要——我们会发现，给控诉人引见这些年轻人的人，肯定首先是一个能大致解释一下他们以前的行为和他自己给奥斯卡·王尔德先生引见这些年轻人目的的人，而这个人就是泰勒。奥斯卡·王尔德先生在这里竭力要证明昆斯伯里侯爵有罪，要把他送进监狱，给他贴上罪犯的标签。我首先要说的是，这个罪犯正是奥斯卡·王尔德先生，当王尔德先生自己承认的、与这个名叫泰勒的人的关系大都被证实时——我们在处理他与泰勒的关系时肯定不会直言不讳，如果王尔德先生能提供证人证明本案对他的指控纯属子虚乌有，这个证人肯定就是泰勒，传唤这个证人，但这个人不会，将来也不会被我博学多识的朋友传唤到庭。

但关于那位绅士，他的名字我们已经听到了很多次，就是我们每次都写下名字的那位绅士。当便于引见某个人时，王尔德先生就会给出这个名字，因为他不在国内；但泰勒在国内——泰勒仍然是王尔德先生的朋友。恰如他所说，什么也影响不了他们的友谊。泰勒在哪儿？他没有出庭，实际上，陪审团的先生们，我对此并不感到奇怪。你们将从这些证人口中听到——我要说的是，没有比不得不讯问这些证人更痛苦的事了，他们中有些人是被泰勒引见，有些是由王尔德先生引见，都是出于邪恶的目的，要他们描述王尔德先生对待自己的方式，就是让他们忍受无法忍受的痛苦——但随着审判的进行，你们将会通过这些证人越来越多地听到有关泰勒的故事。你们将会听到泰勒这个人过着什么样的生活，他在小学院街上的住所始终拉着窗帘，窗户上挂着奢华的饰物，他的房间装饰得艳丽而奢侈，始终充斥着各种香水的味道，日日不同，他在那里过的是一种完全异常的生活；房间里阳光进不去，只有昏暗的烛光或台灯或汽灯。当你们听了他管理这些房间的异常方式，以及在这些"纯洁的下午茶派对"上出场的那些不寻常的人时，我想你们会得出这样的结论：当我说泰勒是这个案子的关键人物时，我是对的，必须从中了解王尔德先生与这些不同事件的关系。

但是，在我开始检查这个案子的证据之前，我指的是与这些各种各样的年轻人有关的证据，我先说一说王尔德先生基于他接受检查和讯问的作品所获得的地位，并请让我将他的地位与这些不时引见给他或他自己挑选的年轻人所具有的地位进行一番比较。就文学来讲，他的标准是很高的。他的书不是为野蛮人或文盲写的；他的作品只有艺术家才能懂；一般人对他的作品如何评价，或者说普通人会从中受到什么影响他并不在乎。昨天，在原告席上，作为艺术家，他采取了那么高的艺术标准，以至于每当向他指出这些书中有什么腐化的东西时他都说："哦，你可以那样理解，但艺术家的理解则不一样。"就他的书来说，他是一位完美的艺术家，他的书都是用艺术家的语言写成的。陪审团的先生们，将此与王尔德先生选择伙伴的方式对比一下吧！他选择了查尔斯·帕克，一位绅士的仆人，后者的哥哥也是一位绅士的仆人；还有年轻的阿方索·康韦，他只是沃辛码头上的报童；还有斯卡夫，也是一位绅士的仆人。当你们问他，一位高贵的艺术家为何会有这些奇怪的人际关系时，他的辩解就不再是：他只生活在艺术王国，一个除他自己和艺术家之外谁也不理解的王国。他的辩解会是：他拥有一颗如此高贵、如此民主、如此博大的心灵，（笑）以至于他能做到无差别地兼收并蓄，对他来说，到街上随便找一个捡垃圾的男孩一起吃午饭或晚饭给他带来的快乐，与全英国最有教养的文学家和最伟大的艺术家能给他带来的快乐一样大。

先生们，我要说，这个方面和他的地位是绝对截然对立的。让我们看看促使他竭力要摆脱自己与自己作品中的这些片段的干系的原因——这些片段充分证明了昆斯伯里侯爵所写的有关他的每一个字都是正确的——当他竭力要摆脱与那些片段的关系时，他必会说："我们艺术家理解的语言和你们理解的不一样。"但当你问及他的社会关系时，他会说："是的，我有权利保持这些关系，我和这些人的交往绝对是清白的，因为与他们在一起时，我就不再用艺术家特有的语言描写，我让自己充满了思想、趣味和希望，哪怕是仆人和我在沃辛发现的报童的希望。"陪审团的先生们，我认为，如果我们只基于王尔德先生的文学方面裁判这件案子，我们所采取的步骤也绝对是正当的。当我说"我们"时，我指的是昆斯伯里侯爵。这种文学是什么呢？

首先，我请求你们考虑一下昆斯伯里侯爵竭力要证明什么。他想证明的是：王尔德先生"看着像"一位同性恋者。我不想挑剔我博学多识的朋友爱德华·克拉克爵士对这个词的定义。昆斯伯里侯爵在他所有的信件中都很谨慎地使用这同一个句子，并一直坚持说他没有指控王尔德先生犯了实际的罪行——若果真如此，那会将王尔德先生置于一个非常严重的处境——而只是"看着像"一个同性恋者，我想你们会说，那实际上意味着王尔德先生的行为和作品已使人们很自然而合理地推断出，从他所过的生活看，他是一个不道德的同性恋者，尽管他这样做可能是出于同情，也可能是出于迷恋。

现在，陪审团的先生们，让我们简要看看王尔德先生的这种文学。我首先谈《变色龙》。我敢说，王尔德先生无法解释《变色龙》上出现的一切，那些文章荒谬，极端怪异。但我要强调的是——我提请你们判断——如果一位绅士愿意给这样一份杂志投稿，而这份杂志实质上只是——不只是我要给你们看的那篇文章，其他文章也是——它实质上只不过是同性恋启蒙书，可王尔德先生却将自己的《供年轻人使用的至理名言》发表在上面，这一点我在讯问时已经吁请注意。你们会发现，王尔德先生这样的人，竟然没公开反对这份杂志发表那些东西。我要强调的是，无论如何，王尔德先生默许自己的名字与那些人的名字并列，默许自己的文章与杂志上的其他文章并列。他告诉我，他曾找到编辑，抱怨怎么发表了那样一篇文章，这很好。那他为何不发表自己的谴责内容？为什么他不公开说"我，奥斯卡·王尔德，不赞成这份杂志上的其他文章，我把《供年轻人使用的至理名言》投给这家杂志时，我对其他文章一无所知"？我来告诉你们他抱怨什么。他只抱怨《牧师与侍僧》缺乏艺术性。他从来没抱怨《牧师与侍僧》的不道德因素。实际上，他不知道道德作品与不道德作品之间的区别。他也不在乎文章的用语和实质是否包含什么不道德的成分。他所说的只是：从文学的角度他并不赞成这篇小说。因此，他对这份不同寻常的杂志的编辑所表达的不赞成，并不是这篇文章包含的内容；他只是从文学的角度不赞成，他只抱怨它没达到他一贯坚持的文学标准。现在，陪审团的先生们，我们看看，那是一篇什么样的文章。这篇《牧师与侍僧》是什么文章？这是一篇故事，你们昨天已经知道了，讲的是一位牧师做弥撒时爱上了自己的助手——我这样说是经过深思熟虑的。我不给大家读这篇故事的内容，但我所能说的就是：其中对牧师爱助手的描写，对爱之美的描写，以及他对这个男孩的强烈感情，如果能让我们想起什么的话，那就是会想起王尔德先生写给艾尔弗雷德·道格拉斯勋爵的那两封信，这样的信他写过很多。完全一样的思想，完全一样的概念，贯串于《牧师与侍僧》通篇故事之中，其中男人对男人所用的语言，则是男人有时对女人所用之语，或许是合理之用。这种概念，这种核心概念，也贯串于所有的描写之中。陪审团的先生们，当牧师描述这个男孩之美时，当他表达自己的爱，表现出自己的激情时，这个不幸的男孩就被牧师所控制——我稍后会向你们表明，这种思想也贯串于《道林·格雷的画像》之中——这个牧师控制的不幸的男孩，当教区长发现他躺在牧师的床上时，牧师所做的辩解与王尔德先生昨天在原告席上所做的辩解也完全一样。他说："噢，这个世界不理解这种爱的美。"但因为不能劝教区长和大众相信这种爱之美，他们决定在祭坛前一同赴死。牧师先给侍僧服了毒药，然后自服，用的都是英国教堂里祭祀时说的圣言圣语。在祭坛前，故事里写道："牧师和侍僧久久地拥抱在一起。"然后双双赴死。陪审团的先生们，我问过王尔德先生，他是否认为这亵渎神灵，王尔德先生表示他并不这样想。好吧，我认为其中的原因是：如果你们发现王尔德后来的作品中贯串了与此完全一样的思想，如果你们发现王尔德先生本人与艾尔弗雷德·道格拉斯勋爵之间的行为也贯串了与此完全一样的思想，用的也都是完全一样的语言，你们就明白了。这一点我们已用证据证明了。我现在要略提一提被王尔德称为美丽作品的两封信，我认为这两封信是可恶的、令人恶心的不道德作品——我说过，当你们发现这两封信也贯串着完全一样的思想时，你们是否还怀疑《变色龙》和这两封信所表达的思想是完全一样的？但是，陪审团的先生们，不幸的是，《变色龙》的这一点并非基于《牧师与侍僧》这篇故事以及王尔德先生所提到的《供年轻人使用的至理名言》。不幸的是，里面有一首——恐怕昆斯伯里侯爵对自己儿子的可怕预感是合情合理的——名叫《两种爱》的诗，与王尔德本人的《供年轻人使用的至理名言》发表在同一期——这首诗的作者是艾尔弗雷德·道格拉斯勋爵，王尔德先生承认，这首诗在发表之前曾交给他看过。这首诗，我博学多识的朋友提醒我说，王尔德先生称之为美之诗。我读过了。谁都能读到这首诗，而且不难看出，诗的整个主题和全部思想就是区分世界所谓的"爱"与"羞耻"，一种是男人对女人的爱，另一种是邪恶的羞耻：一个男人冒险把对女人的那种爱转换成对另一个男人的爱和激情。这种思想贯串于艾尔弗雷德·道格拉斯勋爵的诗，对一个已站在人生门槛上的年轻人，一个数年来一直被王尔德先生控制，也曾被他"崇拜和爱"过——就像那两封信里所说的那样——的年轻人来说，他对这种可怕主题的偏爱，不是一件可怕的事情吗？想到自己儿子写出这样一首诗，就会公开他所受教育的结果和对这一主题的倾向性——这是一种男人之爱的可怕主题——父亲怎么会不恐惧呢？陪审团的先生们，你们不能说，因为王尔德先生不赞成《牧师与侍僧》——就本案而言——我不再多说了——从而否认《变色龙》这份期刊对本案的影响。王尔德迄今尚未公开反对这份杂志，而且还允许自己那些不道德的"至理名言"——就是不道德的——与艾尔弗雷德·道格拉斯勋爵的诗、《牧师与侍僧》一同发表在同一期，且公开发行。我请问你们，陪审团的先生们，如果根据这一点孤立看本案，王尔德先生是不是像我向你们描述的那样"看着像"同性恋者？我交由你们自己回答一个个人问题：假若你们中间有谁的儿子也像这样因受到王尔德先生的控制和影响而给《变色龙》投了同样的稿子，与王尔德的稿子同期刊出了，请问你将作何感想？你会有何建议？一想到自己的儿子以那种方式与那些公开发表这种文学作品的人有关联，你不感到恐惧吗？[①]

陪审团的先生们，我现在从《变色龙》转到《道林·格雷的画像》。我相信，法庭里的每个人都听过爱德华·克拉克先生昨天对这本书的描述，而且一定都迷醉于他在这么短的时间里从这本小说中选读的那幅雄辩的画面。但他描绘的画面只是个轮廓，他省略掉了所有可怕的细节。但是，陪审团的先生们，《道林·格雷的画像》——我现在不谈这些我昨天提请王尔德先生注意的片段——《道林·格雷的画像》在两个方面与本案相关。这是一部关于一个年轻人的故事——一位漂亮的年轻人，书里就是这样写的——他通过与一位富有伟大的文学天才，会用格言说话——就像王尔德先生那样的人的谈话，也通过受教于完全就像《供年轻人使用的至理名言》那样的作品，道林·格雷的眼睛被打开了，他看到了他们悦称的"世界快乐"。我只请你们注意其中一段，这段话表明了这个天真的年

---

① 开庭前不久，王尔德与萧伯纳在皇家酒店会面，萧伯纳对王尔德说："陪审团不会判一位父亲有罪，无论他有多少错误，因此，你只有一个选择：到国外去。"

轻人的眼睛就是通过和亨利·沃顿勋爵——这个人我已经提到过——的谈话而打开的。在第26页①：

"然而。"亨利勋爵接着说，声音低缓动听，手优雅地挥动着，这恰是他在伊顿公学读书时就有的招牌动作，"我相信，如果一个人能活得充分、彻底，表现出每一种感情，表达出每一种思想，实现每一种梦想——我相信，世界会获得如此新鲜的喜悦的冲动，会因此使我们忘掉中世纪时代的所有弊病，重回希腊的理想——可能是某种比希腊理想更美好、更丰饶的东西。但我们中最勇敢的人害怕自己。野蛮人的那种残缺，还悲剧性地残存在我们的自我否定之中，而这种否定，毁坏着我们的生活。我们因为自我否定而受到惩罚。我们竭力要压制住的每一种冲动都在头脑中孕育着，并毒害着我们。而肉体只要犯了罪，就与罪孽无关了，因为行动是净化的一种方式。除了快乐的回忆，或奢侈的悔恨，就什么都没有了。摆脱诱惑的唯一方法就是屈服于诱惑。若抵制它，你的灵魂就会渴望自己被禁止的东西，就会渴求那些被可怕的法律弄得可怕和非法的东西。这样，你的灵魂，就会得病。据说，世间诸般大事都发生在头脑里。而正是在头脑里，且只是在头脑里，孕生了世间的大恶。你，格雷先生，就以你自己来说吧，红玫瑰一样的青年

---

① 卡森用的是1891年的版本，其中这段话与1890年杂志上的版本相比，王尔德只做了三处细微的风格上的修改。

时光，白玫瑰一样的少年岁月，你曾拥有过让自己都感到害怕的激情，那些让自己备受恐惧折磨的念头，那些让你一想起来就满脸羞愧的白天黑夜做过的梦——"

"别说了！"道林·格雷吞吞吐吐地打断勋爵说，"等一下！我被你搞糊涂了，不知该说什么了。你有自己的答案，可我找不到。你别说话，让我想想。噢，算了，还不如尽量不去想。"

他站在那里，一动也不动，嘴巴张着，眼睛亮得异常，就这样过了大约十分钟。他迷迷糊糊地意识到，自己的内心受到了一种全新的影响。然而，这种影响却似乎正来自自身。巴兹尔的这位朋友对他讲的几句话——无疑，只是随口说说，而且带有刻意的悖论——却触动了他内心深处某根秘密的心弦，这根弦之前从未被触动过，但现在却以奇怪的节奏搏动着。

音乐也曾如此让他悸动，多次让他煎熬。但音乐并不能清晰表达。它在我们内心创造的不是一个新世界，而是另外一种混乱。寥寥数语呀！只不过是寥寥数语啊！它们是多么可怕啊！多么清晰，多么生动，又多么残酷！谁都无法逃避它们。然而，它们包孕着一种多么微妙的魔力啊！它们似乎能赋予无形的东西以可塑的形状，并把自身变成一种音乐，像维奥尔琴或鲁特琴一样动听的音乐。只不过是寥寥数语啊！可还有什么比这数语更真实？

是的，少年时代的他确有很多东西不懂。现在他懂了。生活于他忽然变得像火一样红。他似乎一直就是在火中行走着。为什么以前他没觉察到呢？

亨利勋爵观察着他，脸上露出神秘莫测的微笑。他准确地知道何时是一言不发的最佳心理时机。他兴趣大增。他对自己的话竟产生这种突然的影响力感到惊异，他想起了自己16岁时读过的一本书，这本书向他揭示了很多他以前所不知道的东西，不知道林·格雷是否也在经历着相似的体验。他只不过是无的放矢，箭竟中了目标？这小伙子真迷人啊！

先生们，从那天开始，一直到爱德华·克拉克先生谈到过的小说最后一个情节，这个年轻人的生活越来越堕落，而这一切堕落都植根于他和亨利·沃顿勋爵的谈话，他沉迷于各种各样的堕落生活，直至一切所能想象出来的罪恶。先生们，昨天王尔德先生告诉我，书中有些段落可能涉及同性恋的罪恶，至少是那些不懂语言艺术性的人会这样看。如果王尔德先生注意到，他的书从未到那些只能理解其语言的一般含义的人之手，我可能将这视为王尔德先生在为自己辩护，或为自己出版这本书找个合理的理由——如果这本书落到那些只会看到其艺术性的读者之手——他说他的语言具有这种艺术性——其罪恶的影响还是可以原谅的。但王尔德先生向我承认，那本书是公开出版的，实际上这是爱德华·克拉克先生的案子，英国的每家书店的书架上都摆着这本书——无疑出版的是"净化"过的版本——但也出了原版，一本1先令，昨天我从原版本中挑选了几段。我朋友说，登载这部小说的《利平科特杂志》在美国也在卖，但我认为，这本杂志在这个国家也在热卖。[1]因此，陪审团的先生们，我就不再详述《道林·格雷的画像》这本书了，但我要说的是：我相信每个读过这本书的人都会支持我的观点，这是讲一个男人腐化另一个男人的书，因为受到了腐化，这个年轻人犯了，或者说这本书表明他犯了同性恋这一恶行，关于这一点，可能在本案结束前，我们会听到很多描述，如果你们得出这样的结论，即《道林·格雷的画像》就是我已经对你们讲的那种书——你们会记起我昨天读过的那些段落——如果你们认为它是那种性质的书，那么我就问你们，我们在这儿所求的公正何在？我们认为，王尔德先生出版那本书——更何况是那种书——联系到他给《变色龙》投稿这一事实，背景我已经讲过了，那么，我想问，我们指控他在某种意义上"看着像"同性恋者——我已经告诉你们是在何种意义上了——又何罪之有？当这儿有人告诉我说，昆斯伯里侯爵一直在尽力使自己的儿子摆脱这个男人的影响，而却被押送到拘留所，就因为写了那张明信片，我要说，昆斯伯里侯爵不仅行为正当，而且——即使他对我手里拿着的这两份材料的内容一无所知——他应有权利采取任何他认为必要的步骤，来终止儿子与王尔德

---

① 据说在斯特兰德的一家报亭，正常情况下一周卖掉几册《利平科特杂志》，但有王尔德小说的这册一出现当天就卖掉了80册。

先生之间的关系，尤其是当——我们已经充分注意到王尔德先生当时所陈述的理由，和他现在所陈述的理由一样，都是表示他不希望再维持那种亲密关系——他的儿子不幸受到王尔德先生的影响，视其父权威如无物，不管父亲的忠告，仍一意孤行地要继续维持之前那种亲密关系，这种亲密关系，只能说是王尔德先生对这个不幸的艾尔弗雷德·道格拉斯勋爵的支配关系。

先生们，我从文学转到本案的另一分支，关于这一点在很多方面并无争论。昨天，当我博学多识的朋友开庭陈述时，他提到了一封被称为十四行诗的信，我必须说的是，我所想到的是，这只是一层薄薄的面纱而已，只是试图遮盖这封信的本质，这封信的历史从未在法庭公开过。我真是有点不太明白，爱德华·克拉克先生为什么提到这封信。我更愿意认为，或许他认为这封信大家了解较多，他最好对此做出解释。我当然对这封信一无所知，但即使那是我朋友的意思，他的解释也没用，因为我们掌握的这封信，他没做出解释。但对这封写给艾尔弗雷德·道格拉斯勋爵的信，他做的可笑解释是什么呢？我博学多识的朋友提到"一个名叫伍德的人"，他以某种方式暗示王尔德说，他从年轻的道格拉斯送给他的一件外衣口袋里掏出了王尔德和道格拉斯的通信。"一个名叫伍德的人"？啊哈，他叫"艾尔弗雷德"，王尔德怀里的伴侣之一；他是泰勒的一个朋友；他是许多人中的一个——他是小学院街上诸多人中的一分子——"一个名叫伍德的人"，我博学多识的朋友爱德华·克拉克说，好吧，如果伍德与本案关系不大，那样切入本案无疑是一种比较方便的方式。但谁是伍德？伍德就是那个叫"艾尔弗雷德"的人，王尔德先生第一次见到他，在对他毫不了解的情况下——只发现他穷困潦倒，饥饿交迫——当晚就立刻邀请他到佛罗伦萨酒店吃了一顿最奢华的晚餐，随后一而再再而三地取悦他，与他变得亲密无间——实际上，我不确定他们第一次见面是不是就如此亲密了——他们彼此互称教名。一个叫"艾尔弗雷德"，一个叫"奥斯卡"。这个以某种方式与王尔德亲密无间的人，就是搞到道格拉斯信的人。那么，人们首先想到的问题会是：如果这个人真是一个可敬的绅士，就像王尔德先生现在对我们所讲的那样，那么，他来把这些信还给王尔德或道格拉斯就没有任何困难。这些信当时还非王尔德所有，它们属于道格拉斯。但当王尔德的朋友"艾尔弗雷德"拥有这些信时，我们首先听到的不是"看，奥斯卡，这些信在我手里了"，或者"嘿，艾尔弗雷德，你弄到什么信了吗？如果在你手里，就请还给我"。我们首先听到的信息是：王尔德去见乔治·刘易斯先生了，伦敦的名律师，他请乔治·刘易斯给他的朋友艾尔弗雷德送去一张友好的便条。这个叫艾尔弗雷德的朋友收到友好的便条，并且回复了王尔德先生去找刘易斯所表现出的友好感情：他拒绝对便条做出回应，拒绝去见乔治·刘易斯先生。王尔德与这个叫伍德的人之间的关系为何紧张？自己的知心朋友手里有自己一两封信，却还要费尽周折设法要回来，这一赤裸裸的事实让我们想到什么？原因是什么？不可能因为之前王尔德与伍德有什么关系才置王尔德于这样的困境。我们可以这样猜测，但王尔德说从来没有那种事。但我只在这种环境下才提此事，因为，当我告诉你们，在得到这些信前，王尔德与这个伍德一直保持着邪恶、不道德的行为，你们就明白整个问题的关键所在了。他不是王尔德在原告席上自称出于博大胸怀慷慨相助的朋友（笑），他是泰勒介绍给王尔德供其不道德取乐的男人之一。当王尔德听说这个与自己保持着不道德行为的人得到了那些信时——你们知道，如果伍德想与王尔德作对，这些信就会成为佐证，证明王尔德确实从事了这些不道德的行为。那就是王尔德急于不惜代价要回那些信的原因。那就是王尔德去找乔治·刘易斯先生的原因。除此之外还能有其他什么原因呢？伍德不会去见乔治·刘易斯先生。他或许认为，对自己而言，乔治·刘易斯先生太聪明了，因此，王尔德后来才给泰勒发电报，让他去小学院街见伍德。泰勒本可以对说清此事有所帮助，本可以就此事提供一点点信息，泰勒本可以给我们提供某种思路，弄明白王尔德和伍德之间发生了什么事。实际上，我甚至认为泰勒可以给我们讲清楚整件事的来龙去脉。但无论如何，伍德在小学院街见了王尔德，我相信泰勒在场。好了，我再说一遍，伍德和王尔德所能提供的证据几乎一样。泰勒本可以证明他们中谁说的是真话。上周二，他与王尔德在泰特街还进行了亲密交谈。他直到现在都是王尔德的怀中之友。但他不会质询王尔德。好吧，他们去了小学院街，当然这是一次不同寻常的会面。王尔德先生昨天告诉我们，他认为自己的朋友艾尔弗雷德是来敲诈勒索的。我必须得说，在那种印象下，他对伍德体贴有加。他走进去，给伍德讲了这些信的故事。这些信是被人偷走的，后来证明伍德真没有信，至少有人告诉我们，这些信根本毫无价值，但既然信在他手里，他就还给了王尔德。不幸的是，他告诉王尔德，一个名叫艾伦的臭名昭著的敲诈者得到了其中一封信。

克拉克：不是这样的。

卡森：王尔德先生当时以为得到了全部信件。但王尔德是如何辩解的呢？他的辩词是：这些信没有丝毫价值——它们没有丝毫可以入罪的性质——他从这个人手里弄回来的那些信。因为以为这个人是来敲诈自己的，因为他还回来的信没有丝毫价值，王尔德立刻给了他16镑。好吧，他为何给他16镑？有谁能想出来王尔德在那种情况下给伍德16镑的原因？我来告诉你们。王尔德着急的一件事是：伍德应该离开英国，前往美国，所以他给了伍德16镑。第二天，两人又见面了，我想是在佛罗伦萨酒店一起吃的饭——王尔德邀请伍德在佛罗伦萨酒店吃饭。他们在包房吃了饯行饭，王尔德又给了伍德5镑，是为了感谢他之前陪伴自己度过了一段时光，在佛罗伦萨酒店吃过饯行饭后，伍德乘船去了美国，我想王尔德是希望再也见不到他了。但伍德就在这里，并将在你们面前接受诘问。

陪审团的先生们，你们知道，这种解释凭常识看微不足道，凭理智看也微不足道，但这还不是这封"美丽的信"的故事的全部，在从伍德手里收回这封信不久，艾伦进来了。"艾伦，"王尔德说，"我以前从未见过，但我确信有一件事——"

法官：他同时收到了一封复制件，是比尔博姆·特里给他的。

卡森：法官大人，谢谢你提醒我。与此同时，有人给比尔博姆·特里送来了一封复制件或可能是复制件之类的东西，特里正在排演王尔德的一部戏，他立刻将复制件送给了王尔德。现在，陪审团的先生们，请允许我谈谈比尔博姆·特里先生，因为他的名字已经涉及案情之中了，就我看来，比尔博姆·特里先生收到那封信后，他的每一步行为都完全正确。

克拉克：这一点没问题。

卡森：我之所以先说明这一点，是因为今天早晨我收到了比尔博姆·特里先生的电报，特里先生说，即使他人在美国，也看到了自己的名字牵涉到了案情之中，从根本上说，他与王尔德先生的联系也就是我昨天所说的那种联系。

法官：任何不利于比尔博姆·特里先生的暗示都没有根据。

卡森：就这个案子来说，在这一点上应该没有任何误解，这才公平。我对我的朋友爱德华·克拉克谈到了这一点，他立刻表示赞同，完全同意我的看法，即比尔博姆·特里先生的行为完全合情合理。

法官：他采取的行动完全正当。

卡森：比尔博姆·特里先生找到王尔德，把信的复制件交给他，王尔德先生因为得到了复制件，就开始想："现在信已经被发现了，我该如何摆脱它？"不久之后，敲诈者艾伦到了，他与敲诈者艾伦的谈话堪称最不同寻常。他向艾伦谈起这封信。他告诉艾伦，现在他拿着复制件也没关系，那实际上是一首美丽的十四行诗，他准备在某家杂志上发表，不久就发表在牛津的杂志上了。

法官：《酒精灯》。

卡森：陪审团的先生们，我很想知道，王尔德先生何时决定将这封给艾尔弗雷德·道格拉斯勋爵的信当作一首十四行诗发表出来，因为我专门问过他，当他将信寄给艾尔弗雷德·道格拉斯勋爵时，他是否要艾尔弗雷德·道格拉斯勋爵将信保存起来，他说没有，而就他所知，信可能会被扔进废纸篓或被撕掉。但你们都看到了，当这封信被发现时，他必须就这封信如何落到了敲诈者手里进行辩解，他立刻下定决心：这是他从此事脱身的金光大道。于是他说："噢，这根本不是真正的信，这是一首诗；一首十四行诗；一首散文诗。"这是一份"有价值的手稿"，而他却从未要求艾尔弗雷德·道格拉斯勋爵保存这封信，而且若不是以某种方式从艾尔弗雷德·道格拉斯勋爵手里弄回这封信，他也从未想到发表它。一旦这封信被发现了，他就立刻下定了决心："好吧，我要说话了""这不是一封普通的信""我要做的是这样"——毫无疑问，他下定决心的过程是这样的——"我要把整件事都摆脱得干干净净，我要将之作为一首诗在《酒精灯》这份杂志上发表"。我相信，这份杂志是艾尔弗雷德·道格拉斯勋爵在牛津出版的。他把这一切都告诉了敲诈者艾伦。现在，陪审团的先生们，请让我们稍稍花点时间，来看看这首"有价值的十四行诗""这份手稿"是什么东西。这封信标注的信息是：伦敦西南区，切尔西，泰特街16号。"我的宝贝，你的十四行诗非常可爱。你那玫瑰叶似的红唇……真是个奇迹。"——"红玫瑰"是亨利·沃顿勋爵用在年轻的道林·格雷身上的术语，他们见面的情景我昨天已经告诉你们了——"你那玫瑰叶似的红唇不仅生来是为了歌唱的，而且也是为了疯狂热吻的"。现在，我要说的是，据我所知，这种思想毫无美感可言。我觉得这绝对是令人厌恶的。即使这是一首诗，是一位40岁——或者应该说他当时还不到40岁——的男人对一个大约20岁的男孩子所读的一首十四行诗，我也要说，哪怕只对他读这首十四行诗并称他"那玫瑰叶似的红唇不仅生来是为了歌唱的，而且也是为了疯狂热吻的"，也都是令人恶心的。但即使你断定它是美的，就像王尔德先生所说，它是诗情画意的，我也不会认为，如果王尔德先生想要回想起或重复某种同样美丽的东西，他的智力资源不会辜负他。"你那纤细的金色灵魂行走在诗歌和激情之间。我知道，为阿波罗所钟爱的雅辛托斯就是在希腊时的你呀"——这是在暗示雅辛托斯和阿波罗之间的那种经典关系，这里没必要重复了——"为什么你要一个人留在伦敦？你什么时候去索尔兹伯里？"——这句话在我看来语言很平常——我没看到这句话译成法语，我也不知道他们如何翻译。"为什么你要一个人留在伦敦？你什么时候去索尔兹伯里？你一定要去那里，在各种哥特式建筑的灰色光线里冷静一下你的双手。你随时可以到我这儿。这是一处可爱的地方"。我不知道这是不是暗指泰特街。

克拉克：不是，这是复制件弄错了。

卡森：据说复制件来自托基，但我是从泰特街得到复制件的。"你随时可以到我这儿。这是一处可爱的地方——只是缺少你，但先去索尔兹伯里吧。我对你的爱是永恒的。你的奥斯

1893年5月，一幅关于王尔德和道格拉斯的漫画。
出自 *Oscar Wilde* by Richard Ellmann

卡。"陪审团的先生们，我现在问你们，若你们处在这样一位父亲的位置，你们听说有人这样控制着比他年轻20岁的自己的儿子，甚至都敢对他说出这种可恶的令人恶心的不道德言论，你们会怎么想？如果你们愿意，你们可以相信，这是当作要发表的十四行诗来写的；如果你们真这样做，我肯定会嫉妒你们的轻信。但事情就是这样，毫无疑问，我朋友的滔滔辩才会诱使你们相信这就是一首十四行诗。如果是这样，他和我各自无疑会持完全不同的观点。但就他的案子而言，这首美丽的十四行诗不幸不巧成了一封公之于众的信。王尔德先生告诉你们，另三封信已被毁掉了。众所周知，有封信送给了比尔博姆·特里先生，但不同寻常的是，王尔德先生能提供给我们的唯一一封信，就是作为十四行诗发表的信，成了众所周知的一封信。现在，陪审团的先生们，我没看出这封"美丽的信"与王尔德先生从萨沃伊酒店——当他继续从事不道德行为时——写的另一封信之间有多大区别，在这个案子审理的最后，我将证明给大家看——当他妻子去了意大利时——当他关上了泰特街的房子的大门，去住到萨沃伊酒店，订了一套房时；虽然从表面上陈述的事实看，从他的信本身看，我必须说，王尔德先生待在泰特街可能会更好些，我就是这样想的。事实上，他说自己在萨沃伊酒店的账单是一周49镑，他担心自己住不起了，他没钱了，也没信用了。好了，我应该想到的是，一位在泰特街有房子但无钱无信用的绅士住在萨沃伊酒店本应低调行事，悄无声息才对，不应订套房的。但这里有封信说："伦敦中西部区，维多利亚堤岸，萨沃伊酒店。我最亲爱的男孩，你的信就是一杯让我沉醉的红黄色的佳酿……"——道格拉斯给他写过一封信，是一杯红黄色的佳酿，却从未作为十四行诗发表——"但却让我悲哀不能自抑。波茜，你不要再与我吵闹了，这要杀了我的，它只会毁灭生活中可爱的东西，我不能看着那么优雅和希腊式的你被激情扭曲。"——"希腊式"也是他其他信中表达的思想——"我不能听到你那线条优美的双唇对我说出恶毒的话。我宁愿……"——后面这句话让我费解——"也不愿接受你激烈的不公正的恼恨。我必须尽快见到你。你是我想要的圣物，是优雅和美的化身；但我不知道怎样才能见到你。去索尔兹伯里吗？我在这里的账单是每周49镑。我在泰晤士河畔弄了一套新房子。为什么你不在这儿，我亲爱的，我奇妙的男孩？我怕自己必须离开了；没有钱，没有信用，只有一颗铅一般沉重的心。只属于你的奥斯卡。"一个男人给年轻自己20岁的年轻人写这样的信究竟何意？不幸的是，那只意味着一件事。我在这里不是要说王尔德先生和这个年轻人之间真的发生了什么事。上帝禁止我说！但我要说，这一切都可以得出这样的结论：王尔德先生对这个年轻男子抱有一种罪恶的、可恶的激情，他写的《道林·格雷的画像》中的人物之间就维持着这同样的格调和性格。另外我还要说，这表明，王尔德——一个杰出的天才，成就卓然的人——使控制的这个年轻人处于一种危险境地，他最后写了一首诗《两种爱》，我已经提请你们注意这首诗了，发表在了《变色龙》上。我想知道，当王尔德给昆斯伯里侯爵的儿子写了那封信，而昆斯伯里侯爵表示抗议时，你们会送昆斯伯里侯爵进监狱吗？如果你愿意，你可以说，他的信情绪高昂；如果你愿意，你可以说，他的信具有冷静之人不会采用的语气；如果你愿意，你可以说，他公开这件事时所采用的方式，他在阿尔伯马尔俱乐部留下明信片的方式，你们可能并不赞成。你们在谴责他之前，读读这封信并且告诉我，作为父亲，如果相信自己的儿子如此受制于王尔德先生，且为王尔德所爱——淫邪、可恶的爱——这种爱包含在那封信里，且现在已得到证实，难道他不会怒火冲天？我们总是被告知，当我们走进法院时，受到指控的人——常常是在艰难的情况下受到指控的——都应该会这样做的，都应该已经那么做了，都应该不止这样做了。你们会采取什么行动？他不得不采取什么行动？他说自己给儿子写了信，也给王尔德写了信，他告诉他们，如果他遇到他们，他就制造一个丑闻；他自己的儿子受了王尔德的影响，给他写了一封回信，告诉他："想想吧。我，你的儿子——因为你要我在这件事上放弃王尔德——我，你的儿子，如果你接近我们，我受了王尔德控制，我就开枪射杀你。"好吧，昆斯伯里侯爵决心公开此事。昆斯伯里侯爵要公开此事，除了采取目前的行动，他还能怎么做？他或许本可以给俱乐部委员会写信，就像爱德华·克拉克先生所建议的那样；他或许本可以用其他许多方式做此事。但他选择了你们眼前看到的方式，他是处心积虑那样做的，他并不害怕本法庭提出的议题。

先生们，艾伦当时并未交出信。艾伦是个声名狼藉的敲诈者，艾伦得到了10先令。王尔德先生说："我给他钱，是向他表示我的蔑视。"好吧，这与王尔德其他所有的自相矛盾的行为可以相提并论，他自己也会这么说。他知道那个人是臭名昭著的敲诈者，且双手空空而来，却给了他半个金币。你们相信他给钱是为表示自己的蔑视吗？先生们，你们心知肚明，他给钱是为了维持与艾伦的友谊。艾伦离开后，显然与克莱本见了面，信在克莱本手里，克莱本几乎随后立刻走进去，手里带着那封信，把信给了王尔德，我想王尔德给了他半个金币。这就是此信的历史。王尔德付给伍德16镑——第二天5镑。伍德乘船去了美国。艾伦和克莱本先后进来，王尔德分别给了10先令。无疑，他们容易打发，因为，通俗的说法是，王尔德的虚张声势唬住了他们，诸如复制件将拿去发表之类的；当然，就像每个看到这封信的人——包括特里先生和其他人——都会认为的那样，得到这封信没有什么真正的附加价值——没有附加任何特殊价值。好了，陪审团的先生们，就如我之前所说，当伍德出庭作证时，这封信的来龙去脉才能一清二楚。伍德将向你们描述——我现在还无法预测——奥斯卡·王尔德先生自与他认识后，是如何一而再再而三地对他进行丑恶、不道德的猥亵。当你们听到这些时，我想你们会说，你们掌握了解开这封信的整个秘密的钥匙，你们就会明白，我博学多识的朋友爱德华·克拉克先生的提议——他认为是了解事实真相所必需的——王尔德先生只是想发表一份他十分重视的手稿而已，这种提议是出于绝望，因为他知道，这封信已公之于众，随时会带到你们面前。

下午4：20，法庭休庭，第三天上午10：30重新开庭。

第三天上午

卡森：尊敬的法官大人，陪审团的先生们，昨天，到了正常休庭时间时，我已经尽可能充分地陈述了王尔德先生与本案出示的文学作品的关系问题，以及他与那些信的相关事实的关系问题，其中一封信是王尔德出示的，另外一封是我们出示的，我几乎可以这样希望：我已经非常充分地向你们展示了事情的经过——在这件事上实际上无可争议——就昆斯伯里侯爵而言，他所采取的行动将这件事推向高潮，就王尔德先生与其儿子之间的关系这个问题来说，他的行为是正当的。

不幸的是，我现在得谈及这个案子中更让人痛苦的部分了。我不得不评述另一份证据，以补充证明已明确且得到确认的事实。我让这些年轻人一个接一个地在你们面前讲述自己的故事，对我而言是一种痛苦的责任。当然，即使对支持者而言，这也是让人不舒服的任务，有些人会谴责这些人任凭自己被奥斯卡·王尔德先生控制、误导、腐蚀，但请这些人记住，王尔德和这些支持者分属于两类人，请记住，他们是比邪恶更邪恶的人。先生们，我现在不准备详细具体地评述与王尔德先生相关的几次交易的证据了，我已经就此讯问过他。这个案子也具有所有案件都具有的通性。就事实而言，他们每个人的陈述与王尔德所承认的事实具有惊人的相似性，这将促使你们得出最痛苦的结论。其中一个事实是：在所有这些案例中，没有一人以任何一种方式与王尔德先生地位相当；他们中没有一人属于有教养的阶层，王尔德先生却与他们很自然地交往；他们中间没有一个人与王尔德年龄相当，你们一定已经注意到了，

这幅漫画模拟王尔德与戏剧检察官见面的情景。
出自孙宜学编译的《奥斯卡·王尔德自传》

他们彼此之间的年龄相当，这种相似让人奇怪。陪审团的先生们，王尔德先生说，青春自带美，青春自带魅力，因此他才与这些年轻人一起那样生活。难道王尔德先生不能在自己所属阶层的年轻人中找到更适合的伴侣吗？他们也可拥有他如此希望粘连的青春和魅力啊。此事荒谬可笑。他在原告席上的借口只是事实的反面。好了，这些年轻人是谁？伍德，我已经说过了。伍德——这个人的历史王尔德假装一无所知——伍德，就其所知，只是一个失业的职员。帕克是谁？他同样表示对其一无所知，对其前科毫不知情。谁是斯卡夫？他完全如出一辙地表示对其一所无知，也是只知道他失业了；至于康韦，他是在沃辛的岸边偶遇的。陪审团的先生们，所有这些案例之间都具有不同寻常的一致性。所有这些被引见给王尔德先生的年轻人都差不多处于18岁到20岁的年纪，或许其中一两个会大一两岁，而他们被引见给王尔德的方式，以及随后王尔德对待他们的方式——给他们钱，给他们所有人礼物，都一模一样，这些都促使我们得出一个结论，即王尔德先生与这些年轻人之间的关系有点不自然，有点出人意料。

先以帕克为例。王尔德是怎样认识帕克的呢？帕克是某位绅士的仆人。我们希望在这个案子里尽量避免提及人名，但帕克是某位绅士的仆人——这个名字写在纸上传阅也可，讲出来亦可，对此不必保密——他失业了。某天晚上，在皮卡迪利的一家饭店，他和哥哥遇到了泰勒，泰勒走到他们面前，和他们交谈，一两天内，王尔德给泰勒举办庆祝生日晚宴，他对自己的怀中密友泰勒说"想带谁来就带谁来"；泰勒对王尔德的口味一定心知肚明；当王尔德给他举办生日晚宴，并要他邀请任何他想邀请的人同来时，他带来了一位马夫、一位仆人。先生们，如果确有此事——毫无疑问，这确有此事，因为此事的基本情况王尔德先生自己已经承认了——那么，如果泰勒属于王尔德在原告席上假装和自己同一阶层的人的话，为什么在皮卡迪利的饭店里是泰勒先生主动与这些年轻人交谈？如果泰勒知道王尔德道德高尚、正派端正，是一位真正的艺术家和文学家，那他带这两个人一起参加自己的生日晚宴是什么意思？他出于何意？陪审团的先生们，对这一事实不可能有别的解释，只能是"泰勒是王尔德的捎客"，因为毫无疑问的就是，你们将从帕克这位年轻人口里听到这个故事，他不得不向你们讲述这个不幸的故事。他的故事是：他是穷人，居无定所，身无分文，不幸沦落为王尔德先生的受害者。他将告诉你们，在他们相遇的第一天晚上——实际上一切后果都是王尔德造成的——因为他怎么也没想到，就在他们相遇的第一个晚上，王尔德称马夫"查利"，帕克则称王尔德"奥斯卡"，这位著名的戏剧家——因为他在戏剧和文学方面的成就，伦敦到处传诵着他的名字——难以想象的是，马夫在晚宴上称他"奥斯卡"。我对王尔德先生的社会地位无差别论根本不想做任何评价。有些人希望推翻一切社会壁垒，这是非常高贵、非常慷慨的本能，对此我一无所知。但我确实知道，在这件案子里有一件事是清楚明白的，那就是：王尔德先生对这些年轻人的行为并非受驱于任何非常慷慨的本能。如果王尔德先生想帮助帕克，如果王尔德先生对他感兴趣，如果泰勒对他感兴趣，如果泰勒想助他得到转机，那么，你们会不会认为，处于王尔德这种社会地位和文学地位的人，即使想在生活上帮助帕克这种阶层的年轻人，带他到饭店，用最好的香槟和最美味的晚餐填饱他，真有什么益处？陪审团的先生们，你们会期望处于王尔德先生这样地位的人会将自己的仁慈和同情之举扩展到帕克这样的人身上吗？当然，王尔德先生所有荒谬的借口都经不住片刻的解释。他当然知道，到最后人们一定可以追溯出他与帕克曾一次又一次地在一起，而帕克则会被追溯出与他一起吃午饭、晚饭，到他房间里，去萨沃伊。他完全明白，如果自己胆敢否认这一切，一个接一个的证人则会把一切都揭开，于是他索性一推三六九，把一切都撇清，他请陪审团相信："是的，但那一切都完全是清白的，而且，还不止如此——那是我的慷慨之举。"陪审团的先生们，就在当晚，他们首次见面的晚上，王尔德在请他们喝了足够多的香槟并以其他方式招待过他们之后，恰如他自己所说，绅士对自己邀请的客人都应该如此招待，他提议这个年轻人驾车带他一起回到萨沃伊酒店，到了他的住处，他在萨沃伊酒店的套房里对帕克做了什么，关于这一点，我必须得说，我们别指望从王尔德口中得到任何解释。酒店很大，里面的活动空间绰绰有余，王尔德当然可以毫无困难地把帕克带到自己的房间，甚至当时酒店里也没人产生丝毫怀疑，而帕克将会告诉你们，当他走进王尔德的房间时，他如何又被灌饱了威士忌、苏打水和加冰香槟，而这些都是王尔德违背医嘱沉湎其中的；他将会告诉你们，喝完这些后，他是如何被王尔德诱引做了让人震惊的不道德之事。我博学多识的朋友对王尔德先生说：昆斯伯里侯爵的信里说，在萨沃伊酒店发生了龌龊事，或传出了萨沃伊酒店相关的丑闻，这是否有什么可信之处？"都不属实"，王尔德先生说。陪审团的先生们，好吧，但在昆斯伯里侯爵1894年7月6日的信中，提到了萨沃伊酒店的这桩丑闻，难道那不是不同寻常吗？事实会证明王尔德没有公开暴露出丑闻，但过着那种生活的人，不可能没有流言蜚语缠身，在他们混迹其中的生活圈子里也不可能没有传言。当你们现在听到来自萨沃伊酒店的证言时——昆斯伯里侯爵听到的传言就是从那里产生的——你们就不会奇怪传言怎么传到了昆斯伯里侯爵耳中，但你们会奇怪，这个叫王尔德的人，这个带男孩子到萨沃伊酒店的人，竟还能被伦敦社会忍受那么长时间。萨沃伊酒店的男按摩师米吉是位可敬的人，他常年在酒店工作，我曾问过王尔德关于他的情况，他将出庭作证，他将会告诉你们，有天早晨，他未通报走进王尔德的房间，发现了不堪入目之事，不禁大吃一惊。还有一些在酒店工作过的服务员也会到庭，他们会告诉你们，他们不止一次在床上用品上发现了肮脏之物。

这种丑闻传到昆斯伯里侯爵耳中还有什么奇怪吗？他的儿子有段时间就住在萨沃伊酒店。好吧，我们谈谈帕克。

我不详细究问王尔德与帕克交往的各种细节。王尔德先生与帕克在一起图什么？他需要帕克只是为了做不道德之事，随后就抛弃了他，而帕克后来应征入伍了，我相信，我也希望，既然他已经为国家服役，受到严格的军纪约束，他过去的经历——他过去与泰勒一起在菲茨罗伊街的突袭行动中被捕的经历——过去的这种经历在将来就是他的一个教训，我相信他已经接受了教训，因为据我所知，自应征入伍后，他一切都表现很好，没有任何有损其名声的污点，他现在在部队名声极佳。但我不是要树帕克为楷模，我也不是要说帕克是一位值得尊敬、可以信赖的证人。王尔德告诉你们，帕克非常值得尊敬，王尔德嘴里不会说出一个不利于帕克出庭作证的字。他将出庭，他将极其不情愿地出庭。我们将根据已掌握的情况追溯并询问事情的真相，他不得不说出真相，很遗憾他不得不出庭，很遗憾我不得不与我博学多识的朋友一起讯问他，在一群道德败坏的年轻人面前证实这一切，听到他证言中的细节，对他们绝不会有什么益处。先生们，那就是帕克。

我现在以康韦——阿方索·康韦——的案子与帕克的案子对比着看。我为何现在以康韦的案子与其他案子作对比，理由如下：康韦不是泰勒诱导的，而是王尔德本人诱导的。王尔德有段时间住在沃辛。当这些可怕的欲望袭来时，泰勒不在他身边，他就自己引诱康韦。我们看看他是如何引诱可怜的康韦的。好吧，王尔德坦白了自己与康韦的关系，在法庭上，大家听到过比这更大胆的故事吗？是什么样的故事呢？他在沃辛的海岸上看到一个男孩，他对这个男孩一无所知，只知道他是个男孩，在帮不同的船做事。他的真实故事是——就像王尔德所证实的那样——他之前在沃辛码头上的报亭卖报。王尔德先生昨天回答相关问题时无比轻率，在法庭上没有哪个证人会比他轻率了。当被问及他是否对康韦以前卖报纸的事略有所知时，他告诉我们，他不知道他以前还与文学有任何联系。毫无疑问，他认为自己的很多回答非常聪明，甚至可能驳倒正讯问自己的辩护律师，或类似的事情，但康韦在岸上帮助王尔德先生拖动船后，他们之间就产生了一种亲密的关系。好吧，即使你们没听王尔德先生本人证实过，你们也不会相信，就在一两天内，康韦就和王尔德一起吃饭了，并被王尔德带到了自己的住所，如果王尔德先生的证据属实——我真诚地希望不属实——康韦还被介绍给了王尔德的两个儿子和整个家庭。当时，他和康韦初识时，他妻子可能不在沃辛，但我从他的话中判断，他的孩子们都在。不管怎么样，他说过，康韦与他的孩子们有交往，这是不同寻常的事实——你们被告知，这个20岁的年轻人康韦与两个小男孩——一个8岁，一个9岁——有交往。好吧，你们发现康韦在吃午餐！好吧，发生了什么事呢？当然，王尔德不能带着这个男孩这里那里地逛，因为他的情况不一般，那他是怎么做的呢？——现在，就是在这个问题上，这个男人表现出不知羞耻的大胆——他给康韦买了一套衣服，把他打扮得像一位绅士，在他帽子上涂上一些公立学校的颜色，或诸如此类的东西，把他变成一个适合与自己交往的人。陪审团的先生们，这件事真是、真是让人难以相信。几乎让人难以相信的是：即使我们已经证明那对王尔德不利，我们也几乎不会相信。但王尔德先生知道，我们有证人可以证明这一切，如你们所见，我们在这里可以出示一切，且王尔德不敢否认。他为什么要那样打扮康韦？我敢说，如果他真是急于帮助康韦的话，他所能做的最坏的事情就是将这个男孩带出与之匹配的环境，开始请他吃香槟午餐，带他到酒店，以一种这个男孩将来从不敢奢望的生活方式对待他，就像对待帕克那样。我能够理解这个拥有慷慨本能的人会说："我在沃辛码头遇到的这个男孩子聪明。我在努力帮他找份工作；我将教育他；我会给他一些钱；我会力所能及地帮助他。"但是，像王尔德那样做——带他闲逛，打扮他，带他到处吃香槟午餐，等等①——对康韦这样的男孩子来说有什么帮助吗？（卡森此时停了会儿。）法官大人，可否允许我暂停一会儿？

克拉克和卡森一起商量。

---

① 就在此时，爱德华·克拉克及其助手查尔斯·威利·马修斯回到了法庭，他们出去了大约10分钟。当时有人看到克拉克拉了拉卡森的衣服。

克拉克：尊敬的法官大人，可否允许我在这段时间内插入一段陈述？当然，我的陈述是基于一种非常大的责任。我博学多识的朋友卡森先生昨天就这个案子牵涉到的文学问题，向陪审团做了陈述，还根据奥斯卡·王尔德先生的相关信件进行了推论和分析；我博学多识的朋友今天上午一开始就说，他希望昨天就那些问题的讯问，已足以让陪审团同意他不必再就这个案子的其他问题详细陈述了。法官大人，我认为必须提请您注意，在这个案子里支持王尔德先生的人目前非常担心。他们无法不焦虑，因为可能形成的对这种文学的判决以及对已被承认的行为的判决，不可能不诱使陪审团认为，当昆斯伯里侯爵用"看着像同性恋者"这个词时，他是有充分正当理由的，因为那是他作为父亲的权利，他在那些情况下运用那些词，是经过深思熟虑的，基于那种理由，对他可以免除犯罪指控。法官大人，在这一点上，我们的观点，我们明确的观点是：那种结果可能是——可能是根据案子的那一部分得出的结果——我和博学多识的朋友在这件事上不得不期望这一点，根据案子的哪一部分做出有利于被告的判决，可能会被外界理解为对整个案子得出了最终结论。我们所处的位置是这样的：我们不期望在这种情况下作出判决，我们应该日复一日地彻底调查冗长的证据，弄清楚事情最可怕的实质。在这些情况下，我希望您，尊敬的法官大人，认为我是在采取正确的步骤，我是在与王尔德先生交流之后采取这一步骤的。那就是说，根据我博学多识的朋友就与文学和信件有关的事件所发表的那些言论，我觉得他无法阻止本案作出"无罪"判决——用"看着像"这个词无罪。在那种情况下，法官大人，我希望您认为我并没超出职责范围，我现在所做的就是要阻止，要防止，不管结局如何，这都是一项最可怕的任务。我现在插话并代表王尔德先生表示：我请求撤诉。而如果法官大人认为，在案子审理到这个时候时，在发生了那些事情之后——我不应该获准代表王尔德先生这样做，我就准备提请考虑"无罪"判决，如果这与整个案件详情的任何部分有关，如果与《道林·格雷的画像》及《酒精灯》的出版相关详情的任何部分有关，法官大人，我想可以结案了。

卡森：法官大人，我不知道是否有权利以什么方式干涉我博学多识的朋友提出的这个请求。我只能说，就昆斯伯里侯爵来说，如果作出"无罪"判决，这个判决就说明，他的公正请求已得到承认。我对此很满意。当然，我博学多识的朋友将会承认，我们必须采用他已建议的方式才能获得这一成功，如果这样，这就完全取决于您，尊敬的法官大人，来决定是否采取我博学多识的朋友建议的程序。

法官：既然本案的控诉方准备默许对被告的"无罪"判决，我认为法官或陪审团就没有任何义务来坚持调查清楚不洁的细节，这些细节也不会将原告的律师已经得出结论的事情推向相反的判决。但是，至于对"看着像同性恋者"这一控诉进行法庭判决的陪审团来说——如果这句话是公正的，那就是公正的；如果不公正，那就不公正。陪审团的判决应该是"有罪"或"无罪"，没有什么条件和限制。判决必须是"有罪"或"无罪"。我理解他同意作出"无罪"判决，当然，陪审团将对此判决。

卡森：当然，法官大人，判决将证明昆斯伯里侯爵的请求正当，且对公众有益。

法官：当然，理应如此。

克拉克：判决"无罪"。

法官：我的理解是：判决"无罪"，但这是通过诉讼程序得到的结果。我应该不得不告诉陪审团，有两件事得到了确证——不得不得到确证——正义得到了伸张，也就是说：控诉人看着像同性恋者，实质上他就是，这就是事实；我也不得不告诉他们，他们将不得不发现这一说法是为了公众利益才公开的。如果他们发现这两件事有利于被告，那么他才会"无罪"。判决"无罪"，我理解是这样，原告同意这一判决，可以请陪审团回来了。

陪审团简单商量了下。

法官：陪审团的先生们，你们的最终判决是"无罪"，但还有一些事必须根据辩解中的特殊发现作出决定，就如我已对你们讲过的，被告的请求包括两件事：证词实质上和事实上都是对的，并是为公众利益才公开的。这就是你们不得不发现的两个事实，随后还得发现这些事实支持被告，你们的判决结果就是"无罪"；但你们必须说出你们是否发现整个审判证明了这一点。

陪审团一起商量了一会儿，没离开听证席。

书记员：先生们，你们判定本案被告的请求是否能得到证实？

陪审团团长：是的。

书记员：你们说被告"无罪"，你们一致同意吗？

陪审团团长：是的；公开此案也是为了公众利益。

卡森：法官大人，辩护费当然由原告承担。

书记员：当然是的。

卡森：昆斯伯里侯爵可以无罪释放了？[1]

法官：噢，当然。

法院全体起立。

---

[1] 审判结束，昆斯伯里侯爵给王尔德写了一张便条："如果国家准许你离开，那是国家的幸运，但是，如果你带着我的儿子与你一起走，那么，无论你到哪里，我都会跟到哪里，射杀你。"王尔德则从法庭的边门悄悄地走了出去，以防遇到克拉克和卡森。

第四章
奥斯卡·王尔德被控有伤风化案（一）

时间：1895年4月26日—5月1日

地点：老贝利中央刑事法院

法官：威尔斯

陪审团

原告辩护律师：查尔斯·吉尔、霍勒斯·阿沃里、阿瑟·吉尔

被告：奥斯卡·王尔德

被告辩护律师：爱德华·克拉克、查尔斯·威利·马修斯、查尔斯·汉弗莱斯

查尔斯·吉尔的开庭陈述 [①]

法官大人，陪审团的先生们，我必须请求你们抛弃你们听闻过的任何关于犯人的传言，抛弃对他的所有偏见，以绝对公正而坦荡的心胸，认真而真诚地对待这个案子。我们聚集在这里，听这些泰勒介绍给王尔德的年轻人的证词。王尔德第一次被介绍给泰勒的时候，他就明确向泰勒表示了自己愿意结识这些年轻人的目的。泰勒认识很多年轻男子，他们愿意为年长的男子提供不道德服务。泰勒就为他们到处寻找那些愿意出高价满足自己邪恶癖好的男子。有证据表明，是泰勒腐化了这些年轻人，并且说王尔德出手大方，引诱他们与王尔德会面。

查尔斯·吉尔讯问查尔斯·帕克

吉尔：你叫什么名字？

帕克：查尔斯·帕克。

吉尔：你今年多大了？

帕克：21岁。

吉尔：你有个哥哥？

[①] 吉尔陈述时，王尔德和泰勒都站在被告席上。王尔德显然很沮丧，长发也没好好梳理，明显表现出不耐烦，直到法庭传唤证人到庭时，他才显得有点精神。

帕克：是的。

吉尔：他叫什么名字?

帕克：威廉·帕克。

吉尔：你从事什么职业?

帕克：我一直做马夫。

吉尔：你哥哥呢?

帕克：我哥哥是仆人。

吉尔：你是怎样认识被告的?

1895年4月13日，王尔德被捕时的场景。
出自 *Irish Peacock & Scarlet Marquess* by Merlin Holland

帕克：1893 年初，我失业了。在那段时间内，我记得有一天我和哥哥正在圣詹姆斯饭店的酒吧里，这时泰勒也到了那儿，并走过来与我们交谈。

吉尔：你们以前认识泰勒吗？

帕克：我们根本不认识他。

吉尔：泰勒和你们说了什么？

帕克：他那天一直说我们的好话，并邀请我们一起喝酒。我们开始与他交谈。

吉尔：他都谈了什么？

帕克：不太记得了。

吉尔：谈到男人了吗？

帕克：谈到了。

吉尔：以什么方式谈的？

帕克：他说有一种很好的赚钱方式。如果我们想做，就可以很容易搞到钱。我知道他暗示的是什么，所以刚开始回答得也很不客气。

吉尔：我有责任问你：你们到底谈了什么？

帕克：我不想说。

吉尔：我敢说你当时并不像现在这样神经质。我问你说了什么话。

帕克：我说如果有哪位有钱的老绅士迷恋我，我很乐意。我当时处境非常艰难。

吉尔：泰勒说什么？

帕克：他笑了，说有一些比我想像得更聪明、更富有的男人。我们将地址交给泰勒后，我们就分开了。

吉尔：泰勒提到犯人王尔德了吗？

帕克：当时没有。

吉尔：你第一次见到王尔德是在哪里？

帕克：泰勒邀请我们第二天到小学院街拜访他。我们第二天早晨去了。他说他可以给我们介绍一个"非常有钱的男人"，我们将在圣詹姆斯的酒吧与他见面。我们第二天晚上到了圣詹姆斯，看到泰勒已到那儿。他将我们带到鲁普尔街上的一家饭店，我想是索尔费里诺饭店。我们被领到楼上的一间包房，里面摆着一张四人饭桌。过了一会儿，王尔德进来了，我们被正式介绍给他。我们大约8点开始吃晚饭，王尔德坐在我左边。

吉尔：第四个人是谁？

艾尔弗雷德·泰勒在法庭上的速写像。
出自 *Oscar Wilde* by H. Montgomery Hyde

帕克：我哥哥威廉·帕克。我曾答应泰勒让他陪着我。

吉尔：晚餐丰盛吗？

帕克：是的。桌子上点着红色蜡烛。晚餐喝了很多香槟、白兰地，餐后又喝了很多咖啡。我们都参加了。饭是王尔德付账。

吉尔：谈话是什么性质的？

帕克：刚开始是一般性的交谈。当时丝毫没谈及我们聚到一起的目的。

吉尔：然后呢？

帕克：然后王尔德对我说："这是我的男孩！你和我一起去萨沃伊酒店吗？"我同意了，王尔德和我一起坐马车去了酒店，只有我和他去了，我哥哥和泰勒留下了。在萨沃伊，我先去了王尔德在二楼的客厅。

吉尔：在那儿又给你喝了很多酒？

帕克：是的，喝的是烈性甜酒。王尔德接着要求我与他一起到他的卧室去。

吉尔：你同意了？（帕克没回答。）

吉尔：王尔德当场给你钱了吗？

帕克：在我走之前，王尔德给了我2镑，并且告诉我一周后再到萨沃伊酒店找他。大约一周后，我晚上7点又到了那儿。我们一起吃了晚饭，喝了香槟。我待了大约2个小时。我离开时，王尔德给了我3镑；我记得这之后还和我的哥哥一起去了小学院街13号。

吉尔：他说有谁扮作女人了吗？

帕克：是的，他说他扮作女人。他穿着女人的衣服，他们一起吃了婚礼早餐——我与泰勒在查普尔街一起住了大约两星期。

吉尔：这期间王尔德见过你吗？

帕克：王尔德常常到那儿去，在那里做和萨沃伊街一样的事。有那么两周或三周，我在切尔西的帕克街50号有一间房。我住在帕克街的时候，王尔德到那里找过我。王尔德要求我把自己想象成一个女人，他是我的情人，我不得不维持这种幻想。

吉尔：除了钱，王尔德还给过你什么礼物吗？

帕克：是的。他给过我一个银烟盒和一枚金戒指。

吉尔：你将烟盒和戒指抵押出去了？

帕克：是的。

吉尔：你还到什么地方找过王尔德？

帕克：我到王尔德在圣詹姆斯广场的房子里找过他。泰勒给我的地址。王尔德有一间卧室和连体的客厅。我曾在上午到过那里，去喝下午茶。

吉尔：你还和王尔德在什么地方待过？

帕克：到过克特纳酒店。

吉尔：在那里做了什么？

帕克：在那里吃晚饭。我们总是喝很多酒。晚饭期间王尔德会谈诗和艺术，以及古罗马时代的文学和艺术。

吉尔：有一次你从克特纳酒店到了王尔德的房子？

帕克：是的。我们到了泰特街。当时已夜深。王尔德用前门钥匙打开门，我们就去了。当晚我就留在了那里，第二天一早，趁还没人来，他让我走了。

吉尔：你还去过别的什么地方去见这个人？

帕克：在阿尔伯马尔酒店。

吉尔：你最后一次见到王尔德是在什么地方？

帕克：我最后一次见到王尔德是在特拉法格广场，大约是在9个月前。他当时坐在一辆双轮双座马车里，一看到我，他就从车里下来，和我谈话。

吉尔：他说了什么？

帕克：他问我怎么样，并且说："好啊，你看起来和以前一样漂亮。"他没要我随后和他一起到什么地方去。

吉尔：在你认识王尔德先生期间，你是不是经常看到泰勒？

帕克：是的。

吉尔：你在小学院街还遇到过什么人？

帕克：阿特金斯、伍德和斯卡夫。还有其他一些人。

吉尔：在去年8月发生那件事情之前，你是不是继续和泰勒有联系？你在警察对菲茨罗伊街上的某幢房子的突袭行动中被捕了吗？

帕克：是的。

吉尔：那里是不是常常发生最可耻的不道德之事？

帕克：是的。

吉尔：你什么时候终止了与泰勒的联系？

帕克：1894年8月。我去了乡下，另有了工作。

法官：什么工作？

帕克：我应征入伍了。我在军队里的时候，昆斯伯里侯爵的律师见过我，他让我写了一份证词。

王尔德受审期间收到这张讽刺他是史前怪物的图片。

出自孙宜学编译《奥斯卡·王尔德自传》

爱德华·克拉克讯问查尔斯·帕克

克拉克：你是哪一天入伍的？

帕克：9月3日。

克拉克：你是什么时候因这个案子被人在乡下找到的？

帕克：3月底。

克拉克：你是否在鲍街说过，有人给了你30镑，要你对某个案子守口如瓶？

帕克：是的。我在警察局说过，我收到过30镑，其中一些是从一位绅士那里敲诈来的。我是在1894年8月被捕之前不久收到这笔钱的，我记不起确切的日期了，但是在我入伍前的一两个月。

克拉克：被敲诈了的那位绅士，其名字我就不问了，但我一定要问的是：敲诈了那位绅士并给了你30镑的那两个人，他们是谁？

帕克：伍德和艾伦。

克拉克：敲诈是什么时候发生的？

帕克：我想不起来了。

克拉克：你与提到的那位绅士有过不道德行为吗？

帕克：是的，但只有一次。

克拉克：在你曾住过的地方？

帕克：是的。

克拉克：那位绅士到过你的房间？

帕克：是的。

克拉克：是你邀请的？

帕克：他问我他是否可以来。

克拉克：你将他带到你家里？

帕克：是的。

克拉克：那位绅士在那里的时候伍德和艾伦也恰巧去了？

帕克：没有。

克拉克：伍德和艾伦告诉你他们得到了多少钱？

帕克：我不记得了。

克拉克：试着想一想。

帕克：300 或 400 镑。

克拉克：你用那 30 镑做什么了？

帕克：花掉了。

克拉克：然后入伍？

帕克：我大约两天就花光了。

克拉克：你能肯定地说王尔德先生和你在萨沃伊做了不道德之事？

帕克：是的。

克拉克：但你是不是习惯对其他绅士也做同样的指控？

帕克：从不。除非我做过。

克拉克：我认为你敲诈那位绅士。

帕克：没有，先生。我接受了钱，但这是对亵渎我的补偿。我是被引诱的。

克拉克：当你听任自己被介绍给王尔德先生时，你完全清楚介绍的目的？

帕克：是的。

克拉克：在吃晚饭时，我想主要是王尔德先生在说话。

帕克：是的。

克拉克：你发现他是一位有趣、才华横溢的健谈者？

帕克：是的。

克拉克：在你所说的那段时间内，门锁着吗？

帕克：我第一次到萨沃伊酒店时，王尔德锁上了卧室的门。我离开酒店的时候没看到一个仆人。我是坐马车走的。第二次去的时候，王尔德告诉我下次晚上再来的时间。我发现王尔德住在同样的房间。我说出自己的名字，看门人领着我上了楼梯。这次王尔德也锁上了卧室的门。服侍我们吃晚饭的侍者看到了我在那儿，是在二楼或三楼，我不太肯定。在客厅，王尔德先生摇铃召侍者，侍者将喝的东西带了进来。客厅和卧室相对。王尔德先生没锁客厅的门，但他锁上了卧室的门。在我被介绍给王尔德先生之前，是在饭店里，我即使见了他也不认识。在酒店门前，我只看见一个男侍者，除此之外再无他人。

克拉克：你的拜访没有丝毫遮掩，对吗？你说出了你的名字，被领上楼，离开的时候你也没刻意回避任何侍者？

帕克：是这样。

克拉克：你听说伍德用一些信从王尔德先生那里得到20或30镑了吗？

帕克：我没听说他得到了钱，我只听人说伍德是从艾尔弗雷德·道格拉斯勋爵给他的衣服口袋里得到这些信的，我不记得是谁告诉我的了。我从未见过那些信。

克拉克：王尔德先生在圣詹姆斯广场上的、位于一层的房子是不是开放的？

帕克：是的。到处是仆人。客厅像图书室，里面有很多书。

克拉克：你是不是说，在你所说的这座房子里，这种事一次又一次地发生了？

帕克：是的。

克拉克：你到音乐厅见王尔德先生也没丝毫掩盖吗？

帕克：没有。

克拉克：你和他曾坐在同一个包房里？

帕克：是的。

查尔斯·吉尔讯问查尔斯·帕克

吉尔：你认识艾尔弗雷德·道格拉斯勋爵？

帕克：是的。泰勒将我介绍给他的。我知道这里提到的信

查尔斯·帕克在法庭上的速写像。
出自 *Oscar Wilde* by H. Montgomery Hyde

属于艾尔弗雷德·道格拉斯勋爵。在我遇到泰勒之前，我并不认识阿特金斯、艾伦、克莱本。

　　吉尔：你第一次认识伍德是什么时候？

　　帕克：约在他去美国前6个月。

爱德华·克拉克讯问威廉·帕克

　　克拉克：泰勒带着你和查尔斯·帕克一起去见的王尔德？

　　帕克：是的。

　　克拉克：吃饭时发生过什么事？

　　帕克：王尔德好几次用自己的叉子和勺子给查尔斯东西吃。有一次王尔德还从自己嘴里吐出一颗樱桃，查尔斯接过来，放进自己嘴里。这样的事重复了三四次。

克拉克：再后来呢？

帕克：后来查尔斯就跟王尔德走了，我和泰勒留下了。

克拉克：泰勒说过什么吗？

帕克：泰勒对我说："你兄弟真幸运。如果王尔德喜欢谁，他是不吝花钱的。"

克拉克：晚饭后你还做了什么？

帕克：我又喝了一两杯酒就回家了。

克拉克：难道你喝得还不够吗？

帕克：若我喝多，我自己会知道的。

克拉克：你和自己的兄弟一起去吃晚饭时，你是否知道你们会被当成女人对待，并且会因此得到钱？

帕克：知道。

威廉·帕克在法庭上的速写像。
出自 *Oscar Wilde* by H.Montgomery
Hyde

查尔斯·吉尔讯问埃伦·格兰特

吉尔：你是泰勒的房东？

埃伦：是的。

吉尔：你租给泰勒几间房子？

埃伦：4间。

吉尔：房租是多少？

埃伦：每月3镑。

吉尔：泰勒有仆人吗？

埃伦：没有。

吉尔：谁给泰勒做饭？

埃伦：都是他自己，用煤气炉做。

吉尔：泰勒房间的窗户一直都挂着窗帘？

埃伦：是的。窗帘都不透光。

吉尔：他的房间装饰得很特别？

埃伦：是的，非常暧昧。

吉尔：他房间里常常点蜡烛？

埃伦：是的。总是用各种各样色彩的灯和蜡烛照明。

吉尔：你见过他房间的窗户打开过吗？

埃伦：我发誓，我从未见过，也从没见他清理过窗户。

吉尔：他的房间从来不透光？

埃伦：我发誓，决不会，因为窗帘一直都紧紧拉着。

吉尔：他的床有床架吗？

埃伦：没有，但卧室的地板上有弹簧床垫。

吉尔：你看到过他房间里的衣饰吗？

埃伦：我看到过一副女人的假发、鞋子和袜子。除此之外再没看到过别的衣服。

吉尔：再没看到过别的衣服？

埃伦：对了，我记得泰勒先生的睡衣上别着一根金胸针。

吉尔：他房间里有香味吗？

埃伦：有，而且很浓。泰勒常常在房间里烧香料。

吉尔：泰勒先生的客人都属于哪一类的人？

埃伦：什么？

吉尔：我是说：泰勒的客人是男人还是女人？

埃伦：男人，都是男人，16岁到30岁的男人。

吉尔：他们在房间里做什么？

埃伦：举行茶会、舞会什么的。

吉尔：谁来找他们，男人还是女人？

埃伦：噢，都是男人。

吉尔：泰勒怎样称呼他的客人？

埃伦：他都是称他们的教名，如"亲爱的查尔斯"。

吉尔：你听泰勒叫过"亲爱的奥斯卡"吗？

埃伦：我听到过泰勒与一个他称作奥斯卡的人谈话。

吉尔：你在那里见过这个叫奥斯卡的人吗？

埃伦：没有。有次我想推门进去，发现门被锁上了。

吉尔：你还听到过什么？

埃伦：我只听到里面有人在低声交谈、在笑。我越来越好奇，但我决不想卷入这种事情。

吉尔：你知道1893年8月的那次警察袭击行动吗？

埃伦：知道，就是我领着警察找到的泰勒。

查尔斯·吉尔讯问索非亚·格雷

吉尔：泰勒在你那里住了多长时间？

索非亚：1893年从8月到10月。

吉尔：他有几个房间？

索非亚：两间。

吉尔：你在他房间里见到过谁？

索非亚：很多年轻人。

吉尔：其中有帕克吗？

索非亚：有。

吉尔：你在那里见过王尔德吗？

索非亚：见过。

吉尔：见过多少次？

索非亚：我能记起来的只有一次。

吉尔：他在那里待了多长时间？

索非亚：只有几分钟，但帕克会待一整夜。

吉尔：其他年轻人呢？

索非亚：我不大记得了。但他们也会和泰勒一起待很长时间。

吉尔：泰勒对你说过他和这些年轻人在一起做什么吗？

索非亚：他只说这些年轻人希望他能帮他们找工作。

吉尔：你不知道他们在一起做什么？

索非亚：我真不知道他们在那里做什么啊！（笑）

霍勒斯·阿沃里讯问艾尔弗雷德·伍德

阿沃里：你从事什么职业？

伍德：我以前是个文员。1893年1月，我失去了工作。我就是那时第一次认识泰勒的。

阿沃里：你第一次认识王尔德是什么时候？

伍德：在认识泰勒之后1个月左右。

阿沃里：你是什么时候到小学院街居住的？

伍德：1893年1月。我在那里住了大约3个星期。

阿沃里：你是怎么认识王尔德的？

伍德：一位绅士在皇家酒店将我介绍给他。

阿沃里：那位绅士是谁？

伍德：我一定要说出他的名字吗？

阿沃里：是的。

伍德：艾尔弗雷德·道格拉斯勋爵。

阿沃里：你被介绍给王尔德时发生了什么事？

伍德：我进去时，王尔德先生正要坐下，他先和我说的话。他问我："你是艾尔弗雷德·伍德？"我说"是的"。然后他给我一些酒喝，我喝了一些，随后他邀请我去鲁普尔街上的佛罗伦萨酒店去吃晚饭。我和他一起去了，我们是在一间包房里吃的晚饭。

阿沃里：饭菜怎么样？

伍德：很好，是我吃过的最好的一次。

阿沃里：你们喝了什么酒？

艾尔弗雷德·伍德在法庭上的速写像。
出自 *Oscar Wilde* by H.Montgomery Hyde

伍德：香槟。晚饭后我和王尔德先生一起去了泰特街16号。据我所知，房子里没别人。王尔德先生用一把前门钥匙开了门让我进去。我们到了楼上的卧室，在那里喝了白葡萄酒和苏打水。他几乎将我灌醉了。之后我和他一起躺在沙发上。

阿沃里：那天晚上他给你钱了吗？

伍德：是的。在佛罗伦萨酒店。我想大约是3镑。他说我一定需要一些钱买东西。

阿沃里：他给你钱的时候有什么暗示吗？

伍德：是的，给我钱后他暗示我去泰特街。

阿沃里：后来你又遇到过王尔德吗？

伍德：他有一次来到我在兰厄姆街的房子。

阿沃里：你知道他要来吗？

伍德：知道。

阿沃里：你怎么知道的？

伍德：他来前约好了。他带我出去买礼物。他给我买了半打衬衣，一些衬领、手绢以及一只银表和表链。他带我出去前，我们一起喝了茶。

阿沃里：你和王尔德的关系一直维持到什么时候？

伍德：一直到3月底。

阿沃里：你们的关系是怎么结束的？

伍德：我对泰勒先生说我想远离某一阶层的人。我想我向他提到了给我30镑的王尔德先生，我在泰勒的房间里看见过他。

阿沃里：你们之间发生了什么事？

伍德：王尔德先生问我是否想去美国，我说"想"，然后他说他会给我一些钱。他说："你手上有些信我想收回。"他给了我30镑。

阿沃里：你手里有他一些信，这是真的吗？

伍德：是的。我不记得有多少了。

阿沃里：那些信属于你吗？

伍德：不是的。我是在艾尔弗雷德·道格拉斯勋爵给我的衣服里发现那些信的。是王尔德先生写给艾尔弗雷德·道格拉斯勋爵的信。

阿沃里：你亲手把信交给他的？

伍德：我不记得了，也可能在他给我钱后我把信放在桌子上了。

阿沃里：后来你又见过王尔德吗？

伍德：第二天我在佛罗伦萨酒店又见到了他。他邀请我一起吃午饭。

阿沃里：饭吃得怎么样？

伍德：非常好。我们还喝了香槟。

阿沃里：吃饭中间王尔德对你说过什么话？

伍德：他说去美国30镑太少了，他还会给我寄5镑。

阿沃里：后来给你了吗？

伍德：给了。

阿沃里：你什么时候去的美国？

伍德：这次午饭后，过了两三天我就去了美国。

爱德华·克拉克讯问艾尔弗雷德·伍德

克拉克：你先向王尔德表示想去美国？

伍德：是的。

克拉克：什么时候？

伍德：1893年。

克拉克：所以王尔德给了你30镑。

伍德：是的。

克拉克：随后你去了美国？

伍德：是的。

克拉克：你从美国回来后都做过什么？

伍德：没做过多少事。

克拉克：你做过什么事吗？

伍德：我没有固定的工作。

克拉克：我想你也没有。

伍德：我找不到工作。

克拉克：实事求是地讲，在过去3年间，你始终就没有什么体面的工作。

伍德：是的，没有。

克拉克：查尔斯·帕克曾告诉我们，你和一个名叫艾伦的人从一位绅士那里弄到了300或400镑，你给了帕克30镑。

伍德：（犹豫了一会儿）我没得到钱。那不是给我的。

克拉克：好了，告诉我们，你是不是从一位绅士手里弄到过300镑？

伍德：不是我弄的，是艾伦做的。（证人说话一直含混不清，好像嘴里在嚼着什么东西。）

克拉克：你和他是一伙的？你们一起去要的？

伍德：是的，我当时和艾伦在一起。

克拉克：你的意思是不是说：当你走进那位绅士的房间时，他正和帕克在一起？

伍德：我没进去。是艾伦先进去的。

克拉克：不管怎么说，你和艾伦从那位绅士手里弄到了300镑？

伍德：是的。

克拉克：你给了帕克30镑？

伍德：我没给。可能是艾伦给的。我也不知道帕克到底得到了多少。

克拉克：不管怎么说，你和艾伦从那位绅士手里弄到了300镑？

伍德：是的。

克拉克：你自己得到了多少？

伍德：175镑。

克拉克：为什么给你？

伍德：是艾伦给我的。

克拉克：然后王尔德先生给你30镑，让你脱离这类人，但并没收到令人满意的结果？

伍德：我在美国的时候一直有工作。

克拉克：你从美国回来后以何为生？

伍德：靠父亲给我钱。我去美国的时候还不到21岁。

克拉克：你在得到那175镑之前也是这样吗？

伍德：不是。

克拉克：你是什么时候得到那些信的？

伍德：是我在牛津的时候，是1893年1月到3月期间。这些信一直放在我的房间里，放了很长时间。

克拉克：你知道其中一封信被复制了吗？

伍德：我不知道。

克拉克：真不知道？

伍德：知道，我知道有封信被复制了。

克拉克：当你交还这些信时，或你把这些信放到桌子上时，或不管你是怎么处理的这些信，当时你知道其中有一封信没还吗？

伍德：知道。

克拉克：那封信在哪里？

伍德：在艾伦手里。

克拉克：是你给他的？

伍德：不是，是他从我口袋里拿走的。

克拉克：这封信一直在艾伦手里？

伍德：我不知道。我没想要回来。

克拉克：你从美国回来以后，是不是去见过查尔斯·帕克？

伍德：是的，在卡梅拉广场。

克拉克：你住在那里了？

伍德：没有。

查尔斯·吉尔讯问艾尔弗雷德·伍德

吉尔：你去美国是为了摆脱某一阶层的人，这些人的名字在本案中提到过吗？

伍德：有些人的名字提到了，但还有一些人的名字没提到。

吉尔：你所说的"某一阶层的人"是指谁？

伍德：我所指的并不只是王尔德和泰勒，还包括其他几个人，他们的名字一直没提到。

霍勒斯·阿沃里讯问弗雷德·阿特金斯

阿沃里：你的职业？

阿特金斯：我做过台球记分员。我还做过赌注登记员和一位喜剧演员的助手。

阿沃里：你现在什么也没做？

阿特金斯：是的。

阿沃里：谁将你介绍给犯人王尔德的？

阿特金斯：1892年11月，一位名叫施瓦贝的年轻人将我介绍给泰勒，之后又把我介绍给王尔德。

阿沃里：你见过艾尔弗雷德·道格拉斯勋爵吗？

阿特金斯：见过。我和他以及王尔德一起在佛罗伦萨酒店吃过饭。

阿沃里：王尔德对你说了什么？

阿特金斯：他邀请我和他一起去巴黎。

阿沃里：你和他一起去巴黎了？

阿特金斯：是的。

阿沃里：什么时候？

阿特金斯：吃饭后的第二天。我在维多利亚车站等他，然后一起去了巴黎。

阿沃里：你是以什么身份去的？

阿特金斯：王尔德先生的私人秘书。

阿沃里：在巴黎你们住在什么地方？

阿特金斯：卡皮西纳大街23号。这是一家酒店。

阿沃里：你们住了几个房间？

阿特金斯：两间。一间卧室，一间客厅兼卧室。

阿沃里：两间房彼此相连？

阿特金斯：是的。

阿沃里：你行过秘书之职吗？

阿特金斯：到巴黎后我替王尔德先生抄了一些东西。

阿沃里：然后呢？

阿特金斯：随后我就和王尔德一起到于连饭店吃饭，下午乘车兜风。

阿沃里：第二天发生了什么事？

阿特金斯：第二天我们一起去了发廊，我把头发剪了。

阿沃里：你有没有让理发师将你的头发卷起来？

阿特金斯：没有，是他建议的。

阿沃里：王尔德先生在场吗？

阿特金斯：在，他也在剪发，并且一直在用法语和理发师交谈。

阿沃里：理完发你去了哪儿？

阿特金斯：我坚持要去游乐场，王尔德不让我去。见我坚持，他就给我一些钱，让我自己去。我们就分开了。

阿沃里：你什么时候回到酒店的？

阿特金斯：我从游乐场回到酒店时已经很晚了。

阿沃里：回来后你去了王尔德的卧室吗？

阿特金斯：去了。

阿沃里：看到了什么？

阿特金斯：我看到一位年轻男子在王尔德先生的卧室。

阿沃里：你认识那个年轻人吗？

阿特金斯：认识，是施瓦贝。

阿沃里：第二天早晨又发生了什么事？

阿特金斯：我还在床上睡着，王尔德进来了。他坐在我床边，谈了会儿游乐场。

阿沃里：王尔德送过你什么礼物吗？

阿特金斯：给过我一些钱，还有一个银香烟盒。

阿沃里：回到伦敦后你又见过王尔德吗？

阿特金斯：见过几次。

阿沃里：在什么地方？

阿特金斯：我曾去泰特街拜访过他，还去过一次圣詹姆斯广场。

阿沃里：王尔德先生来找过你吗？

阿特金斯：他到过我的住处。

阿沃里：几次？

阿特金斯：一次。

阿沃里：什么地方？

阿特金斯：奥斯纳堡街。

阿沃里：当时还有别人在场吗？

阿特金斯：有，哈里·巴福德在。

霍勒斯·阿沃里讯问悉尼·梅弗

阿沃里：你从事什么职业？

梅弗：我与一个朋友在伦敦合伙做生意。

阿沃里：你什么时候认识泰勒的？

梅弗：1892年。

阿沃里：在哪里？

梅弗：欢乐剧院。

阿沃里：谁先主动打招呼的？

梅弗：泰勒先自我介绍了一下，然后邀请我到小学院街。他很友好。

阿沃里：你接受他的邀请了？

梅弗：是的。我去过几次小学院街。

阿沃里：去做什么？

梅弗：喝茶，聊天。

阿沃里：你是怎么认识王尔德的？

梅弗：是泰勒介绍的。一天，泰勒对我说："我认识一个很有影响和地位的人，他会对你很有用。他喜欢年轻人，尤其是举止文雅、外表俊俏的年轻人。我会把他介绍给你。"

阿沃里：你们什么时候见了王尔德？

梅弗：我们约好第二天晚上见。

阿沃里：在什么地方？

梅弗：克特纳酒店。我先去见泰勒，提醒他别忘了约定的时间。他对我说："你看起来很漂亮，这很好。王尔德喜欢干净、漂亮的男孩子。"

阿沃里：这是你第一次听到王尔德的名字？

梅弗：是的。

阿沃里：你们是在包房吃饭？

梅弗：是的。我们一到饭店就被领到一间包房。

阿沃里：王尔德已在里面？

梅弗：没有。他是过了一会儿才进来的。

阿沃里：就他自己？

梅弗：还有施瓦贝，以及另一位绅士。

阿沃里：这位绅士是谁？

梅弗：我不认识，我猜想是艾尔弗雷德·道格拉斯勋爵。

阿沃里：你们晚餐桌上的谈话有什么特别之处吗？

梅弗：我本来以为谈话会很特别，但因为我知道王尔德先生是一位生活放荡不羁的人，所以我也没觉得我们的谈话有何特别之处。我被安排坐在王尔德先生旁边，他不时摸摸我的耳朵和下巴，但他没做任何真正可厌之事。

阿沃里：王尔德和泰勒谈了什么？

梅弗：王尔德先生对泰勒说："我们的小伙子举止迷人，我们得多和他见见面。"分手的时候，王尔德记下了我的地址，不久我就收到了一个银香烟盒。打开一看，我发现上面有题字："悉尼，O.W.赠，1892年10月。"

阿沃里：你觉得奇怪吗？

梅弗：我觉得很奇怪！（王尔德送给梅弗的香烟盒被出示，先交给法官，然后传到陪审团席，每位陪审员都非常感兴趣地仔细看了看。）

阿沃里：你和王尔德一起过过夜？

梅弗：是的。

阿沃里：在哪儿？

梅弗：阿尔伯马尔酒店。

阿沃里：你和他之间发生了不道德之事？

梅弗：绝对没有。

阿沃里：王尔德给你钱了？

梅弗：王尔德先生从来没给过我钱。我与王尔德先生的友谊一直让我很愉快。

霍勒斯·阿沃里讯问爱德华·雪莱

阿沃里：你今年多大了？

雪莱：21岁。

阿沃里：你何时认识王尔德的？

雪莱：1891年，我受雇成为埃尔金·马修斯和约翰·莱恩出版公司办事处的工作人员。1892年，他们正准备出版王尔德先生的一本书。王尔德先生常常到公司的办事处；他似乎注意到了我，一见到我总会停下来，与我交谈一会儿。一天，王尔德先生就要离开维戈街的时候，他邀请我和他一起到阿尔伯马尔酒店吃晚饭。我接受了他的邀请，并且深以为荣。我们一起在大厅里吃了晚饭。王尔德先生很热心，也很健谈，不停地让我喝酒。我们喝了威士忌，苏打水，后来在王尔德先生的客厅里还抽了烟，我又喝了香槟。

阿沃里：然后发生了什么？

雪莱：我不想说。

阿沃里：王尔德先生对你说了些什么？

雪莱：王尔德先生主要谈的是他和我自己。王尔德先生说："你到我卧室来吗？"我不明白他什么意思。当我走进他的卧室的时候，王尔德先生拥抱了我。我已经喝了很多酒。我感到受了侮辱、羞耻，就极力反抗。王尔德先生说他很抱歉，他酒喝得太多了。第二天，王尔德先生看到我，说他可以与我和睦相处，他邀请我和他一起去布赖顿、克罗默和巴黎，但我没去。他送给我一套他的书，包括《道林·格雷的画像》。他在书上题了"给我喜欢的人"，或类似的话，但我将有题字的这一页撕掉了。

阿沃里：你什么时候这样做的？

雪莱：我是最近才撕掉的，是在听说昆斯伯里侯爵提起控诉以后撕掉的。我父亲反对我与王尔德先生交往。刚开始我以为王尔德先生是那种慈善家，喜欢年轻人，急于帮助年轻人。但王尔德先生的某些言行使我改变了这一看法。我也收到过王尔德先生的信，这些信我一直保存到两年前。我同时也给王尔德先生写了一封信，我在信中说我不能再和他那种道德品质的人继续交往下去了，我要和他断绝来往。

爱德华·克拉克讯问爱德华·雪莱

克拉克：大约两年前，就是在1893年，你给王尔德先生写了一封信？

雪莱：是的。

克拉克：什么主题？

雪莱：要和他断绝关系。

克拉克：那封信开头怎么写的？

雪莱：开头写的是"先生"。

克拉克：能不能将大致意思给我讲一下？

雪莱：我相信我说的是："与你相识给我带来的痛苦已让我难以忍受，我真愿从来没认识你。"我还进一步说他是一个不道德的人，一个如果可能我再也不愿见到的人。

克拉克：如果真像你所说的这样，你一定憎恨施加到你身上的凌辱？

雪莱：是的，我憎恨。

克拉克：那么，为什么就在发出信的第二天你就去和他一起吃晚饭了？

雪莱：我觉我就是个年轻的傻瓜。我尽可能往最好的一面想他。

克拉克：你能肯定你所说的关于你和王尔德先生之间发生的一切没有任何错误？

雪莱：没有，我没说错。

克拉克：你是不是熟悉王尔德先生的一些作品？

雪莱：是的。

克拉克：你和他谈过文学问题吗？

雪莱：是的，在我去阿尔伯马尔酒店之前。

克拉克：你似乎将他对你的喜爱做出了最坏的解释。在你1893年3月写那封信之前，你和王尔德先生是否一直保持着友谊？

雪莱：是的。

克拉克：自那以后你又见过王尔德先生吗？

雪莱：见过。

克拉克：在那封信之后？

雪莱：是的。

克拉克：你在哪里看到他的？

雪莱：我是去泰特街见的他。

克拉克（律师读雪莱写给王尔德的信）：

亲爱的奥斯卡，——我永远不会忘记你的好意，我意识到我永远无法充分表达我对你的感谢——

你写这些话的时候脑子中是不是在想：在你喝了那么多的东西后，王尔德先生侮辱了你？

雪莱：当然，我不可能忘记这种事。

克拉克：做了那种罪恶之事后你有一种痛苦的感觉？

雪莱：我试图忘掉那件事。我希望能想想那个人的好处。我认为王尔德先生是真心为他所做过的事道歉的。

克拉克："为他所做过的事"？你这句话是什么意思？

雪莱：他对年轻男子的不恰当行为。

克拉克：然而，你说他实际上从来没对你做过任何不恰当行为？

雪莱：因为他看出我决不允许他对我做那种事。他没向我掩饰他想要什么，或者说掩饰他和年轻人在一起时通常有的习惯。

克拉克：然而你写了那封信，明确表达对他友谊的感谢？

雪莱：原因我已说过了。

克拉克：这些信是写给一个你认为不道德的人的？

雪莱：是的。

克拉克：好吧，我们不谈这个问题了。现在，告诉我，你为什么离开维戈街的出版公司？

雪莱：因为人们知道了我和奥斯卡·王尔德的友谊。

克拉克：你是自愿离开公司的？

雪莱：是的。

克拉克：为什么？

雪莱：那里的工作人员，我的同事，拿我和王尔德的关系开玩笑。

克拉克：以什么方式？

雪莱：他们听信传言，他们称我"王尔德夫人"和"奥斯卡小姐"。

克拉克：所以你离开了？

雪莱：我决心结束这种让人难以忍受的处境。

克拉克：我想你在家里名声也不好。

雪莱：是的，有一点。

克拉克：我请你证实：你父亲要求你离开他的房子？

雪莱：是的。他强烈反对我与王尔德先生交往。但我们又和解了。

克拉克：我发现在这一年的1月，你陷入了大麻烦？

雪莱：什么麻烦？

克拉克：你因攻击父亲被捕了？

雪莱：是的。

克拉克：你父亲是不是让你离开他的房子？

雪莱：是的。那是因为我和王尔德先生的友谊。

克拉克：你父母指责你虚度时日？

雪莱：是的，他们认为我无所事事。

克拉克：当你攻击自己的父亲时你神志清楚吗？

雪莱：不，我不可能清楚。

克拉克：你被带到哪里去了？

雪莱：警察局。

克拉克：你被保释了？

雪莱：是的。

克拉克：你是不是给王尔德写信，请他将你保释出来？

雪莱：是的。

克拉克：然后发生了什么事？

雪莱：一个小时内我父亲赶到了警察局，我被释放了。我父亲撤回了对我的指控，案子没被受理。

爱德华·克拉克讯问安东尼奥·米吉

克拉克：你从事什么职业？

米吉：我是一个按摩师，我在萨沃伊酒店为客人按摩。我在酒店为奥斯卡·王尔德先生按摩过，他在三楼有一间卧室，时间是在1893年3月，从这月的16日到20日他一直住在这里。一天早晨，我走进他的卧室——我是敲门后进去的——我看到有人在床上。刚开始我以为是位年轻女人，因为我只看到那个人的头，但后来我看清了那是一个年轻男子，大约16岁到18岁的年纪。王尔德也在这间房子里，当时正在穿衣服。他告诉我，他那天早晨感觉好多了，而且因为他很忙，所以他没时间做按摩了。我之后再没为王尔德先生按摩过。

克拉克：你都是在固定的时间去他房间进行按摩的，对吗？

米吉：是的。

克拉克：卧室的门锁着？

米吉：没有。门没锁。

克拉克：你打开门的时候，王尔德先生在穿衣服？

米吉：是的。

克拉克：他在房间的什么位置？

米吉：在盥洗室。

爱德华·克拉克讯问简·科特

克拉克：你的职业？

科特：我是萨沃伊酒店的侍女。

克拉克：你在酒店见过王尔德先生吗？

科特：见过。我记得王尔德先生1893年3月住在酒店里。先是住在362号，道格拉斯勋爵住在紧邻的361号。我发现一些特殊情况，觉得有必要提醒女管家注意一下王尔德先生的床。床单很脏，是那种特别的脏。他住进酒店的第三天上午，大约11点，王尔德先生摇铃唤侍女。我听到铃声就去了，在361室门口我遇到了王尔德先生，他告诉我，他想把自己房间的火生起来。我在他房间里看见一个18岁或19岁的年轻男子，他长着浓密的黑发，表情灰黄。几天后，艾尔弗雷德·道格拉斯勋爵离开了酒店，王尔德先生随后搬进了酒店前部的房间。

控方宣布撤销对泰勒和王尔德合谋犯罪的指控 [①]

吉尔：法官大人，控方决定撤销对泰勒和王尔德合谋犯罪的指控。

克拉克：抗议。控方应该一开始就撤销这一指控，那样我就可以请求对两人分别听证。

法官：控方有权在任何时候撤诉。

克拉克：是的，我知道。

法官：听过那些证词之后，我认为合谋犯罪的指控确实很不必要。

克拉克：尊敬的法官大人，陪审团的先生们，这件案子的审理迄今为止主要是依据王尔德先生的文学作品，我认为这种行为很不体面。这样做有损法律的公正和尊严，对犯人的利益将会造成最大程度的伤害，这是最大的偏见和不公。吉尔先生已经要求你们抛弃在报纸上看到的一切，吉尔先生这样说非常公平。但吉尔先生坚持在庭审时读王尔德先生的文学作品，这你们也都听到了，这是非常不公平的。根据一个人的作品判断

---

① 王尔德与泰勒从一开始就是共同审判的，这实际上对王尔德非常不利。从社会地位和声望的角度而言，泰勒都不能和王尔德比肩，而泰勒的恶名昭著，对王尔德的审判百害而无一益，当人们将两人看成并列的人物时，王尔德作为诗人和剧作家的光环，只使他的实际生活行为更显得滑稽和可恶。当后来控方发现两人的案子根本不是一回事，宣布撤销对泰勒和王尔德合谋犯罪的指控时，实际上对王尔德造成的不利影响已经不可挽回了。

作者是不公平的。柯勒律治很久以前就这样说过："不要根据人的所作所为判断这个人。人要比他的作品好得多。"我当事人的诗歌和散文作品被最不公正地读出很多潜藏的意义，似乎他的敌人故意要用某些强加于我的当事人的文学作品上的不道德意义来判处他有罪。我指的尤其是《道林·格雷的画像》。

本案另一个奇怪的不公正之处在于：总是一次又一次地读王尔德先生在昆斯伯里侯爵一案中的庭审记录，试图以此判决王尔德先生。更奇怪的是，我们不是根据王尔德先生自己的作品判断他，而是根据他未写的作品，一部根本不是他所写的小说《牧师与侍僧》评判他。在昆斯伯里侯爵一案中这样做还有情可原，因为那一案件的问题是王尔德先生是否"看着像同性恋者"，但在目前这个案子里，这样的理由根本不存在。我提请法官大人和陪审团的先生们注意，当王尔德先生知道自己的名字出现在那一期《变色龙》上时，他非常愤怒。然而，他就此接受了讯问，并被与那部作品扯在了一起。就《道林·格雷的画像》进行讯问是非常不公的，就《牧师与侍僧》对他进行讯问无论如何也是不公正的。至于爱德华·卡森先生就一部法国小说《逆流》对王尔德先生的讯问，更是极端不公平，是对正义法则的极端歪曲。因此，文学问题实际上与你们现在要决定的事完全风马牛不相及。

先生们，正是我的当事人控告昆斯伯里侯爵，才使整个案子公之于众，才使王尔德先生处于目前这种危险境地。被控诽谤王尔德先生的人现在逍遥法外，而王尔德先生敢于将此事公之于众本身就证明我的当事人是无辜的。事情还不仅如此。就在第一次审判前几天，王尔德先生已经知道自己被指控了几项罪名，而且有名、有日期。3月30日，王尔德先生已经知道，在昆斯伯里侯爵的起诉书中已经包括了指控自己的犯罪目录。陪审团的先生们，当他已经知道自己被控有罪，却还留在英国，面对那些指控，你们能相信吗？犯这种罪的人总会神志混乱，而王尔德先生却还坚持将他的案子公之于世界，一个知道自己被控有罪，而且证据来自6个不同地方的人，却还坚持这样做，你们对这样的人怎么看呢？如果王尔德先生真被证明有罪，而他又坚持面对调查，这样的人岂止是神智混乱一词所能概括？

法官大人、陪审团的先生们，如果你们还对王尔德先生心存什么怀疑的话，当你们听完王尔德先生的证词后，你们的怀疑就会烟消云散。他发誓对他的所有指控都是假的。

爱德华·克拉克讯问奥斯卡·王尔德

克拉克：你的职业？

王尔德：我是剧作家和作家。1884年，我与康斯坦丝·劳埃德结婚，从那时起一直到现在，我与她一直住在切尔西的泰特街16号。我也有一段时间住在圣詹姆斯广场的一些房子里，我住在那里是为了文学创作，因为我两个儿子在家时，我在家里无法安静写作，精神上也得不到放松。我已听过这个案子里不利于我的证词，我发誓他们所说的那种不道德行为绝对是子虚乌有。

克拉克：你在昆斯伯里侯爵一案中提供的证据都绝对可信吗？

王尔德：完全真实可信。

克拉克：这个案子里不利于你的证词中没有可信之处吗？

王尔德：没有任何可信之处，他们说的都不对，丝毫不对。

查尔斯·吉尔讯问奥斯卡·王尔德

吉尔：你熟悉《变色龙》这份出版物吗？

王尔德：当然，非常熟悉。

吉尔：这份出版物的撰稿人都是你的朋友吗？

王尔德：是的。

吉尔：我相信艾尔弗雷德·道格拉斯勋爵也经常给它投稿。

王尔德：我想不能这么说。我只是偶尔为《变色龙》写点散文，实际上是为别的报纸写的。

吉尔：我们在谈的诗有什么特别之处吗？

王尔德：它们肯定不是贴着"诗歌"标签的那些平庸之作。

吉尔：这些诗歌的趣味吻合你的欣赏标准吗？

王尔德：这不是我赞赏不赞赏的事。读者自有评价。

吉尔：上次你被讯问时提到了你写给艾尔弗雷德·道格拉斯勋爵的两封信？

王尔德：是的。

吉尔：你被要求回答有关那些信，以及有关《道林·格雷的画像》和《变色龙》的问题？

王尔德：是的。

吉尔：你说你读过艾尔弗雷德·道格拉斯勋爵发表在《变色龙》上的诗？

王尔德：是的。

吉尔：你将这些诗描述为美丽的诗？

王尔德：我说过类似的话。那些诗的主题和结构都是创造性的，我很欣赏。

吉尔：艾尔弗雷德·道格拉斯勋爵给《变色龙》投了两首诗，它们都是美丽的吗？

王尔德：是的。

吉尔：听着，王尔德先生，我不会让你在被告席上待多长时间。（读《变色龙》上发表的一首诗。）

昨晚，我在床上，做了一个奇怪的梦，

恍惚中，我看到一个女人，

从坟墓里喷出燃烧的火焰；

我的双眼一看到也熊熊而燃。很快，飘荡的火焰

变形万千，

一个喊道：我是羞耻，与爱同行，

我最聪明，能使冰冷的唇和四肢燃烧；

因此，发现并看出我的可爱吧，

赞美我的名字。

然后，穿上用风笛的声音和快乐双唇的欢笑

装扮的华服，所有激情的游行行列

整夜穿行；直到晨曦的白色幽灵船抵岸。

在那里我唱出这样的歌，

"一切甜蜜的激情中，羞耻最可爱。"

这就是其中一首美丽的诗吗？

克拉克：那不是王尔德先生的诗。

吉尔：我好像也没说那是王尔德先生的诗。

克拉克：我想你会很乐于说那不是王尔德先生的诗。

法官：我知道那是艾尔弗雷德·道格拉斯勋爵的诗。

吉尔：是的，法官大人，这就是被告描述的美丽的诗。另一首美丽的诗紧随其后而在《牧师与侍僧》之前。

吉尔：王尔德先生，你认为这里提到的"羞耻"是表示谦逊之意吗？

王尔德与艾尔弗雷德·道格拉斯。
出自 *Oscar Wilde* by Richard Ellmann

王尔德：这首诗的作者就是这样向我解释的。这首十四行诗在我看来似乎晦涩不明。

吉尔：1893年和1894年间，你经常和艾尔弗雷德·道格拉斯勋爵在一起？

王尔德：噢，是的。

吉尔：他给你读过这首诗吗？

王尔德：是的。

吉尔：这样一首诗智力一般的读者是无法接受的，你或许能理解吧？

王尔德：我不准备这样说。在我看来这似乎是趣味、气质和个性的问题。应该说一个人的诗是另一个人的毒药！（笑）

吉尔：我敢说是这样！下一首诗是描写"两种爱"的，其中有这样的诗行：

"甜蜜的年轻人，

告诉我你为何悲哀而叹息着

漫游在这欢乐的王国？请你对我说实话，

你叫什么名字？"

他说："我的名字叫爱。"

接着，第一个人转身直面着我，

喊到，"他说谎，他的名字叫羞耻。"

"但我是爱，我想

独居于这美丽的花园，直到他夜晚

不请自来；我是真正的爱，我让

少男少女的心里充满互燃的火焰。"

随后他叹息着对另一个说："冷静些吧，

我才是不敢说出名字的爱。"

吉尔：你觉得这首诗怎么样？

王尔德：我认为它很可爱。

吉尔：你对它的意义没有什么疑问吗？

王尔德：绝对没有。

吉尔：难道它所描写的爱与自然之爱和非自然之爱都有

关？这不是很明显吗？

王尔德：不是的。

吉尔：什么是"不敢说出名字的爱"？

王尔德："不敢说出名字的爱"在本世纪是一种伟大的爱，就是一位年长者对一位年幼者的那种伟大的爱，就是大卫和乔纳森之间的那种爱，就是柏拉图作为自己哲学基础的那种爱，就是你们能在米开朗基罗和莎士比亚的十四行诗中发现的那种爱。这是那种深沉、热情的爱，它的纯洁与其完美一样。它弥漫于米开朗基罗和莎士比亚那些伟大的艺术作品之中，以及我的那两封信中，它们就是表达这种爱的作品。在这个世纪，这种爱被误解了，误解之深，它甚至被描述为"不敢说出名字的爱"，为了描述这种爱，我站在了现在的位置。它是美的，是精致的，它是最高贵的一种感情，它没有丝毫违反自然之处。它是思想上的，它不断出现于年长者与年幼者之间，当年长者拥有才智时，年幼者的面前就会拥有所有的生活的快乐，所有希望和生活的魅力。这个世界不理解这一点，而只是嘲讽它，有时还因为它而给人戴上镣铐。（热烈鼓掌声，夹杂着一些嘘声。）

法官：如果再有任何感情方面的表示，我将要求法庭清场。法庭必须保持绝对的安静。

吉尔：那么就没有理由称其为"羞耻"了？

王尔德：哈，你会看出它是对另一种爱的嘲讽，即嫉妒友谊的爱，后者对它说："你不应该干涉。"

吉尔：1893年3月初你和艾尔弗雷德·道格拉斯勋爵一起住在萨沃伊酒店？

王尔德：是的。

吉尔：你进过他的房间？

王尔德：是的。

吉尔：按照我的理解，你说本案的证人当庭提供的证据都绝对是假的。

王尔德：完全是假的。

吉尔：完全是假的？

王尔德：是的。

王尔德与艾尔弗雷德·道格拉斯在一起。
出自 *Irish Peacock & Scarlet Marquess* by Merlin Holland

436

吉尔：你听到萨沃伊酒店的仆人提供的证词了吗？

王尔德：那绝对是假的。

吉尔：那一周你与艾尔弗雷德·道格拉斯勋爵争吵过吗？

王尔德：没有；我们从来没争吵过，或许有些小小的分歧。有时他说话伤我，有时我说话伤他。

吉尔：那一周他说了什么伤你的话了吗？

王尔德：无论他说什么不友好的话，我都随时准备原谅他。

吉尔：我希望你能注意你和艾尔弗雷德·道格拉斯勋爵通信的风格。

王尔德：我准备着呢。我从来不为我的写作风格感到羞耻。

王尔德与艾尔弗雷德·道格拉斯在一起。
出自 *Oscar Wilde* by Richard Ellmann

吉尔：是说你幸运呢，还是说你不知羞耻？（笑）我指的是两封特别的信中的段落。

王尔德：请费心引述一下吧。

吉尔：在第一封信里，你使用了"你那纤细的金色灵魂"这句话，你还提到了艾尔弗雷德·道格拉斯勋爵的"玫瑰叶似的红唇"。第二封信包含着这样的话，"你是我想要的圣物"。并说艾尔弗雷德·道格拉斯勋爵给你的信"就是一杯让我沉醉的红黄色的佳酿"。你认为一般人会这样对一个年轻人说话吗？

王尔德：我认为我不是那种快乐而普通的人。

吉尔：与你达成一致真让人高兴，王尔德先生。（笑）

王尔德：我向你保证，这两封信中没有任何东西让我感到羞愧。第一封信实际上是一首散文诗，第二封信是对艾尔弗雷德·道格拉斯勋爵来信的文学性回答。

吉尔：对你在萨沃伊酒店所做之事的指控，你准备反驳酒店仆人的证词吗？

王尔德：那完全是假的。我能在离开酒店数年后回答酒店仆人所说的话吗？那太幼稚了。我对酒店仆人不负有责任。我曾住在那家酒店，并且经常住在那里。

吉尔：没有可能弄错吗？没有女人和你在一起吗？

王尔德：当然没有。

吉尔：当昆斯伯里侯爵的律师在向陪审团陈述时，案子被迫中断了，法庭作出了"无罪"判决。陪审团发现可以证明无罪，且所谓诽谤是为了公众的利益，你知道这些吗？

王尔德：我不在法庭上。

吉尔：但你知道？

王尔德：不，我不知道。我知道我的律师已经声明不能根据文学问题进行判决，我也不能质疑他们优越的文学才能。我不在法庭上，我也没读到任何审判记录。

吉尔：雪莱的证词有何不实之处？

王尔德：我说他对事件的描述绝对是捏造的。实际情况是：他和我一起到独立剧院，但包厢里还有其他朋友。他所指责的不道德行为同样是捏造的。

吉尔：你认为亲吻一个男孩不是什么不道德行为？

王尔德：亲吻一个年轻男子，一个孩子，当然不是不道德行为；但我当然认为不应该亲吻一个18岁的年轻人。

吉尔：然后还有雪莱的信，其中一封信中有这样一句话："上帝宽恕过去，为了现在尽力吧。"你知道这句话的意思吗？

王尔德：是的。雪莱常给我写病态的、非常病态的信，这些信都被我撕了。他在这些信中说自己是个大罪人，急于和宗教更密切地交流。我总是将这种信撕掉。

吉尔：查尔斯·帕克的证词有无失实之处？

王尔德：他说他到萨沃伊酒店，我对他做了不道德之事，这是捏造的。他从未在萨沃伊和我一起吃过饭。事实上他和我一起吃过午饭，也到过圣詹姆斯广场喝过茶。其他的都是假的。

吉尔：谁将伍德介绍给你的？

王尔德：艾尔弗雷德·道格拉斯勋爵。

吉尔：你曾带伍德到过泰特街吗？

王尔德：这完全是捏造的，他从未和我一起到过泰特街。

吉尔：你说这些证人全部是说谎？

王尔德：他们关于和我在一起的证词，以及一起吃饭的证词，我送给他们小礼物的证词都基本上是对的。但他们所说的和我发生不道德之事的证词丝毫不对。

吉尔：你为什么要和这些年轻人在一起？

王尔德：我喜欢年轻人。（笑）

吉尔：你赞美年轻人是神？

王尔德：我喜欢研究一切年轻的东西。青春本身有种让人着迷的东西。

吉尔：这么说你喜欢小狗胜于大狗，小猫胜于大猫了？

王尔德：我想的是。例如，我和最著名的皇家律师一样，喜欢和没胡须的、没生意的律师在一起。（大笑）

吉尔：我希望前者，我用大写字母表示的那个人，能够欣赏你的赞美之辞。（更多的笑）这些年轻人的地位都比你低得多？

王尔德：我从不问，也不在乎他们是什么地位。我发现他们大多数情况下是聪明而可爱的。我发现他们的谈话有了改变。这就像一种精神滋养。

吉尔：你为什么到泰勒的房间？

王尔德：因为我常常在那里遇到各种各样的演员和歌手。

吉尔：泰勒有一种相当奇怪的嗜好，对吗？

王尔德：我认为不是这样。

吉尔：你看不出泰勒房间的布置有什么奇怪或暧昧之意吗？

王尔德：我不能说我看出来了。它们是波希米亚式的，如此而已。我曾看到过比它们更奇怪的房间。

吉尔：你是否注意到没人能透过窗户看清房间内部？

王尔德：我没注意到。

吉尔：他在房间里烧香料，是吗？

王尔德：我想是香锭。

吉尔：我说是香料。

王尔德：我想不是。我应该说是香锭，是那种附在棍子上的日本的小东西。

吉尔：你是不是觉得这种地方有点奇怪？

王尔德：一点儿也没觉出来。

吉尔：他住的地方不是你常常想去的那种街吧？你在那里就没有别的朋友了？

王尔德：没有。这只不过是一个单身汉之家。

吉尔：它的邻居都相当粗俗？

王尔德：这我不知道。我只知道它邻近议会。

吉尔：你到那里去做什么？

王尔德：有时是娱乐自己；有时是去抽烟；听音乐，唱歌，聊天，或者无所事事，只是打发掉一小时。

吉尔：你从来没怀疑过泰勒和他的年轻朋友之间的关系？

王尔德：我没必要怀疑任何事情。泰勒与他朋友的关系在我看来是非常正常的。

吉尔：王尔德先生，我是否可以这样理解：你认为警察没理由一直监视小学院街？

王尔德：是的。

吉尔：关于阿方索·康韦你有什么说的吗？

王尔德：我是在沃辛的海滩上遇到他的。他是一个非常快乐、开朗的男孩，使我觉得与他谈话是一种快乐。我给他买了一根手杖，一套衣服和一顶带彩带的帽子，但我对缎带不负责任。（笑）

吉尔：你给所有这些年轻人都送了漂亮的礼物？

王尔德：请原谅，我对他们是有区别的。我只送了他们中间两三个人烟盒：他们那种阶层的男孩子抽烟很厉害。我的弱点就是送给熟人烟盒。

吉尔：如果不加区别地都送烟盒，那就成了一种相当奢侈的习惯了，不是吗？

王尔德：比送给女人钻石袜带便宜一些。（笑）

吉尔：至于你与我提到的那些人的友谊，我是否可以这样理解，王尔德先生，就如你所描述的，是一个年长者对一个年轻人的深沉的爱？

王尔德：当然不是。是人在一生中只能感受到一次，而且只有一次的那种爱，是对任何人都有的那种爱。

查尔斯·吉尔讯问艾尔弗雷德·泰勒

吉尔：你做什么工作？

泰勒：我没有工作。

吉尔：你在自己房间里穿过女人衣服吗？

泰勒：穿过一件东方服装。

吉尔：一件女人的服装？

泰勒：是的。是为化装舞会准备的。

吉尔：还有女人的头发？

泰勒：我将解释一下。它是——

吉尔：你穿过女人的长筒袜。

泰勒：是的。

吉尔：你住在查普尔街的时候，一度曾陷入过严重的经济困难？

泰勒：当时我刚刚听过破产法庭的宣判。

吉尔：你破产之后，实际上就是靠给你所认识的富人介绍男孩子做罪恶之事为生吗？

泰勒：不是。

吉尔：你难道没有通过威胁有钱人，说要举报他们的不道德行为而收敛一大笔钱吗？

泰勒：没有。

吉尔：你在圣詹姆斯饭店认识的帕克兄弟？

泰勒：是在饭店外边，是一位朋友将他们介绍给我的。

吉尔：你为什么将自己的地址给他们？

泰勒：这好说，当一个人认识另一个人时，而且你认为彼此有好感，当然可以留下自己的地址了。

吉尔：你是不是有在皮卡迪利大街与年轻人说话的习惯？

泰勒：我知道你什么意思。不是的。

吉尔：你去过皮卡迪利？

泰勒：是的，常常去。

吉尔：圣詹姆斯广场呢？

泰勒：是的，也常常去。

吉尔：你非常了解王尔德先生吗？

泰勒：是的。

吉尔：你是否告诉过一些男孩说他喜欢男孩子？

泰勒：没有，从来没有。

吉尔：你了解他的为人吗？

泰勒：我相信他喜欢年轻人。

吉尔：为什么你将查尔斯·帕克介绍给王尔德先生？

泰勒：我以为王尔德先生可以利用他的影响为他找到某种舞台工作。

吉尔：你为什么在房间里烧香料？

泰勒：因为我喜欢。

爱德华·克拉克的结案陈词

法官大人，陪审团的先生们，控方先是控诉合谋犯罪，后又撤销这一控诉，我再次抗议这种做法。控方律师应该一开始就这样决定，否则也不会给我的当事人造成如今这样大的困难。现在无论你们怎样竭力要将两人的证据分开，你们都会发现那已是不可能的了。用于控诉王尔德的文学证据不是用于控告泰勒的证据，也不适合于雪莱。同时，经常出现在泰勒家里的那些年轻人也不能用作控诉王尔德的证据。法官大人将告诉你们，假定的发生在圣詹姆斯饭店的泰勒和帕克兄弟之间的谈话也不能作为控告王尔德的证据。（这只是控告泰勒的证据，法官插话说。）要分清这些证据，你们得有极大的责任心。

艾尔弗雷德·道格拉斯勋爵的那两首诗与王尔德的关系就和我的关系一样，或者与你们这些先生的关系一样。根据文学作品，而且还不是他本人的作品，而是别人的作品，我们怎么评价我们诗人的道德？一位诗人不应该对别人的作品负责，就如一位描绘谋杀案的艺术家本人不能被当成谋杀犯一样。

至于王尔德先生在已出示的那些信中表达的感情，他自己称为纯洁、真诚的感情，绝对与那些敲诈者所说的不道德行为无关，也不可能有关。还有，如果王尔德先生有罪，他会愿意站在被告席上？然而，他勇敢地站在了被告席上，无畏地面对着对他的一切指控。王尔德先生非普通人。他写过诗、散文、辉煌的剧本；他在青年时代就接受过世界文学的训练，而非仅仅是英国文学的熏陶，他接受的那些帝国的文学，对我们而言都仅仅是一个个名字而已。他写信的格调在一些人看来似乎轻浮、夸张、荒谬，但他并不羞于或害怕将这些信出示出来。他走到被告席，说它们表达了纯洁的爱，当他说这些话时，难道没人相信他？

我知道，陪审团要消除掉自己判断偏差的印象会多么困难，要让他们只关注那些真实而正确的证据有多难。因此，在你们判决这个案子之前，我请求你们尽量只根据那些你们认为是出于良知的证据做出决定，而你们，作为有名望的人，有权利只接受诚实、真实和可信的证据。在你们判决目前这个案子中的人有罪时，你们一定要坚持那些可以得到证实的证据。你们要摆脱脑子中的那些偏见——这些偏见这几天一直漂浮在周围，要让你们完全摆脱这些偏见也是不可能的，但判决要公正，氛围就应该绝对清明。我相信，你们认真思考的结果将能满足那些成千上万目前悬浮于你们的决定的希望，将会还我们如今这个时代一位最著名、最有成就的文学家以清白，而还给他清白，也就是清除了社会的一个污点。[①]

查尔斯·吉尔的结案陈词

法官大人，陪审团的先生们，我博学多识的朋友爱德华·克拉克爵士辩解说，没有一个意识到自己有罪的人会敢于挑起对昆斯伯里侯爵的指控。关于这一点，我敢说你们并不知道王尔德先生当时心里是怎么想的，或者说他是如何被一种希望误导的：他以为案子会完全按照相反的结果发展。事实是：昆斯伯里侯爵从一开始就证明了自己的正确。克拉克先生为犯人王尔德进行了大胆而精彩的辩护，但也不经意间承认了一点——在这一点上我有绝对的优势——他对王尔德落到目前这样的处境也负有部分责任，因为他在上一个案子中也是王尔德的律师，也至少是因为那样的结果，所以我博学多识的朋友现在又出现在被告的辩护席上。至于昆斯伯里侯爵对王尔德最初的指控，我认为根本没必要讯问王尔德，因为王尔德自己的律师承认，昆斯伯里侯爵的那些针对王尔德的文字是为了公众的利益才公开的。

---

① 克拉克的辩论总结听得王尔德热泪横流，他匆匆写下表示感谢的便条，转给自己的律师。

至于悉尼·梅弗，可以肯定，在某种程度上，王尔德一直在使这个年轻人感到厌恶，王尔德先生的某些行为，对待他本人或对待别人的行为，都冒犯了他。梅弗给犯人王尔德的信不是已表明他希望终止与王尔德的友谊了吗？

法官：虽然这个证人的证据明显很重要，然而他已否定被告王尔德有过什么不道德行为。因此，我认为梅弗的证词可以成立。暗示他有过不道德行为的陈述也相应无效。

吉尔：我博学多识的朋友说，雪莱是位绝对可敬和可信的证人，他说雪莱精神状态不正常，这绝对站不住脚。至于那些被称为敲诈者的证人，他们指控被告也没有明显的动机，除非他们的指控本质上真实，事实上也真实。

先生们，你们有责任无畏、无私地表达你们的判决。你们肩负着社会的责任，不管你们对一位名人的道德堕落感到多么遗憾和惋惜。你们要保护社会免遭这种坏人的毒害，清除社会心脏上的毒瘤。我们的社会决不能再受到腐化和污染了。

法官：陪审团的先生们，请你们记住，王尔德先生是发过誓的，而且是他自己最初要求就昆斯伯里侯爵对他的指控进行调查的。你们不应根据王尔德是《道林·格雷的画像》一书的作者而对被告产生什么不利的印象。即使一位想象力丰富的作家在自己的小说中描写了一些罪恶的思想，让他的主人公表达一些常人难以忍受的感情，但这并不能说作者本人就有这样的感情。虽然我们一些最著名、精神最高贵的作家终生没写过一句不道德的话，如沃尔特·司各特爵士、查尔斯·狄更斯，但不幸的是，也有一些伟大的作家，他们也有高贵的心灵，却以这样或那样的方式，尤其是在18世纪，给我们写了一些一般人觉得痛苦的作品。因此，当你们判决一个人时，若根据这个人写作某部作品的背景，你们，至少是读过其中片段的人，就对他进行不利的判决，这是不公平的。

至于王尔德写给艾尔弗雷德·道格拉斯勋爵的两封信，法庭上已经讨论了很长时间，尤其是在昆斯伯里侯爵一案中。卡森先生认为这些信具有可怕的或不道德的特性，我怀疑这是否正确。王尔德先生自己说过，他根本不为其中任何一封信感到羞耻，虽然它们表达了爱和激情，但这不是不纯洁的和不自然的激情。而且，据说最重要的第一封信无疑值得你们注意，而这封信恰是王尔德先生自己出示的，因此他的律师这样说："相信他不以此为耻。"

陪审团的先生们，请你们慎重考虑控方证人的证词，特别是萨沃伊酒店的侍女简·科特和按摩师米吉的证词。在我看来，如果他们的证词属实，那么，我觉得奇怪的是：王尔德先生竟然那样大意，毫不遮掩。然而，如果酒店侍者的话属实，那么，王尔德否认自己在萨沃伊酒店做过不道德之事，这就肯定不对了。这取决于你们决定哪方在说真话，哪方在说假话。

我不希望再多谈这个最让人不适的案子里的最让人不适的部分了，陪审团的先生们，我之所以如此慎重地对所有的证词都进行总结，是因为这对大众很重要，对被指控者也非常重要。现在重要的是，如果你们认为证词所说的行为已得到了证实，那么你们可以大胆地这样说。但是，人们不应该就人所未犯的罪行判他有罪，这也同样极其重要。犯人王尔德有权请你们记住：他是一个极具才智的天才，一个不可能有被指控的那些行为的人。还有泰勒，虽然我们不知道他的能力如何，但他也接受了很好的教育，他也属于一个很难想象会犯被指控的那种罪行的阶层。与此同时，你们在处理这个案子时，一方面要记住犯人的地位，另一方面也要记住你们对公众的责任。如果你们觉得无法根据证人的证词进行判决，你们就应如实说；但是，如果你们觉得难以相信证词，你们也应大胆说出。

在你们做出决定之前，你们应首先考虑以下四个问题：

1.你们是否认为王尔德在萨沃伊酒店与爱德华·雪莱和艾尔弗雷德·伍德以及某个或某些人发生了不道德行为，或与查尔斯·帕克发生过不道德行为？

2.泰勒是不是掮客，或为王尔德引见了或试图引见其中的哪一位年轻人？

3.王尔德和泰勒，或其中任何一个人是否企图迫使阿特金斯做不道德之事？

4.泰勒是否和查尔斯·帕克或威廉·帕克做了不道德之事？

陪审团退下，5：15他们告诉法官商讨的结果：他们发现第三个问题不成立，但在其余的问题上，他们意见不一致。

法官：陪审团的先生们，我已收到了你们的消息，除了关于阿特金斯这个小问题外，你们在其余的问题上没达成一致的意见。

陪审团团长：是的，法官大人。我们无法在你提交给我们的三个问题上达成一致意见。

法官：你们是否愿意再退庭进一步磋商？如果时间稍长一些，你们或许能就其中的一些问题达成一致意见。

陪审团团长：我们已经用了3个小时讨论这些问题，唯一的结果是我们无法达成一致意见。

法官：你们是否想问我什么问题，以便于你们进一步决定你们的意见？

陪审团团长：那也没用，法官大人。

法官：任何时候我都非常不愿意做什么似乎强迫陪审团推迟判决之事。你们已经进行了长时间的磋商，无疑你们也已经尽力就某些问题达成一致意见。另外，如果你们认为还有望就某些问题达成一致意见，我会请你们这样做的。

陪审团团长：法官大人，恐怕不可能达成一致了。

法官：既然如此，若再拖延你们的时间就不对了。

5月1日，陪审团讨论了3个多小时，最后得出结论：许多指控无法成立，但不同意王尔德保释。5月3日，议院的一位陪审员同意将王尔德保释，昆斯伯里侯爵存世的长子霍维克·道格拉斯勋爵和R.斯图尔特·黑德勒姆作保人。5月7日，王尔德交了保证金后获释，3周后重新开庭，这期间王尔德有充分的自由。

第五章
奥斯卡·王尔德被控有伤风化案（二）

时间：1895年5月20日—5月25日

地点：老贝利中央刑事法院

法官：威尔斯

陪审团

原告辩护律师：副检察长弗兰克·洛克伍德、查尔斯·吉尔、霍勒斯·阿沃里

被告：奥斯卡·王尔德

被告辩护律师：爱德华·克拉克、查尔斯·威利·马修斯、查尔斯·汉弗莱斯

爱德华·克拉克讯问爱德华·雪莱

克拉克（读信）：

我亲爱的奥斯卡：

下周日晚你是否在家？我非常急于见到你。今天上午我来拜访，但我现在正紧张不安，这是失眠的结果，我不得不待在家里。这一星期我一直渴望见到你。我有很多话要对你说。不要以为我以前没来是健忘，因为我永远不会忘记你的仁慈，我知道我无法充分表达出我的感谢。请就星期日之约写张便条给我。

相信我，你永远的

爱德华·雪莱

这是你写给王尔德的信吗？

雪莱：是的。

克拉克：现在请对陪审团的先生们说：你是不是因为王尔德对你做过不道德之事，所以才写这封信的？

雪莱：是的。因为发生了两次那种不道德之事后，他对我特别好。他似乎真心为自己的行为感到抱歉。

克拉克：你在给王尔德的信中多次说自己"病了""健康状况不好""紧张""瘦弱""行为怪异"，你攻击你父亲时是不是就处于这样的精神状态？

雪莱：我当时肯定神志不清。

克拉克：你曾因攻击自己的父亲而被捕？

雪莱：是的。我攻击自己的父亲肯定是因为神志不清。

克拉克：你的精神状态是不是变得越来越糟？

雪莱：我是用功过度才生病的。

克拉克：你过去的精神状态是不是比今天差？

雪莱：我现在没什么病了。

克拉克：你能肯定？

雪莱：非常肯定。

弗兰克·洛克伍德讯问奥斯卡·王尔德

洛克伍德：昆斯伯里侯爵一案审理过程中，艾尔弗雷德·道格拉斯勋爵在伦敦吗？

王尔德：是的，他在伦敦待了大约3个星期，在我的案子审判前夕，他遵照我的意愿去法国了。

洛克伍德：当然，你和他一直保持着联系？

王尔德：当然。这些指控都是建立在沙堆之上的。我们的友谊则是建立于岩石之上。对这一点我没必要隐瞒。

洛克伍德：当你知道昆斯伯里侯爵反对你和他儿子的友谊时，你是怎么做的？

王尔德：我说我绝对准备终止这种关系，如果这能使他和父亲握手言和。但他不愿意这样做。

洛克伍德：他父亲的干涉没任何效果？

王尔德：是的。

洛克伍德：（读了几封王尔德写给道格拉斯的信。）这些信代表了你和艾尔弗雷德·道格拉斯勋爵通信的风格？

王尔德：不！我从托基写给他的信本来就是作为一首散文诗来写的，是为了回应他写给我的一首诗。我是带着极大的感情写那封信的。

洛克伍德：为什么你选择"我自己的男孩"作为通信的方式？

王尔德：因为道格拉斯比我年轻那么多。给年轻人写信是一种奇妙的、快意的事，就如我在第一次审判时所说的那样，在我看来这不是一个对错或合适与否的问题，而只是文学表达的问题。它就如莎士比亚的一首小十四行诗。

洛克伍德：我没有用正确的或合适的词。它纯洁吗？

王尔德：噢，当然纯洁。它根本不包含什么不纯洁之意。

洛克伍德：你这样年纪的人用那种方式给他那种年纪的人写信，你觉得纯洁吗？

王尔德：对一个艺术家来说，用这种方式给一个有教养、迷人的年轻人写信是一种美丽的方式。纯洁与否与此无关。

洛克伍德（厉声地）：是吗？你是否理解这个词的意思？

王尔德：是的。

洛克伍德："你那玫瑰叶似的红唇不仅生来是为了歌唱的，而且也是为了疯狂热吻的，这真是个奇迹"。这也是纯洁的？

王尔德：我只是想用美丽的方式写一首散文诗。

洛克伍德：你认为这纯洁吗？

王尔德：噢，是的，是的，当然是的。

洛克伍德：你认为以这种方式给一位年轻人写信是纯洁的吗？

王尔德：我只能给你同样的回答。这是一种文学写作方式，我的本意就是想写成一首散文诗。

洛克伍德："你那纤细的金色灵魂行走在诗歌和激情之间。我知道，为阿波罗所钟爱的雅辛托斯就是在希腊时的你呀"。你是在谈两个男人之间的爱？

王尔德：我这句话的意思只是说他是位诗人。雅辛托斯就是位诗人。

洛克伍德：但总带着一种潜在的爱？

王尔德：这不是一种感官的爱。

洛克伍德：这仍是诗的想象或你感情的表达吗？

王尔德：这是我感情的表达。

洛克伍德：这里还有你的一封信："我最亲爱的男孩，你的信就是一杯让我沉醉的红黄色的佳酿，但却让我悲哀不能自抑。波茜，你不要再与我吵闹了，这要杀了我的，它只会毁灭生活中可爱的东西，我不能看着那么优雅和希腊式的你被激情扭曲。我不能听到你那线条优美的双唇对我说出恶毒的话。我宁愿被人敲诈，也不愿接受你激烈的不公正的恼恨。我必须尽快见到你。你是我想要的圣物，是优雅和美的化身；但我不知道怎样才能见到你。去索尔兹伯里吗？我在这里的账单是每周49镑。"这不是诗的想象，是实际情况吧？

王尔德：噢，是的，是的。这属于那种最病态的散文诗。

洛克伍德：根据萨沃伊酒店的证词，按摩师和侍女在你房间里看到过男孩，这是真的吗？

王尔德：绝对不是真的。没人在那里。

洛克伍德：没有一个人在那里，无论男女？

王尔德：是的。

洛克伍德：你的意思是说侍女的证词也不真实？

王尔德：绝对不是真的。

爱德华·克拉克的结案陈词

法官大人，陪审团的先生们，出于某种感情的压力，我在今天上午就有话想说，我首先要说的是，副检察长对王尔德先生的讯问是完全公平的，如果今天早晨我有所触动的话，那也是我博学多识的朋友昨天的行为造成的。我曾以为充满敌意的言辞，现在我都觉得是绝对公正的。我说这话是绝对坦率的。

我提请你们注意，先生们，你们的责任简单而明确，当你发现一个被污点证据攻击的人走进被告席，第三次对事件过程进行清晰、连贯、明确的描述时，就像被告今天所做的那样，我敢说，这个人有权利让人相信，他不同于你们今天看到的那些敲诈者。我不知道审判的依据是什么。这次审判似乎是根据适合于所有敲诈者的财产补偿法进行的。伍德和帕克在提供证据时，也给他们自己建立了一种补偿标准。在证明王尔德有罪的同时，他们却把自己过去做过的坏事推得一干二净。就是根据伍德和帕克的证据，你们才被要求判王尔德有罪。他们是由人介绍给王尔德的，王尔德先生对这些人的人品一无所知，正是因为他喜欢被人崇拜，所以才和他们混在一起。情况真应该颠倒过来。应该受指控的是这些人，而不是控诉者。事实上，在诽谤案立案之前，查尔斯·帕克和伍德从来没指控过王尔德先生，而这是多么有利于王尔德先生的证据啊！因为如果在那之前查尔斯·帕克和伍德认为他们有证据指控王尔德先生的话，先生们，难道你们认为他们不会提起指控？你们认为他们会一年接一年地忍受着，而不想从王尔德先生那里得到些什么？但查尔斯·帕克和伍德以前并没指控过王尔德先生，他们也没设法从他那里得到钱，这和其他证据都充分说明对王尔德先生的指控是没有任何根据的。

　　你们不能根据怀疑和偏见进行判决，而是要根据对事实的检验，先生们，依据事实进行判决，我郑重请求：王尔德先生有权利得到你们的无罪判决。如果检查过证据之后你们就能感到自己有责任说对被告的指控都是无事实根据的，那么，我敢肯定，你们将乐于看到由这些指控积聚起来的辉煌的前景，以及差一点淹没在几周前报纸上铺天盖地的偏见的洪流中的辉煌的名望，都被你们拯救于彻底毁灭的边缘；而让他，一位著名的文学家，一位优秀的爱尔兰人，在我们中间过着体面、有尊严的生活，让他为我们的文学贡献其成熟的天才，而他现在才只贡献其青年时代的天才。

弗兰克·洛克伍德的结案陈词

我博学多识的朋友克拉克先生提到对被告进行3次讯问过于严苛，我准备说的是，这些审问对王尔德先生是有好处的，与以前那种不利处境相比，他后来的回答显然更配合，也更有准备了，这当然更便于我们得出结论，也正是根据证据我才请求你们判处被告有罪；但只有当你们知道了你们在审判的人的实际行为方式，你们才能真正理解证据。他的同伴都是谁？他是一位有修养、有文学品位的人，我认为他的同伴应该是和他有同等地位的人，而不是这些你们已在证人席上看见过的无知无识的男孩子。

你们一定会根据被告的行为判处他有罪，你们的判决也应该这样。

爱德华·克拉克爵士说，王尔德先生本人要求对此事进行调查，我博学多识的朋友的这份陈述使我有必要提请你们注意昆斯伯里案中这些人的相对地位。爱德华·克拉克爵士曾抗议说，昆斯伯里侯爵诽谤案提到了两年以前的事，随着时间的流逝，已经找不到王尔德先生的证人了。但我想问你，什么证人见不到了？我想对你们说的是：事实上王尔德再没见过帕克，他可以绝对依靠自己的亲密朋友泰勒，这才促使他起诉昆斯伯里侯爵。

克拉克：我必须起身反对副检察长先生对从未得到事实证明之事所做的修辞性的描述，反对他说在王尔德先生和泰勒之间存在着亲密友谊。

洛克伍德：先生们，这不是修辞，这是显而易见的事实。他们的亲密友谊表现在哪些地方呢？他们彼此之间称呼教名。他自己难道没承认他们是好朋友？难道他没对泰勒说："带你的朋友来；他们也是我的朋友；我不太关心他们是来自厨房还是餐桌。"毫无疑问，我博学多识的朋友现在希望将他们分开。他希望这个案子结束后一个人应该被判有罪，另一个人则继续自由地从事自己辉煌的文学事业。

克拉克：我抗议。

洛克伍德：我的朋友希望通过错误的艺术魅力保护王尔德先生。

克拉克：法官大人，我必须抗议这种言论。我强烈抗议博学多识的副检察长现在所说的一切。

洛克伍德：噢，你可以抗议。

法官：迄今还没涉及案子的判决问题。

克拉克：所有这些和法庭上已听到的证据无关。

洛克伍德：法官大人，我在说的是，我坚持认为我所说的是对的：我博学多识的朋友刚才就他的当事人的文学地位向陪审团提出的请求是不合适的；而我则在运用这一点调查他和泰勒的关系，我说这些人都应该受到同样的判决。

克拉克：他们应该按照适当的程序接受公平的审判。

洛克伍德：噢，法官大人，这些干扰对我的朋友没任何好处。

法官：副检察长先生完全是在自己的权利范围之内。唯一的不当是暗示了泰勒审判的结果。

洛克伍德：我博学多识的朋友似乎并未从他多余的干扰中得到更多收获。（笑）

法官：这些干扰对我的冒犯也是无法描述的。不得不审判这样一个案子，并且得保证法律的公正，履行自己的责任，这已经够受的了，但还要受到其他的烦扰，诸如鼓掌，或无事可做、纯粹出于满足病态的好奇心才来这里的人们的感情，这尤其让人受不了。我希望在接下来的审判中不要再听到类似的干扰，如果再出现，我将清场。

洛克伍德：我坚持认为：这封信若是男人写给女人的，那则只可能有一种解释，但当这样的信是一个男人写给另一个男人的时候，我们会从中得出更坏的推论。王尔德先生一直想把它解释为一首散文诗，一首十四行诗，一件可爱的东西，我估计我们智力太低，无法欣赏它。先生们，如果真是这样，让我

1895年5月28日，王尔德被判有罪的第三天，昆斯伯里侯爵在皮卡迪利大街遇到长子珀西，两人发生冲突，因为珀西公开支持王尔德。
出自 *Irish Peacock & Scarlet Marquess* by Merlin Holland

们感谢上帝吧！幸亏我们不能欣赏这种东西的真正价值，这是某种比野兽还低等的东西啊！任何心智正常的人看到那封信，都会将之看成罪恶激情的证据。而你们，有尊严、有理性和荣誉的人们，有人在用这个关于散文诗、十四行诗和可爱事物的故事让你们做出错误的判断。一个有目共睹的结论是：这些信是王尔德先生与伍德讨价还价买回来的。实际上，王尔德先生自己也承认了，这在某种程度上与伍德提供的证词是吻合的，这也证明伍德的故事是真实的。那么，对王尔德先生来说，他还有何必要在包房里招待伍德晚饭，或者告诉他自己的家人不在城里呢？如果王尔德先生所说的他和伍德首次会面的情况属实，那他所需做的就是给他应给之钱；如果他认为这个年轻人身上有什么东西吸引了他的仁慈之心，那也只需满足伍德可能的需要就行了。在我看来，伍德此次没有欺骗你们的动机。我想说的是：与这些信相关的审判只能得出一个结论。王尔德先生知道自己必须收回这些信，所以他就买下这些信，并把它们撕成碎片。他保留了从艾伦手中收回的那封信，因为他知道特里先生有这封信的复制件，因此毁掉原件也没用。先生们，如果你们得出结论说王尔德先生确实买回了这些信件，那他的行为就昭然若揭，一目了然了。事情表明：他知道与自己保持亲密关系并且还将继续保持亲密关系的这些人所属的阶层。

我博学多识的朋友说这些证人都是敲诈者，并且警告你们不要作出会让这种可恶的交易在这个城市毫发无损地继续泛滥的判决。先生们，我也应有同样的权利要求你们至少要注意：你们的判决可能会使另一种罪恶，一种同样可恶、同样可怕的罪恶，在这个城市里不知羞耻地抬头。敲诈的根源是这个与敲诈者做了这些不道德之事的人，而做了这些肮脏之事的人皆是受了这个愿意支付他们佣金的王尔德的引诱。如果没有愿意用这种最邪恶和可恶的方式买罪的人，这种罪行也就不会有市场，也就不会有这些敲诈者的活动了。

至于泰勒，在第一次审判时他被卡森先生指控为王尔德先生的捎客，我必须指出的是：在审判昆斯伯里侯爵一案时，泰勒就在法庭上，但他却没被传唤到证人席。还有，人们应该已经想到，在伍德事件之后，泰勒可能被人提醒在给王尔德先生选择介绍朋友时要仔细。但事实不是这样，泰勒继续肆无忌惮地带着他所喜欢的朋友招摇过市。他带过查尔斯·帕克，很明显，被告与查尔斯·帕克的亲密关系不是寻常的那种友谊。联系帕克的证词，我必须抗议这样的观点，即认为昆斯伯里侯爵的律师，或公诉人的什么代表给了在这个案子中作证的年轻人钱或其他了。法庭已经采取一切预防措施防止证人受到干扰，以保证他们出庭作证。证人自然要被秘密地从一个地方转移到另一个地方，我不为公诉人就此事所采取的步骤道歉。查尔斯·帕克的证词导致出现了这一观点，但他在讲述一个事关他自己的耻辱，而且在某种程度上事关他自己的定罪的故事时，他不可能有什么邪恶的动机，因为不论他过去的行为如何，没有任何证据表明，帕克准备从王尔德先生那里榨取什么钱。

爱德华·克拉克爵士夸大了——当然是毫无意义的——他的当事人昨天谈到的与两个案子有关的籍籍无名的人或其他一些人。我博学多识的朋友清楚地表明，这些案子中的证据极其不足，但实际上他的当事人已经毫无保留地将案子的那一部分交由你们来裁决了。先生们，现在我坚持认为这些特殊案子的证据已经足够了。被告没有解释酒店雇员的发现。若说王尔德先生的行为都是公开的，也没有什么结论性的答案。如果罪行总是隐藏不露，那也就始终不会受到惩罚了。正是出于疏忽，罪行才被发现。为什么睡在隔壁的艾尔弗雷德·道格拉斯勋爵没被传唤来否定酒店侍女的证词？我坚持认为，他以及萨沃伊酒店的其他证人没有必要做伪证。

没有理由证明王尔德先生不应该就其他罪行接受讯问。先生们，你们有权利根据正义的原则对与本案有关但至今还逍遥在外的那些年轻人进行调查。

现在，先生们，我已经对整个案子进行了陈述，我也向你们指出了其分量，我不得不要求你们就此案履行你们的职责。我也已经解决了我博学多识的朋友就奥斯卡·王尔德先生的文学过去和将来所提出的请求，我想这是不幸的。那与本案毫无关系。如果你们相信他是无辜的，他有权利被宣布无罪，不管他地位高低。但是，先生们，如果你们的良知相信他犯了指控他的这些罪行，那么，你们就只有一种考虑，那就是遵从你们已经发下的誓言作出判决。

法官：陪审团的先生们，请你们退庭合议被告泰勒和王尔德是否有罪。

陪审团团长：法官大人，鉴于艾尔弗雷德·道格拉斯勋爵和王尔德先生之间的亲密关系，是否已经签发了逮捕证，逮捕艾尔弗雷德·道格拉斯勋爵？

法官：我想没有。我们没听说此事。

陪审团团长：是否已考虑此事？

法官：就我所知没有。没有确切的事实证据，而只根据两人的亲密关系是不可能签发逮捕证的。我无法告诉你这一点，我们没必要在此讨论此事，因为艾尔弗雷德·道格拉斯勋爵也可能不得不应答对他的指控。但他没得到传唤。可能出于一千种我们一无所知的考虑，他没有出现在证人席上。我认为你们应该根据自己眼前的证据处理此事。

陪审团团长：但在我们看来，如果我们将这些信件当成犯罪证据，如果我们从这些信得出有罪的结论，这种结论同样适合于艾尔弗雷德·道格拉斯勋爵和被告。

法官：的确如此。但这怎能减轻被告的痛苦？我们现在调查的是站在被告席上的那个人是否有罪。我们现在已经找到了他有罪的证据。我相信，一个人若接到了这些信且仍与写信人保持密切关系，这对他的名誉的损害与对写信人名誉的损害同样致命，但目前来说你们与此真没什么关系。

（用手指着王尔德）人们自然怀疑：为什么是这个人站在被告席上而不是艾尔弗雷德·道格拉斯勋爵？但是，陪审团的先生们，若认为艾尔弗雷德·道格拉斯勋爵之所以得以幸免只是因为他是艾尔弗雷德·道格拉斯勋爵，这是最大的不公正。这种事绝对不可能！我必须提醒你们注意：任何有利或不利于艾尔弗雷德·道格拉斯勋爵的东西都不允许构成对犯人的偏见。你们也必须记住：只根据王尔德先生给艾尔弗雷德·道格拉斯勋爵的信是不可能构成任何指控的。如你们所知，艾尔弗雷德·道格拉斯勋爵应被告的要求到巴黎去了，并且一直待在那儿，我对他的了解绝对不比你们多。可能是没有什么不利于艾尔弗雷德·道格拉斯勋爵的证据。但即使对这一点，我也一无所知。这件事我们无须讨论。

陪审团团长：不是有句格言说"物以类聚，人以群分"吗？可以根据一个人交往的圈子判断这个人，这难道没有一定的道理吗？

法官：先生们，你们已经看到了帕克兄弟，就如你们已经看到了伍德一样，你们脑子里一定出现了同样的问题。他们是不是你们不介意坐下一起吃饭的人？他们是不是那种你们希望能在有教养的人群中发现的那些人？先生们，单凭两个男人待在一起这种事是不能判人有罪的。贫穷和悲哀常常驱使这种事发生！上帝禁止这种罪恶！这种事本身就是最大的犯罪！但就一个每周花费40或50镑的男人来说，在我看来，他至少应该充分利用好自己花那么多钱租来的床，若他不这样做，我倒觉得奇怪了，人们自然要问他为什么不给自己的客人另外开一个房间。

陪审团的先生们，感谢你们耐心听完漫长的听证。现在请你们凭自己的良心和法律的公正退庭审议。

陪审团退庭，大家开始了似乎非常漫长的等待。一个小时过去了，两个小时过去了，还是没有任何消息，人们开始猜测陪审团意见不统一。这时有人看到一个法庭工作人员手里拿着一张便条从陪审团的房间走向法官的房间。"这意味着他们作出了无罪判决。"洛克伍德对克拉克说。但克拉克似乎并没这么乐观，他不安地摇了摇头。

法庭传讯员：陪审团的先生们，你们是否达成了一致的判决？

陪审团团长：是的。

法庭传讯员：你们是否认定被告席上的犯人与查尔斯·帕克在第一次认识的晚上在萨沃伊酒店犯了有伤风化之罪？

陪审团团长：是的。

法庭传讯员：你们是否认定一周之后他犯了类似之罪？

1895年4月24日拍卖王尔德物品的广告。
出自孙宜学编译《奥斯卡·王尔德自传》

陪审团团长：是的。

法庭传讯员：你们是否认定他在圣詹姆斯广场犯了同样之罪？

陪审团团长：是的。

法庭传讯员：你们是否认定他在同一时期犯了同样之罪？

陪审团团长：是的。

法庭传讯员：你们是否认定他在泰特街与艾尔弗雷德·伍德犯了同样的有伤风化之罪？

陪审团团长：是的。

法庭传讯员：你们是否认定他在萨沃伊酒店的362号房间与一位不知名字的男人发生了有伤风化的行为？

陪审团团长：是的。

法庭传讯员：你们是否认定他在萨沃伊酒店的346号房间犯了同样之罪？

陪审团团长：是的。

法庭传讯员：你们是否认定除与雪莱有关的指控外，对被告的其他所有指控都成立？

陪审团团长：是的。

法庭传讯员：这是你们的一致判决？

陪审团团长：是的。

此时王尔德被带到被告席上接受法官宣判。

法官威尔斯的判决词

奥斯卡·王尔德，你犯下了如此严重的罪行，任何有身份的人，若听了可怕的审判细节，都不得不严加控制才能阻止自己用一种我宁愿不用的语言描述在我心中产生的感情。陪审团已经就此案作出了公正的判决，我自己也深信不疑。无论如何，我希望那些以为法官关心的只是在审判中不要带什么偏见，而对不道德行为和道德不关心的人，通过对你的可怕判决会改变自己的看法。

我与你们说什么都没用。做这些事的人可以说完全没有羞耻之心，人们也别指望会对他们产生什么影响。这是我审判过的最坏的案子。你，王尔德，是由最邪恶的年轻人构成的腐化

法官威尔斯漫画，他宣判王尔德服两年苦役。
出自孙宜学编译《奥斯卡·王尔德自传》

团体的中心，这是毋庸置疑的。

鉴于此，我将同意法律允许范围内的最严重的判决。在我看来，对这样一个案子来说，这种判决还是远远不够的。法庭判决如下：

你将被监禁，并服两年苦役。（法庭上响起"噢！噢！"和"可耻！"的喊声。）

王尔德（脸上露出恐惧的神情）：是我吗？我什么也不能说了吗？法官大人。

法院休庭。

王尔德在入狱前的留影。
出自孙宜学编译《奥斯卡·王尔德自传》

1897年5月19日王尔德出狱，这是他出狱后在那不勒斯的留影。
出自 *Oscar Wilde* by H. Montgomery Hyde

附录
艾尔弗雷德·道格拉斯勋爵未受指控的原因

1.原告律师查尔斯·吉尔致检察官汉密尔顿·卡夫的信

亲爱的卡夫:

鉴于艾尔弗雷德·道格拉斯勋爵与奥斯卡·王尔德案和泰勒案的联系,是否要对他提起诉讼,关于这个问题我已经考虑过,我的结论是:根据我们得到的不同证据,不应该对他采取任何法律程序。

鉴于王尔德认识艾尔弗雷德·道格拉斯勋爵的时候,后者还只是牛津大学的学生,他们之间年龄的差异决定了自那以来王尔德明显对他施加了强烈的影响,因此,我认为,如果道格拉斯有罪的话,那他也应被公正地看作王尔德案的受害者。

除了案子的这一方面外,我恐怕毫不怀疑他们之间存在着不道德的关系,然而,如果要采取措施将此事调查清楚,我想最终也只会发现：可能找到的证据只会揭出一个更可疑的案子，那就是说，王尔德和道格拉斯一直在各种场所形影不离，王尔德至少给道格拉斯写了两封值得关注的信件。根据这种证据，是不可能构成任何犯罪指控的，也没有任何证据表明他们之间存在着不道德行为。

根据被传唤到庭指控王尔德和泰勒的证人的证词，其中只有两个证人，即伍德和查尔斯·帕克暗示他们和道格拉斯之间存在着不道德行为。这些证词显然需要确证，虽然有很多证据不利于王尔德，甚至在讯问他与他们的关系时他的证词也表明了这一点，但事关道格拉斯的证词，似乎不需要任何确证。

道格拉斯不被指控肯定会引人议论纷纷，但议论者都是不理解或不知道要证明这个案子有多难的人。

作为一个事关公众政策的问题，如果不太可能作出明确的判决，最好不要启动这样的指控！

你真诚的

查尔斯·吉尔

1895年4月19日

2.汉密尔顿·卡夫致内政部次官助理莫道克的备忘录

亲爱的莫道克：

王尔德案

　　根据我们昨天的谈话，我特呈送我今天上午收到的吉尔的一封信以及我昨晚写的一份备忘录。你将看到他和我的观点一致。

你非常真诚的

H.卡夫

　　备忘录如下：

　　在调查王尔德案和泰勒案的过程中，我们就已注意到是否有足够的证据起诉艾尔弗雷德·道格拉斯勋爵，因为他和王尔德的关系已经引起了很大的怀疑，（或许可以毫不怀疑地说）是对他们之间亲密关系实质的怀疑。

　　两个被迫提供证据的年轻人的证词涉及艾尔弗雷德·道格拉斯勋爵。他们每个人都说有一次和道格拉斯之间发生了有伤风化的行为，但这些年轻人都是最道德败坏的人，在这个方面他们的证词无法进行确证。

　　从我们所能得到的关于艾尔弗雷德·道格拉斯勋爵的最好的信息来看，我们相信他是一个性格软弱的人，（假定他有罪）也是因为王尔德在他还是牛津大学学生的时候对他施加了巨大影响，是他引诱道格拉斯做这些罪恶之事的。对王尔德才智和文学成就的崇拜使道格拉斯被引入歧途，从那时起，王尔德就几乎可以说绝对控制了这个年轻人。

一个道德犯罪者和另一个沉迷于这些犯罪行为的人之间很难区分，但在处理这些我们称为证人的年轻人的问题时，我们曾以为我们可以轻松、公正地区分出靠钱和奢侈引诱那些处于低贱生活地位的人——王尔德和泰勒这种人——与屈从于这种诱惑的人，如果我们对道格拉斯勋爵堕落原因的分析是正确的，我就有理由认为他的道德犯罪的程度或许比那些为钱出卖自己道德的人要小得多。我们认为他是在牛津做学生时就堕落了，自那以来他就没有意志力量和性格力量使自己摆脱对王尔德的屈服，他无疑至今还对王尔德抱有最深、最强烈的爱和忠诚。

可以预料，如果王尔德被判有罪，道格拉斯因而被迫脱离王尔德，他还有可能放弃自己目前的这种生活方式，看到其邪恶。无论如何目前没证据能支持对他的指控，至少在我看来如此。

不负责任的人可能会说，并且很可能会说：他之所以逃离法律的惩罚是因为他的社会地位。我希望对任何行政部门的行动都决不要这样评议，但我同样希望不要说我们之所以惩罚一个人只是因为他的社会地位，否则就不可能对他进行任何指控。

我们认为证据不足，如果我们的看法正确，我们就尤其有义不容辞的责任认真行事，因为鉴于目前的公众舆论，若根据不可靠的证据对这样的案子进行判决，那才真正是危险的。

H.卡夫

1895年4月20日

1900年11月30日，王尔德去世。
出自 *Oscar Wilde* by Richard Ellmann